i

为了人与书的相遇

正午
NOONSTORY

我们的生活

罗洁琪：尼曼项目和我的记者生涯
范雨素：2017·我采访了十一个记者
李纯：凶犯追缉二十二年
杨语：海外买房记
郭玉洁：被遗忘的女子图鉴
黄昕宇：东北农民彼得洛夫的幸福生活

台海出版社　　正午故事 NoonStory

书中的一页金子

文 _ 郭玉洁

到这一期,是正午系列的第七本了。虽不是一年一轮,但是"七"这个数字,也足以让人叹息。文化生产,最怕自我重复,创造力和锐气消磨,势不能穿透纸背,浪费你我的时间——一些读者已经如此批评了。

回想正午第一期出版的时候,采用了轻型纸,据说当时中国还少见,但我们都很喜欢,它解放了现代人荒于练习的手臂,在和手机的竞逐中,使纸质阅读变得比较轻易。第一期,也是同事们的厚积之作,许多文章体现了对所谓"非虚构写作"的思考。像纸一样,它是"轻"的,不同于常见的媒体写作,要写得轻盈,角度更巧,行文更快,更好看。轻,也意味着在现实层面之上微微漂浮,漂浮中却离人的心灵更近一步。同时,它当然是重的。毫不犹豫地撞击现实(尤其是那些未被书写的现实),进入混沌无名的生活,在混沌中,雕塑出一个形状。这个形状,是金子一样的生活的内核。

轻如飞鸟,重如金,这种轻与重的结合,成为我们最理想的文风。得承认，这很难。鸟的飞行靠翅膀的高速振荡，雕塑中需要灵巧的手指。轻与重，经常失衡，更常被误解。这和写作技巧有关，但更重要的，是如何理解写作，如何理解我们的生活。

常有人问，你们的文章里为什么要出现第一人称"我"？——这违背了新闻写作"中立、客观"的原则。可是，"我"是谁？"我们"是谁？"我们"通常困于室内，每天最大的运动量来自手指，通常年轻，通常生活苍白，阅历来自书和影像，最大的痛苦是失恋。而写作对象（他们）是谁？我们和他们之间的距离，有时火车、飞机可达，有时是无法跨越的金钱、地位。我们无法假装这些距离不存在。

如果说写作的左右两端，一端是去除自我的客观写作，一端是自我沉溺（所谓盯着自己的肚脐眼），而我们的写作处于中间，是一场从自我通往他人的旅行，旅程来回往复，在迷惑中折返，鼓足勇气再出发，在误解中深入，省思，最终意识到我们共处在一个大的、歧途丛生的世界中。虽是歧途，在那些交叉点上，藏着你我共通的秘密。

这并非我们的创举。在漫长的文学传统中，我们只是不小心的追随者。一个热爱写作的人，多少都是社恐患者，记者这个行业最大的福利就在于：强迫你去理解他人。而文学提醒你，别忘了自己。

在第七期，我们打破了原来的文体分类，试图再现这样的旅程。从写作者"自我"的故事出发，走向他人，呈现日常生活的"春秋"，都市的"传奇"。书写了他人故事之后，几位记者写了手记，丈量自我和报道对象之间的距离。其中一篇《乞丐的歌单》及手记，在我看来，也是本书中最有趣的文章，它表明了这一旅程有多困难，几乎就是另一次穿墙而过，但它又是多么重要，多么有魅力。它的魅力就在于未完成的、开放的状态。保持试探，保持对话，人与人之间是有可能相互理解的，虽然艰难，但那是可能的。墙倒塌的时刻，就是我们共同的生活。

这一次，让我们回到"生活"。在它沉重的内核中，有爱、恨、苦难、孤独、荒谬……也有勇气、坚韧。那就是书中的一页金子。

目录

自我
2017，我采访了十一个记者　　003
尼曼项目和我的记者生涯　　008
我参加了一场名校相亲会　　023
鸡饭情深　　035
我在养老院陪护母亲的七天日记　　042
十八个都柏林人和他们的乔伊斯　　081

春秋
顺德鸟叔二十年的苦与乐　　109
穿云箭上的手工耿　　122
我总恐惧自己不够深刻：记者手记　　137
东北农民彼得洛夫的幸福生活　　141
吴宇清的决定　　158
看守所里的精神病人　　186
海外买房记　　194
乞丐的歌单　　205

	跨越阶级和人接触：记者手记	221
	天山摇摆客图卷	227
	下花园没有花园	267
传奇	真假玉猪龙	293
	王海与十个征婚的女人	305
	凶犯追缉二十二年	324
	明暗之间：记者手记	346
我们	被遗忘的女子图鉴	353

自我

2017，我采访了十一个记者

文 _ 范雨素

2017 年，我因偶遇了一场沙尘暴，莫名其妙地成了网红。有很多记者采访我，我接受了其中 11 位。因为人都是互相尊重的，他们采访了我，我也采访了他们。

这 11 个记者中，老家在四五线城镇的七个，其中女性三名，男性四名。剩下的，来自发达农村的一个，来自发展中农村的三个。农村出身的女性一个，男性三个。和名人蔡崇达在《皮囊》中写的一样：中国的媒体是小镇青年撑起来的。

就好像食物链一样，大城市人不干的活，小城镇青年干。小城镇青年不干的活，农民工全干。这几个记者，都是新新青年，年龄小。最大的 30 岁，最小的 24 岁。

这 11 个青年中，我印象最深的是四位来自农村的记者。因为我和他们出身相同，我们在一起时，说的话多。

先从第一位来自发达农村的记者谈起。我叫他刘兴，他 30 岁，来自一家民营媒体。他从本省排名第一的大学毕业，从业快十年了。刘兴对我说，他特别能吃苦，也很会赚钱，已经在一线城市买房了。有一次,去一个新闻事件现场,现场已被武警严防死守了,进不了一个人了。但他需要新闻图片。他背上摄影器材,从一楼的下水管道爬到七楼的楼顶,拍到了图片。

他为了取得我的信任,先和我聊了会儿傅山的书法、屈原的诗。《楚辞》《诗经》……把我震得脑子嗡嗡响,才切入正题采访。

第二位记者,我叫他韩山吧。他来自发展中的农村,也就是贫困的农村。他脸长得胖,手也长得像包子,圆鼓鼓的。他毕业于全国排名第一的大学,在国营媒体上班,是文字记者。

他很聪明,用了我不会拒绝的方法,约到了我。

我们在黄昏见了面。那条街上没有咖啡店,我们想找个饭店坐下来谈谈,可每个饭店里的声音都比菜场嘈杂。最后,我们坐在一家写着"正在装修"的店铺门口的台阶上,开始了采访。

可是,我发现,他对采访并不热衷,只是呆呆地望着天上缓缓升起的下弦月。有一搭,无一搭地和我说话。

他说他心情一直不好。他上大学时,父亲以他为荣。逢人就说,儿子考上了全国第一的大学。可他大学毕业后,挣的工资也不高,他父亲现在也不喜欢他了。

他不需要和我见面,就能写好报道。可他们杂志社规定,要发稿必须要见到采访对象。所以,他才想了办法和我见一面。

我说:"你爸爸这人不咋样,太势利了。"他生气地瞪了我一眼。我知道,我说错话了。他爸爸不好,只能由他自己说,我不能说。我想向韩山道歉,可年龄大了,又拉不下脸说抱歉了。

于是,我陪他看了看天上的下弦月。和他一起发了一阵感慨,说在北京买个房子,就好比登月一样难。

然后,就挥手再见了。

第三位来自农村的记者,是唯一的女孩,也是贫困农村的。小女孩是从本省排第一的大学毕业的。她很聪明,有一双忽闪忽闪的大眼睛。当她望着你时,你就会感觉到自己无所遁形。她长得和少年的我一样。

我平时对自己的要求,是在脑子里给自己设置一个"静音"模式。因为,我个子矮,只有一米五。人家都比我个子高,目光平视过去,根本看不见我。我就像穿了神仙发的隐身衣。因为是隐身的,便不能出声。所以,我为自己设置"静音"模式。

这次,面对这个也不怎么说话的记者女孩,我看到了少年的我。我决定补偿少年的我,我的少年天天在过苦日子。

于是,我把脑子里的"静音"模式,转换成"万言千词"模式。我对这个叫李兰的女记者说了五六个小时的话。说得词源倒流,滔滔连篇。全是侃侃忠言。我一直对着李兰记者说到"口干舌燥,词源枯竭"的状态。

我积极配合了李兰记者的工作。

这四个出身农村的记者中,我印象最深的是周安。他也是出身寒门,从本省排第一的大学毕业,在民营媒体上班。

他长得像闰土。朴实中带着傻气。他是做视频的,今年28岁,已结婚了。

我说,你真不容易呀,农村出身的孩子们说媳妇多难呀!

他说:"对呀!"他媳妇太好了,没要求买房,也没要车,就和他结婚了。

他媳妇在他们家的地位,比英国女王要高。我连忙附和,是呀，要比俄罗斯女皇地位高才对。

我用劳模的态度，配合周安拍视频。

拍完了，我们闲聊了会儿。说到现在农民都过上好日子了。每个农民都有医保。解放前，好多农民都不知道得了什么病，就病死了，不明不白地病死了。现在农民有了医保，得了病，都去医院检查一下。虽然，得了大病，还是看不起。但是，最起码弄明白自己是得啥病死的，能死明白了。

这也很不容易了。看看历史书，几千年的历史，只有在现在的中国，才能死得明白。

我俩相对感叹了一阵。我看他的手也和小包子一个样。周安对我说，他的手是得了"冻疮后遗症"。

他说，小时候，每天饿得发慌。冬天也到处掏鸟窝，找鸟蛋吃。年年长冻疮。成年后，不挨饿了，但手有了"冻疮后遗症"。我想起来了，韩山的手也得了"冻疮后遗症"。

我和李兰的手，都不是肿的。我们小时候，手也得过冻疮，但我们的手相对比男孩子活动得少。成年后，没有后遗症。

我们又谈了一会儿农村的现状。周安说，他89年生，是超生的。小时候，每天爸爸妈妈领着他东躲西藏，躲超生罚款，过着游击队一样的生活。现在，他拍的视频，百分之九十都是打假暗访类。因为有童年的生活经验，他的样子和街头混混、送快递的、提灰桶的小工一个样。走到哪里，都不被人注意。

周安说，现在农村真好，不用交计划生育罚款了，又不用交提留（农业税）了。

我说："是呀，真好呀！比原来强好多倍。你经常拍暗访视频，要注意安全。"我们一起合唱了一首《解放区的天》，然后，挥手告别。

这两天,又想到了这几个年轻的记者。还想到了自己的孩子。

这些来自农村的记者,他们文能考上最好的大学,武能爬上下水管道。他们个个都是勤奋、踏实、敬业的,还个个都买不起城里的房。

我的孩子,没上过两天学,14岁谋生,要受多少多少的苦,才能在城里立足。

还有那么多送快递的、做装修的、收废品的……这些农村青年的生存是太不易了。

想着,想着,不禁泪流了满面。

尼曼项目和我的记者生涯 *

文 _ 罗洁琪

一

2014年3月21日凌晨,梦里有一匹白马朝我奔来。我拼命地逃跑,跑过山坡,跑过平原,最后筋疲力尽,虚脱在地。白马冲来,把我咬得满脸是血。那一天,是尼曼基金会通知遴选结果的日子。

尼曼的邮件说,如果被拒绝,会电邮通知;如果获选,会电话通知。半梦半醒之间,手机响起,我猛然惊醒,看到有新邮件,心里想"完了"。打开一看,是工作邮件,我松了一口气。

我丈夫说,梦里有血光,就会有喜事。那天中午12点多,手机响了,是美国来电,我把手机紧紧地贴着耳朵。尼曼

---

* 尼曼项目是哈佛大学为优秀在职新闻人提供深造的奖学金项目。获选的尼曼学员可以在哈佛大学学习一年,自由选课,享用教学资源。每年,有12名美国学员和12名国际学员获此机会。2014年,记者罗洁琪获选,在哈佛学习生活了一年。这一年给她的生活和记者生涯都带来了深远的影响。本文是她的"尼曼"笔记。

的负责人 Ann Marie Lipinski 说,"Congratulations, you are selected by Niema Foundation"。往下的,我都没听进去。

8月中旬开学,我带着2岁半的女儿和65岁的妈妈到了美国,一个完全陌生的国家。夜里,汽车从黑暗的马路驶进有灯光的区域,我开始找学校的围墙,心里纳闷,"哈佛大学在哪里?我们进校门了吗?"后来,车在 Brattle Street 83号门前停下来。看着新英格兰风格的建筑物里面透出来的昏黄灯色,我像置身于一个无法预知剧情的舞台。

那是一栋七层高红砖墙的老建筑,已经有一百多年的历史,属于哈佛 Radcliffe 研究机构(Radcliffe Institute for Advanced Study)。它的前身是 Radcliffe 女校,距离哈佛老院子只有15分钟的步行路程。院子的围墙上长满了藤类植物,院内摆着一张木椅,一层大堂的木门黄铜包边,又厚又重。

公共洗衣房在地下室,走廊看不到尽头,两侧好像有一些垃圾房,经常是空无一人,时刻弥漫着洗衣液的味道和烘干机的燥热。一进电梯门,又老又旧的电梯就轻轻晃荡一下,机器声音响起"Going down, Basement"。据一个住户说,四十多年前,张爱玲也住在那栋楼的公寓里。她曾在旁边的 Radcliffe 女校短暂供职,那个院子有机灵活泼的松鼠、葱绿的大草坪、两棵结满红色果子的苹果树,各个角落点缀着刻了故事的受赠长椅子。我偶尔会想,不知道张爱玲以前洗衣服的时候,会不会也觉得地下室很阴森?

安顿下来后的第一个星期天,我带着一老一少在哈佛广场闲逛。在肯尼迪学院的前面,恰逢每周一次的农夫集市,像那首老民谣 Scarborough Fair 唱的"Are you going to

Scarborough Fair? Parsley, sage, rosemary, and thyme（你要去斯卡伯勒集市吗？香芹、鼠尾草、迷迭香和百里香）"，摊档上摆满了新鲜的蔬果、香料、鲜花，还有五颜六色的新鲜意大利面。我细细地看，流连忘返。突然，女儿说流鼻血了，鲜红的血液滴滴答答地落在她的衣服上。她是第一次流鼻血，我错误地让她抬头，并慌乱地用纸巾给她擦，越擦越多，好像流之不尽。我开始紧张了，血让我头晕，我把纸巾塞给妈妈，帮女儿堵住鼻孔。鼻血减少了，不过脸上、衣服上都是斑斑血迹，看得我一阵晕眩。我想到美国和中国相隔几个海洋，身边没有朋友，尼曼基金会周末也没人上班。万一我晕倒了，妈妈不懂英语，又高血压，她和孩子怎么办？眼前的事物开始模糊，身体有一种失血的恍惚，我对妈妈说，快把孩子带到别处，我不能再看到血了。然后，我转身对旁边卖意大利面的哥们儿说，"我快晕倒了，能不能帮我叫911？"他很关切地问，是dizzy（头晕目眩），还是faint（晕倒）？我说是faint。他拿起手机拨了911，然后扶我躺在放新鲜意大利面的冰箱上面。我问他要水，他把喝剩的那瓶矿泉水递给我。

不到五分钟，美国红色的消防大卡车就响着急促的笛声停在马路对面，几个非常强壮的消防员跑过来站在我的身边。我好像马上清醒了，在坐和躺之间犹豫不决。不到一分钟，一辆白色的急救车也急促赶来，下来几名白衣医护人员。一名身穿白色衬衫、蓝色裤子，身材高大的女警察快步跑过来，坐在我旁边，用粗壮的手臂拥抱着我，很温存地喊我"Honey, Honey……"。后来，我才知道美国超市的收银员也会喊所有人"Honey"，但是，那个时候我是第一次听到。神经开始放松，我放肆地抽泣起来。她给我量了血压,说太低了,可以去医院继续做检查。想到还没来得及买医疗保险,我犹豫了。女警察说,救护车和急诊费用合起来大概几百美金。我马上说,"没事了,我休息一会儿就会好起来"。她仍然抱着我,很耐心地说,不要着急做决定,我等你五分钟。如果你决定了不去,一会儿再有不舒服,还可以重新打911。很快,那辆红车和白车再次响起刺耳的警鸣,闪烁着亮光,急促离开。

我如释重负,走到旁边的露天咖啡厅,坐在椅子上,用手肘撑着额头。一个服务员给我端来一大杯加满冰块的水,说是免费的。我给她钱,买了一杯咖啡,送过去给卖意大利面的哥们儿。后来,妈妈带着孩子一起走过来,女儿的鼻血完全止住了,我们在街头相拥。在记忆里,那是我和妈妈的第一次拥抱。

从那以后,在尼曼的一年一幕幕渐次打开,我不仅仅在那里学习,更是在生活。

二

2014年8月尼曼迎新典礼那天,在我的记忆里是葱葱绿绿的,充满新鲜的味道。

我带着妈妈和女儿一起去了那个白色的院子,草正绿,树正浓,花也正艳。尼曼的理念是,新闻人很需要家人的理解和支持,特别是要让孩子理解父母从事新闻业的意义。学员的伴侣(包括配偶和情侣,同性和异性)可以一起参加尼曼绝大部分的活动,而且有哈佛大学图书卡,也可以去听课,只有一些严肃的活动限制孩子参加。那一天,我看到尼曼的工作人员把几箱玩具放在草坪上，来自不同国家的孩子跑过去，语言不通的时候，就用手语和表情交流，他们很欢乐地在草坪上一起打滚追逐。那一天，必须正装出席，于是我穿着在淘宝买的黑色蜂腰礼裙，戴着在裁缝店定做的绿色油画丝巾。我们集合在草坪上，微笑着拍了班级合照。在尼曼公布当年人选时，我曾在网站阅读过一些同学的背景资料。平等地站在他们中间，是一种被选中的喜悦。这种情绪挂在每个人的脸上。

院子中间的建筑以 Walter Lippmann 先生命名。1936 年，是他否定了哈佛校长的想法，建议将尼曼夫人的捐款用于哈佛大学的深造项目"Nieman Fellowship for Journalism"。走入建筑，走廊墙上挂着历届尼曼孩子（Nieman kids）的照片，一块电子屏幕上显示着历届尼曼学员的合影。走廊前方是小图书室和厨房，摆着饼干、茶叶和咖啡，窗前有张长木桌子，供大家喝茶读报，写东西。

尼曼最重要的研讨室在一层的最里面。房间内，白色木格子的落地窗朝东，外面是宽敞的木质阳台。书架上摆满了历届尼曼学员的图书作品，壁炉上方挂着 Nieman 夫人的肖像画。南面的墙上有一块青铜板，上面刻有历年"莱昂斯新闻良知与正直奖（Louis M. Lyons Award for Conscience and Integrity in Journalism）"的获得者姓名。每一届尼曼学员由严格的程序提名、讨论，最终决定。青铜板上有两位中国人的名字，一位是原《财经》杂志总编，财新传媒现任社长胡舒立女士，另一位是有杰出成就的纪实作家。后者因为某种缘故，没能去领奖。

研讨室内设有麦克风和木质演讲台，每周三下午，这里都要举行讲座，演讲人有哈佛大学的知名教授，也有美国最有专长的新闻人以及有特色的作家。这是为了拓宽尼曼学员的眼界，"to be a bigger one"。演讲开始前十分钟，会有工作人员拿着沉重的青铜色铜铃轻轻摇动，在走廊，图书室和大厅的人群中走一圈。铃声清脆但是不响亮，如潮的人声渐渐安静，像水漫入细沙，那是我记忆里的尼曼传统之一。

哈佛大学第二位非裔女教授 Sara Lawrence 曾来尼曼演讲。她是位德高望重的教育学研究者，我们事先收到邮件，演讲中途连厕所都不要去，以免不敬。那天下午，我特意不喝茶，坐在了第一排。Lawrence 教授穿着很素雅的非洲服饰，戴着银质的耳环和项链，我能闻到她的香水味，听到那些银器碰撞的清脆响声。

Lawrence 教授出身知识分子家庭，父母一代在种族歧视中煎熬和挣扎。四十六年前，她 26 岁，受聘于哈佛大学，学生都比她年龄大。她非常紧张，以至于对讲台产生了恐惧。她跑回家乡找当教授的父亲，坐进他的课堂，在最后面的角落旁听。父亲进入课堂时，用手指着她，笑容灿烂。父亲告诉她，"哈佛要你，并非因为你最渊博，最深刻，而是你独特，与众不同，可以带来一些不一样的东西"。Lawrence 教授是一个出色的故事讲述者，她不仅仅分享了事业中的经历，还讲了作为一个母亲和妻子，如何克服生活的焦虑，高效地平衡事业和家庭。

如果说 Sara Lawrence 带来了一个很励志的美国故事，那么 Stephanie Burt 教授则让我对人类的情感和生活的方式有了更多的思考。Stephanie 是著名的诗人和文学评论家。Ta 是位性别转换者，演讲当天，穿着黑色蕾丝上衣，配紫色围巾，涂了淡脂粉，言行举止非常谦逊，谦逊得近乎羞涩。演讲的中途，

Ta朗读了诗歌，声音充满激情，表情丰富。Ta有太太，还有两个孩子。在提问阶段，有貌似客气又很尖锐的问题——"为什么你能活得如此精彩？"Ta很坦诚地感谢了妻子，并且感谢了哈佛大学给予的高薪。没有更多关于细节的追问，因为谁也不可能真正地理解别人在私人生活中的选择。但是，可以肯定的是，亲密关系中相互的理解、妥协和爱，会让另一方活得有尊严。

还有一次，几位美国记者和自由撰稿人讲了他们如何寻找"Nobody"的故事。其中有两句话让我回味和思考，"I am looking for the people who have no voice"以及"I like my connection with the city and the people"。在中国，无论新闻机构还是个人，都追求重大新闻。和我同班的Melissa Bailey，她在耶鲁大学本科毕业后，就在一个非营利的新闻网站做记者和编辑，做社区新闻，几年之后，来了尼曼。在中国的新闻业，这种成长路径几乎是不可能的。她认为媒体作为社会良心、社会公器，要给那些不能发声的人以发声的机会。那天晚上，我忍不住写信给尼曼的负责人Ann Marie，和她讨论了关于"Nobody"的新闻选题。她说，这是很重要的新闻题材。四年之后，当我重新思考这个问题时，我认同了美国同行的观点。但是，我也认为在写"Nobody"的时候，需要很强的选题判断力和写作能力，就像《纽约时报》在2018年10月发表的那篇"The Case of Jane Doe Ponytail（华人按摩女之死）"。

纽约时报的前总编Jill Abramson也曾来过尼曼演讲。她说，《纽约时报》在招聘新人时，最看重的是对追求真相的激情。当年她被《纽约时报》解雇，被迫离开了编辑部，后来在哈佛大学给本科生开设了关于新闻的课程。我问了她关于在中国发表批判报道,以及给《纽约时报》带来影响的问题,她好像没给出很好的回答。演讲结束后,尼曼的领导 Ann Marie 过来拥抱我,说喜欢我的提问和激情。那句话让我觉得突然,我以为自己的激情已经死了好久。

尼曼的同学 Jason Grotto 说,我是个微笑着提问的女人,貌似 sweet,其实 tough。我说,其实我在中国并没有多少机会向某个权威的人提问,经常只是用尽各种方法追查事实细节而已。在中国,记者的形象并不是拿着麦克风和用纸笔记录的提问者,当然在美国也不全然是。

在那个研讨室,每周二晚上还要举行 Sounding 之夜。那是最特别,也是最重要的尼曼传统。每个学员轮流成为那个晚上的主角,讲自己的故事,主题是"Why do you do what you do"——来自不同国家的人分别讲述自己的职业故事和私人经历。

我聆听了二十三个人的 Sounding,逐渐体会和思考,在不同的制度和文化下,该如何理解新闻的使命,并用不同的方式去践行。无论对于主角,还是台下的听众,Sounding 之夜都有一种庄严的仪式感。

三

2015年4月26日的早晨,我匆忙地赶去参加一年一度的"哈佛中国论坛"。我将和别人合作进行一个演讲。在家改完最后几页 PPT,就拿着口红,一边描一边冲出门口。

推开那扇厚重的木门,我看到院子里的长椅上坐着一个年轻人。她留着男式短发，穿着白衬衫，戴着蓝色领带，脚边是一个蓝色行李箱。长椅上，还有一件藏蓝色西装。陌生面孔，她不是这栋楼的住户。

我本想问候一下就擦肩而过。可是，我看到她眼里含泪。

我停步问，"Are you ok?"

刹那间她泪如雨下，像个孩子一样用袖子拭泪，说，从别的城市来看朋友，可是她避而不见。我注意到她用了"she"。

"楼底下有门铃，你是否要尝试按一下？"

"已经尝试过很多次了，她就是拒绝。"

"你此前见过你的朋友吗？"

"没有，我们只是在网上聊了一年多。"

我说，"很抱歉，不能帮你做多一点"。然后，快步离开。走了几步，听到身后的她放声哭起来。

我不忍心，又返回去，把书包里的纸巾拿出来，交到她的手里。她惊愕了一下，然后，含泪说谢谢。我再次离开，走在哈佛老院子里，心里还想着那个流泪的陌生人，想到了"不远千里，思而不得"。

后来，我在尼曼的虚构写作课上，以这个故事为灵感，写了一篇小说。那是我第一次尝试写小说。那一年，我在哈佛大学的肯尼迪学院、法学院、人类学系，还有麻省理工大学都旁听了课程。不过，花时间最多的是在尼曼提供的虚构和非虚构写作的工作坊。虚构写作的第一节课，教授要求我们在5分钟内用不多于六个词语介绍自己。后来，她每节课都提供一个单词，要求我们在10分钟内围绕那个词语即兴写一个故事，写完之后，轮流朗读，并且相互评论。教授认为，好故事并不需要长时间的酝酿和写作。她挑剔用语，讲究简洁和逻辑的闭合。那个课堂让我懂得，小说的写作比非虚构写作更需要有说服力的情节和逻辑。

后来，我们的课后作业是写更复杂的小说。我以"非典"为背景，写了一个三页纸的故事，主题是"寻找"。在上课前，我跑出去买三明治。排队的时候，大脑一直像打印机一样继续写作。我一边排队，一边忍不住流泪，为我故事中的人物。我第一次深深地感受到写小说带来的自由。

我在课堂上朗读了作品。教授说我应该写一部小说。

我问她，"关于什么？"

"关于爱。"

"为什么？"

"你善于把握文章的情绪。很多作家训练多年，都无法掌握进入人心的艺术，而你的作品体现了这种能力。"

回国后，我一直在正午写非虚构故事，再也没写过小说。

四

2018年10月的波士顿，秋风萧瑟，细雨霏霏，满地金黄的落叶。10月12日至14日，尼曼基金会举行八十年的庆典，十几个同学说回去，我也飞回去了。

在庆典之前，我们班在纽伯里波特城（Newburyport）的海边租了一个房子，先举办小聚会。海边的天很阴，风很大，空气很冷，一群人在夜里的沙滩上散步聊天，我听到潮声呜咽。第二天，我们开车去农夫市场买菜，美国记者做沙拉，煎牛排；

法国记者烤巧克力蛋糕；来自中国的我带了花椒和干辣椒，炒了一盘麻辣牛肉。夜里，大家倒了酒，坐在地下室的沙发上、地板上，遵循尼曼的传统，举办一个 Sounding，仍然是演讲加提问，不过时间缩短为每个人只有 10 分钟。

孩子们在卧室里玩耍，除了 14 岁的 Seth，他是美国记者 Denise 的五个孩子之一。当年，Denise 带着丈夫和一群孩子来尼曼，成为传奇一样的故事。三年后，Seth 也成为 Sounding 的一员。如果说尼曼那一年像梦一样，现在大家都回到了现实。绝大部分人都换了工作，从编辑部到了经营部，或者辞职写书，做自由职业的新闻培训，从编辑变成记者。他们都说尼曼那一年，给了自己尝试新职业和新生活的勇气。目前，没有人离开新闻业。

在去海边的路上，我和法国的同学 Nabil Wakim 夫妇在同一辆车上。尼曼之后，Nabil 曾担任《世界报》数据新闻的主管编辑，后来他辞职，改做报道能源行业的记者，全世界跑。他说，他还是喜欢做去新闻现场的记者，总能遇到新鲜的事和人，这也是新闻业最吸引我的地方。我告诉他，那天上午，我约非虚构写作的老师 Steve 见面了，向他请教这两年写作中遇到的困惑。他很认真地回答问题，每次解答都举例，还送了我两本书。分别时，我要在咖啡厅外面的阳光下和 Steve 拍几张合照，他用臂膀抱着我，让人家多拍几张，大声地喊，"More than ten! More than ten!"我记忆中的 Steve 一点都没变。

12 号下午，在尼曼花园的接待晚宴上，我见到了西班牙的同学 David Jiménez，他长得很帅，眼睛迷离深邃，永远是花花公子的潇洒模样。尼曼毕业前，他就被委任为西班牙第二大

报社 *El Mundo* 的总编，我们曾经为他开了香槟，在花园里举杯，没想到，后来他被解雇了。见面时，他解释说，因为做了太多批判报道，政府不满，就给报社的投资者施加压力，股东们撑不住，就把他解雇了。他起诉报社违约，证据之一是股东曾给他发的许多报道禁令，证明报社是基于压力违反了劳动合同。后来双方和解，他也拿到了赔偿，现在西班牙的某个大学做客座教授，也给《纽约时报》做专栏作家。他用幽默的语气讲着这个故事，和我们一起哈哈大笑，可是他曾经历过的各种艰辛，是我们看不到的真实。他还谈起最近的焦虑，三个儿子和他一样帅，步入青春期了，可是相信他们的小伙伴们说的"初夜不会让女生怀孕"。他说，这个说法让他几乎打了个冷战，他立刻买了一盒安全套，拿起一根香蕉，给家里那群男孩上了一节课。我想象不出来那三个金发的西班牙男孩变成什么样子了，只是记得尼曼毕业时，一群孩子在花园拍合照，穿着"Nieman kid"的T恤，各种神情在镜头前定格。

五

八十年庆典，几百位学员和家属回到了尼曼，其中有很多白发苍苍的新闻人。在人群中，我也看到了前财新同事曹海丽。她是2009年的尼曼学员，也是我的引路人。

2008年，我即将30岁，想转行。一个政法大学的师弟说，应该去《财经》杂志做记者。我问为什么，他说，"如果你进入《财经》杂志，我们都会仰视你的"。为了这样的虚荣，我决定求职。问朋友借了一堆旧杂志，临时抱佛脚，可是也没看懂。

面试和笔试前,我狂背国家领导人的姓名,几乎连续四天没合眼。副主编张进问,笔试和面试要不要分开进行?我说,一起来吧,长痛不如短痛。下午2点左右进入泛利大厦,晚上9点才走出来。他们给了我一盒快餐。

后来,张进通知我入职。很多年以后,我问他为什么录用我。他说我不卑不亢,而且求职信写得很好,层次分明,逻辑清晰,情感动人。但是,他有点怀疑是我当教授的丈夫代笔的。

入职后很久,我一篇杂志稿都没写过,天天为选题焦虑,也被《财经》杂志内部的精英意识所约束,写作的时候放不开,总害怕自己不够深刻。

我想着辞职,又觉得还没转正,很没面子。2009年,海丽结束了尼曼项目,从美国回来。我请她吃午饭,饭桌上说着说着,就哭了起来,觉得转行以后好迷茫、像火车在穿越隧道时,突然把我甩出去,眼前一片漆黑。我说很羡慕她去尼曼,哈佛对于我来说,像海市蜃楼。她爽朗地笑,露出很白的牙齿,"你以后也可以的"。

她说,"你现在,就好好做新闻,会有变化的"。

后来,我就踏踏实实地做了几年新闻,心里没有明确目标,没把尼曼当梦想。那些年,我写稿后会很累,身体像被掏空一样,而且,脑子高速运转后,很难停下来。喝一杯酒会帮助睡眠,可是,工资不高,也不能每个星期买红酒。不过,新鲜的床能让我睡得着。我会在写稿后去海丽家睡沙发,在那个灰色墙上刷满"拆"字的老院子。院子里是南北通透的矮楼,长了参天的老树,爬满了青藤。每次,海丽都给我打开折叠沙发,铺好紫色的床单,搬来白色的羽绒被。我们会在沙发上聊天,聊工作,聊感情。她是资深记者,有国际视野,对新闻有深刻的看法,可是她从来不自诩为精英。睡前,海丽把阳台上的白色布帘放下,遮挡晨光。第二次早上,我们熬稀饭,配上腐乳,吃包子。

2013年,履历满足了尼曼的要求,我就想申请了。申请的过程中,很多朋友给予了帮助,我至今无法一一回报。海丽给我写了推荐信,由于是保密的,我不知道她写了什么。Deadline前的一个晚上,在财新办公室,一个同事走过来说,"洁琪,你为什么认为自己可以PK别人呢?在互联网的时代,美国人不需要你写的中国故事"。

夜里,我打车回住处,给海丽打电话,一边说一边泣不成声。海丽安慰我,"我觉得你肯定行的,别担心了"。

2014年去美国前,我和海丽告别,感谢她当年在我心里播下了尼曼的种子。

2015年我回国,海丽早就离开了财新。我也想着,需要尝试新的工作了,不能在原来的轨道继续下去。我找海丽商量下一步去哪里。她说,"去正午故事做非虚构写作吧,我觉得你挺能写的"。

现在两年过去,正午还在,只是海丽退掉那个老公寓,搬去了杭州。我写完稿之后,再也没有可以过夜的沙发。

在尼曼八十年的庆典中,我拉着海丽拍照,紧紧抱着她,趴在她肩上说,感谢她改变了我的人生。

她离开后,我站在尼曼花园门口,看着牌子上的"Nieman Foundaiton for Jounalism",回忆起从尼曼毕业的那天。哈佛大学时任校长德鲁·福斯特(Drew Faust)走进尼曼一楼的房间,发表了演讲,为我们颁发证书。历任哈佛校长出席毕业典礼,这也是尼曼的传统。

我还记得,在人群渐散后,我去了尼曼的领导 Ann Marie 的办公室,和她聊了当时仍感困惑的未来。最后,她很认真地看着我说:"你是尼曼人,承载着尼曼的荣誉,这也是使命,记得要做独特的自己,与众不同,始终保持潜力,为这个世界带来一点变化。"

我参加了一场名校相亲会

文_小黄

一

对面戴黑框眼镜的男青年,在暖气很足的咖啡厅里,严严实实地穿着黑羽绒夹克,好像临时进来,随时准备走。他一团臃肿地靠在桌沿,支着额头,心不在焉地划手机。一刻钟过去,他维持着这个姿势,一句话也没说。为了打破沉默,我起身接了两杯柠檬水。

"喝水。"我朝他推过去一杯。

他愣了一下,终于抬起头说了声"谢谢",露出一个憨厚的笑。

咖啡厅在32层楼,位于北京的国贸,装潢简约现代,很明亮,有一整面宽阔洁净的落地窗,望出去是几栋高耸的写字楼和灰扑扑的天。这天下午阳光不好。

观景咖啡厅里,正在进行一场名校相亲会。报名参与的嘉宾必须是国内外名校校友或在校生。报名时需要提交资料,经由主办方审核后才能参加。报名费是150元,网上预付能便宜30。

现在正是签到入场的时候,嘉宾陆陆续续走进来,按照男女对桌的规则落座。冬天,男士们穿得黑乎乎的。女士就活泼一些,都是自信的都市丽人,脸上挂着精致的妆,高跟鞋、皮靴走得"嗒嗒"响。男士女士落了座,纷纷聊起来,一个个面带微笑。报名费里不包含任何消费,大家都喝柠檬水。

场面很融洽,唯独我们这桌安安静静。

我赶在他再次埋下头之前开启话题:"你以前参加过这种活动吗?一会儿到底什么样啊?"

"就是八分钟交友嘛,美国传过来的。女的不动,男的八分钟换个座。先把资料表换一下,大概一扫,哦~知道了,加个微信吧。就这样。"

我问:"八分钟能聊什么啊?"

"随便啊,吃的,喝的,玩的,实在不行聊天气呗,最近不是很多人感冒嘛……无所谓啦,这种活动不就是让你一次认识好多人加好多微信嘛。"

"那加了微信之后都联系吗?"

"一般感兴趣的都会联系啊……没什么用。都被拒了,发好人卡。我这个人,不会聊天,"他握着玻璃杯,盯着它,竟然流露出沮丧的神情,"有个姑娘一直聊得挺好。那天正好看一个新闻说打宫颈癌疫苗有年龄限制,我就转发给那姑娘,说趁年轻赶紧打几针吧。就完了。"

"我哪个字说错了?"他皱起眉头直视我,盯得我一愣,他又垂下眼,"反正就把我删了。"

我不知说什么好，只好率先再次沉默。他又盯了会儿玻璃杯，开口说："老参加这种活动也没什么意义。柏拉图还是苏格拉底说的嘛，看哪个稻穗最饱满，哪朵花最好看，选得太多，最后什么也摘不到。"

我没想到一开局就这么凝重，安慰他："随缘随缘，不着急。"

"三十多啦，现在这个年纪最尴尬了，年纪再小一点不着急，年纪再大一点，也就无所谓了，"他苦笑，"你是不着急啊，你大学还没毕业吧，看着很小啊，来相亲干吗？"

"假的假的，不小了。"我有点不好意思。这天下午出门前，我瞥了眼家门口的镜子，觉得自己像个赶着上课的学生，赶紧把双肩包换成单肩包。摘了框架眼镜换上一副隐形，又把披散的半长头发在后脑勺扎成半马尾。还临时从衣柜里翻出一件衬衫，换下了宽大的帽衫。牛仔裤和帆布鞋就顾不上了。他可能觉得我的衬衫不大对劲，那是我爸的，套上身松松垮垮。

再过几个月我就二十七岁了。我没把结婚当回事。婚姻没多大意义，一纸结婚证或再一纸离婚证而已，并不与爱情必然挂钩，也不一定导向生育。伴侣不是必需的，单身有单身的好，搭伙也有搭伙的难。生活本身才是实质，你应该有选择任意一款生活的自由，并后果自负。可能你未必同意，这很正常，我妈也不同意。但我是这么想的。

那为什么我会在这儿呢？"就是觉得挺好玩儿的吧，认识点新朋友嘛，跟'不一样'的人聊聊。"我说。

他笑了，把他的资料卡递过来，"那咱们换一个呗"。

嘉宾资料卡是签到时领到的，人手一份。一张A4纸，黑白表格，有很多框：出生年份，星座，身高体重，家乡，学历情况，家庭情况，职业，收入，京户，购房、购车情况，恋爱及婚姻经历，兴趣爱好。接着是一串爱心分割线。第二大栏是"心仪的TA"。

交起友来我才发现，每框都是一个标签，带出一串别人的评判。比如，他接过我的资料表一扫，就说："果然是双子座啊，爱瞎玩。"

二

领到手的除了个人资料表，还有一张异性嘉宾名单。名字用的是昵称，大半女嘉宾是CC、Lily、Miss X。男嘉宾名单特别像十年前BBS上的用户昵称。果冻、Tiger、海阔天空……从食品、物品到自然现象都有，千奇百怪，难以概括。还有个大哥叫"疼人体贴好男人"，是个偏正短语。这很反映本场嘉宾的年龄分布，女生多是80尾90后，而男生几乎都三十多岁了。所有人都毕业于211、985，或海外名校。

主持人拿着麦克风，用欢快的语气宣布活动开始："在这个休闲的星期天，大家相聚在这里，不得不说是一场难得的缘分。哇，我看在座的男生都特别优雅，女生都特别美。希望今天，大家都能遇到喜欢的人，至少交到几个朋友，都能找到，属于自己的缘分！"

接下来，她让大家在资料表背面写下五个兴趣爱好，然后起身去寻找跟自己的爱好有重合项的"小伙伴"，在对方的资料表上签名。这是破冰环节，以比赛的形式进行，三分钟后进行统计，收获签名最多的嘉宾将获得奖励。主持人说："科学表明,一对男女,如果他们的兴趣爱好匹配度超过百分之八十的话,在日后的生活中,他们的幸福指数会比别的情侣高出百分之四十。所以说,相同的兴趣爱好对情侣来说,格外重要。"她鼓励大家:"今天大家是来交朋友相亲的,请各位务必放下平时的内敛端庄,敞开怀抱,走动起来,拿出你们的热情!"

话音刚落,大家居然真都站起来了,积极地走来走去,场地里一下非常热闹。其实这个游戏非常无聊,因为谁都爱好电影、音乐和阅读。不断有人走过来换签名,我坐在原位签得应接不暇。刚签完一波,又有一张表递到跟前,我一看,签过了。

那张表属于一个很年轻的男孩,签满大半张纸。他在我对面坐下,问:"咱们一共几个人啊?我得算一下,要不漏了咋办啊?"

"啊?漏了就漏了呗。"

"漏了就得不了第一了啊?"

"得第一……能干啥?"

他没理我,自顾自数起来。三分钟到,他果然是男生组签名数第一,获得了当众自我介绍、让大家提前认识的奖励。

这个男孩1994年生,是全场年纪最小的嘉宾。他有点黑,平头,精瘦,穿帽衫和运动鞋,走路有劲,迈的步子都比别人大。他是体育特招上的大学,"老实说,分不高,就跑跑步蹭一蹭",倒很坦率。读到大二他就当兵去了,退伍后毕业上班。先是做健身教练,又做到互联网企业的健身辅导讲师,接着成了大型活动的活动执行,然后转成项目经理,现在在一个文化体育产业的自媒体公司做销售,卖线上知识付费产品和线下读书会。

他的性格挺招人喜欢的。跟他聊天很轻松,他能把所有事都说得很简单。他向我解释他们的读书会:"就是找一些互联网企业、各行各业的大咖来参加。比如说最近区块链是焦点,上周我们请一个写了本区块链书的人来做分享。他讲完,大家一鼓掌,完事。"

我问:"你二十五不到相什么亲啊?"

他说:"我身边的真是除了哥哥就是姐姐。原来的同学也都不大联系了。我跟同龄人接触特少,也聊不到一块儿去。他们可能想着今天吃啥明天玩啥,我就想着做点什么,学点什么,跟人聊点什么。"

他空窗了半年。之前那段,男双子,女狮子,特别合适。两人既互相理解又互相支持,知道对方所有想法,甚至会给彼此留空间,好得不得了,顺理成章就聊到了结婚。但因为女孩比他大,两边家长都不同意,最终黄了。"我说实话,现在不是特别着急,要是遇到不错的,肯定是奔着结婚去的。但怎么着也得先谈个一年半载对吧,"他感慨起来,"这玩意儿真是,一辈子的事啊。方方面面都得配合得上才行。你看我跟她都好成这样了,最后不也没成。"

我说:"那你来相亲会也没用啊,你看今天这场子,都是姐姐。"

"咳,"他笑了笑,"看看呗。"

三

坐我隔壁桌的女孩是个92年的区重点高中数学老师。穿粉色的卫衣搭配短裙和短靴,长发盘成一个舞蹈演员似的高高的圆髻,露出整张白净的鹅蛋脸,凸显了红唇——是有点偏橘色娇俏活泼的红。但不知为什么那张很年轻的面庞上,没有打扮出的少女气,她偶尔笑起来,也冷冷的,好像总有点不耐烦。

她因为数学老师的身份受到了很多恭维。

"当老师好啊,教书育人,又有假期。""很厉害很厉害,女孩学数学得有点智商才行。""不愧是数学老师,逻辑能力强。"

她就应付地笑笑,说"还好还好","谢谢谢谢"。

在一个间隙,她跟我聊起来,我们先交换了一下职业信息。我说:"当高中老师很辛苦吧。"

"特别惨!有的学生可坏了,根本不听我的,跟那儿直呼我大名。有时候特别吵,我在那儿拍巴掌,根本不理我。我平时上班不穿这样的,会故意穿得老一点。我们班还有那种异想天开的小孩,就不想读书,说要自己创业开发程序什么的,其实什么都不会,还特固执。可愁了,天天想怎么劝。"她说,工作之后很难交到新朋友,生活太枯燥了,"能谈恋爱至少生活会丰富点吧,在北京也有个家的感觉。"

在轮空时,我陪她聊了一轮。终于来了个中科院博士后,说:"我不喜欢当老师,整天被一些学生围着转太烦了。"这大哥南方口音,说话很轻,是个小个子,戴细边眼镜,衬衫塞进裤腰里,整整齐齐的。

女孩说:"你这么高学历,教高中也有点可惜吧。"

"他们现在都要求博士啊,我室友就去人大附了,我就不去,"他看了眼女孩,好像意识到这么说对方职业不太好,又补充了一句,"不过你小孩以后的上学问题就解决了。"

"我不想让我小孩上我的学校。"

"你们学校不好吗？"

"我们学校挺好的，但我想争取去更好的学校。"

"我建议你去十一学校。"

"十一学校我了解过，他们是走班制，老师还要弄拓展课程，压力挺大的……"

"那代表未来，"博士后打断她，"那种教育才是培养精英。"

女孩决定换个话题，她看着博士后的资料表念："你对TA的期待是，我看看，温柔体贴，成熟，幽默风趣……不滥情？"

"对。"恋爱经历那栏，他写的是"1"。他微笑着说："其实谈过好多次，怕写多了不好。"他刚结束的那段恋爱谈了六年，后来女方突然开始学佛，跟他讲"量子学""能量"之类的理论，"我整个价值观，瞬间，崩塌。我接受不了。信仰不同啊，我信仰科学"。

"六年，也不长。人生说长也长说短也短。落得个白茫茫大地真干净。"他很感慨，但依然保持微笑。

其他几次恋爱很短，仅维持一两个月。"第一次谈恋爱，大学生嘛，也没见过女人，觉得谈恋爱是件多么神圣、多么伟光正、多么有逼格的事情，就谈了，很快发现不喜欢。但那也叫恋爱啊，都牵手接吻了，如果连个位置也不给人家，岂不是太残忍了……"他谈兴颇高，"……我是不是太坦白了？"

女孩应付地笑了笑，说："坦白好。"

话题最后又回到数学。"你知道望月新一吗？日本数学家。"他看女孩一脸茫然，在她的资料表上写下这个名字，"你回去可以查一查。人们说，数学的时代分为，望月新一时代的数学和望月新一时代之前的数学……"

[自我]

女孩不再说话，八分钟真是太长了。主持人宣布本轮结束，博士后的见解最终停在俄罗斯数学家佩雷尔曼。女孩立刻交还资料表，不失礼貌地说："谢谢科普。"

四

每轮交友的头一分钟总让我难受。男嘉宾喜欢拿着你的资料表，一条条念，像在面试："嗯 91 年，厦门人……北师大，留过学，不错……媒体……嗯……嗯……"四成面试官表示对北师大女生印象良好。七成面试官觉得厦门是个环境优美、气候宜人的好地方（"所以你为什么不在家待着？"），其中半数以上提及鼓浪屿。

只有一位男士对厦门的判断别具一格。他说，台海局势对厦门的发展影响很大。"你看两岸如果打仗，你们那边的建设就非常成问题了。不过开战的可能性很小。这个事情很难说，特别是美国介入的话就不一定了。"他还跟我分析了房价形势和房产税的影响，以及中国社会发展走势。我感觉他的格局过大了。

一个从事金融行业的男嘉宾扫了眼资料就问："你做记者啊，是不是卓伟那种要经常跟踪蹲点的？"

"不是，我们不是娱乐类媒体。"

"那你们是不是能到处收车马费啊？"他说话慢悠悠的。

"当然不是啊，像我采的好多人都挺穷的。"

"你都写什么领域啊？"

"非要归个类别的话，偏亚文化吧。"

"噢我知道，什么摇滚嘻哈那种挺小众的吧。我以前听说后摇什么的,老觉得,是不是特别不正经,跟摇头丸似的那种……"

"你还是别觉得了,我觉得你不太懂。"我忍不住打断他。

有半分钟,我们都没说话。

他又拿起我的表,一边看,一边慢条斯理地说:"新闻啊,不要做任何诱导性判断,也不要做任何价值观输出,你们要做正经纯洁的媒体啊。"

"你觉得什么媒体是正经纯洁的媒体?"我反问。

他呵呵一笑。

五

有个在创业公司的北大双学位毕业生说,他是追求自由的人。

整个下午,我第一次听到这个词,精神一振。

他特地强调,"我应该是俞敏洪那种气质的人,就是,比较科学民主吧。我很多同学都会走主流道路,但我不会去当公务员,进大国企。我比较客观一点,相信自我奋斗。可能我们男生不像你们女生,女生二十多岁要结婚,三十左右要生个孩子。男生我觉得就是要拼……"

我越听越不对劲,感觉他说的"自由"我好像不认识,于是问:"那不要孩子你能接受吗?"

"这个,这个……"他思考了几秒钟,继续侃侃而谈,"这事比较客观吧。我对这个事情是半反对半不反对。这意思就是,你要考虑机会成本嘛,一共两个选择:生孩子,不生孩子。那你不生的理由在哪里？如果你告诉我不要小孩能获得的收益比要来得大，那我可以考虑。我对不生小孩这个选项的态度应该是百分之四十吧，如果要让我达到百分之六十，那你得说服我。不过按常识或者大家公认的来说，都是要生孩子的。客观情况来看，我觉得这个事情在我爸妈那里能通过的概率非常小。"

聊到这里，大概是第十几号嘉宾了，我只觉得，人和人能达成理解才是真正的小概率事件。

事实上在场的人都挺坦诚的。由于目的明确，越是到了最后，越是追求效率似的和盘托出。我的最后一个交友对象，像走流程似的，互换完资料表后就请求加微信，接着他就大吐苦水。

"我是真的非常着急了。关键是我父母，简直是，三天两头给我打电话。问，什么时候回家？我说，怎么了？每次都是——'给你介绍了一个女生赶紧来见见吧。'现在已经根本不带考虑我意见了。我妈甚至是草木皆兵那种状态。她出门看到邻居两个人在说话，心里都会很不舒服，觉得又在说她儿子没结婚。她就觉得我一个人是很大的错。还跟我说，要不然你过年别回家了。"

说完一长串，他舒了口气，沉默了半分钟，接着说："这些话我今天都说几百遍了。你觉不觉得，这种活动就是不断地说话，不断地喝水？"

谈话环节终于结束了。最后，主持人请大家选出三个今天自己最满意的异性嘉宾编号。这时，对着男嘉宾名单，我突然发现，脑子里所有的面容和资料表信息一片模糊，我根本记不清谁是几号。

走出大楼,我深吸一口气,点了根烟。

一个在门口等车的男嘉宾看到了我。我记得他,和他的聊天可能是整场最愉快的一轮。他在厦门工作过一段时间,但他没评价厦门的空气,也没提鼓浪屿。他跟我说起在厦门时和他一起租房的老领导。"五十多岁的大哥了,跟我们年轻人一样到处出差,特别勤奋。我们反映工作太忙没时间谈对象,他还给我们安排参加那种联谊活动。他在家天天下厨,煲汤,做海蛎煎,哇!我们每天都吃得特别好。"剩下的几分钟,我们都在聊厦门美食。

他朝我挥了挥手,往我这儿走来,接着就看到我手里的烟,停下了脚步。我们远远地冲对方笑了笑。

鸡饭情深

文＿杨语

一

在海南，尤其是我外婆的家乡文昌，养鸡是件严肃的事。在每个应当庆贺的日子，在琼州海峡对岸的人们用汤圆、青团、粽子、饺子欢度节日时，琼岛人都会宰杀数不清的鸡，做成白斩鸡。如果碰上春节或某村先祖的忌日，鸡们还会被摆在祖先牌位前，若干分钟之后，切成整齐的块状，和鸡汤焖出来的饭摆在一起，吃掉。

传统文昌民居只有一个厅，吃鸡时，祖先们的牌位就在边上。不知道对鸡的嗜好是什么时候养成的，和今天又有什么不同？或许祖先们吃鸡时感受到的欢乐更多一些，毕竟以前天灾人祸多，人和鸡的日子都不好过。上世纪70年代，妈妈和她的七个表兄妹春节回到文昌祖外婆家，总是一齐望着那仅有的两三只鸡流口水。那时只有过年时才杀鸡，一上桌就被抢光，留下鸡头和鸡屁股，专属于老人家。一年等一回。

后来日子好过了，养的鸡就多了起来。在文昌的各个村庄里，探头探脑的鸡随处可见。鸡在村里随意吃榕树落下的籽，吃人们嚼剩的甘蔗渣，吃木头和地里的虫，时不时也打个架。鸡还是散养比较好，这是公认的道理。文昌鸡是海南鸡中之最，这也是公认的。但是外公住在镇上，县道边上，只能圈养。他在铁皮店后面圈了块地，面积和店一样大，文昌鸡们在里面过着与世无争的生活。这些鸡大多是为我养的。各种节日和寒暑假的开头末尾，它们纷纷死于砧板。

外公是个凶悍而沉默的人。开小卖部之前，他是个厨师。厨师的菜刀钝了的时候，他就把菜刀全部拿出来，摆出磨刀石，坐在店中间一把接一把地磨刀。磨好的菜刀放在右手边。海南夏日午后的阳光照在水泥马路上又散射进来，刀刃闪闪发亮。到了做白斩鸡的时候，他就用这些刀把鸡弄得斩件齐整端出来。动刀之前他总是会喊我，阿侬要不要吃鸡腿？于是我去拿他斩下的两个鸡腿，跑到店门口晃荡。除此之外，我不记得外公对我说过什么温情的话。

长辈们的爱意总是通过鸡表达，在海南似乎自古如此。上初中之前，我大概有一年没有回外公家。机票太贵。暑假时终于回了家，回家时鸡舍已经过分拥挤。外公连做了两个月的白斩鸡和鸡饭。8月下旬他终于想起来还没给我做过海鲜。那个暑假之后，我再也没有瘦过。这也不是我一人独有的经历。大一寒假，一位消瘦的同学告诉我们，他的父母认为他又瘦了，心疼之下，一举从文昌定了十一只鸡，给他改善伙食。

爸爸妈妈还在内地打工时，有一年春节，我一个人回家，又买了初二早上的机票。外公在年初一杀了八只鸡，冻了一天，又花一个通宵从冰柜里凿出来，塞到我的行李箱里。老人家总担心过年吃不到鸡。过个年连只像样的鸡都没得吃，这对海南人来说有些太凄凉了。

二

在文昌的老人家们的概念里，像样的鸡应当如此：鸡皮黄而且厚，脆而耐嚼，皮下有一层薄薄的油脂，肉色洁白，结实嫩滑，骨髓半熟，带着血色，嚼起来鲜甜。外婆在牙还算齐全的时候，一定会把鸡骨头全部嚼碎。骨髓不好吃的鸡，也不算像样的鸡。早些年，为了能吃到像样的鸡，外婆养鸡还是颇费心思的。这在海南也算个传统。家里不养几只鸡，似乎总少些什么。

外婆停止养鸡大约是在76岁。在此之前她养了多少年的鸡，我就不得而知了。住在乡下，肯定少不了的。后来妈妈到海口的医院里当护士，外公外婆也跟着搬到家属区。外公开了间小卖部，外婆在家属区里养鸡。这也不算什么出格的事。医院里从下面市县里考上来的人多，父母跟过来的，也都养了鸡。十多年之后，家属区改造成现代化小区的样子，草坪上还有鸡在散步。靠近围墙的空地也零散地搭着鸡笼。每天下午上学，鸡们探出头来看我，似乎责备我打搅它们午睡。路边的水泥墩晒着米或虾壳，这些都是鸡的食物。奇怪的是，我从没听说那些散养的鸡偷吃这些东西。大概鸡也是聪明的。

给鸡吃的东西也有些讲究。鸡吃得不好，就不好吃。鸡不好吃，年就过得很失败。所以每天吃完饭，外婆就用米饭拌上米糠，均匀地放到食槽里。文昌盛产椰子，榨油剩的椰肉渣也是鸡的食物，木薯和吃不完的蔬菜也是。如果放养的话，鸡还有榕树籽和虫子可以吃。这么养上一年，鸡就可以吃了。在过年前的一个月，散养的鸡都要被关回笼子里，长点膘。文昌人连骂人都跟养鸡有关。说一个人做事没头脑，就说他到过年才阉鸡。每次我在截稿日前熬夜写稿，总会想起这句话。

外婆从没犯过这种错误。毕竟大概从她成年起，就这么养鸡。她76岁那年，我的外公去世了。外婆一个人住在家里，养着几只鸡。我们说，别养了，太辛苦。外婆说，不养的话你们回来我拿什么给你们吃？于是鸡还是养着。又过了一年，她的阿尔茨海默症开始发病，我们决定把鸡笼卖了。外婆难过地说，那以后过年吃什么？尽管她已经将近耄耋，但到这时她才切实地觉得自己老了，没法再养鸡给晚辈们吃。

但是过年依然有很多鸡可以吃。毕竟就连外婆住的养老院里都养着鸡。养老院平时伙食粗糙，逢年过节，没有像样的鸡给老人吃，工作人员似乎也觉得说不过去。从除夕到初六，养老院院墙边鸡笼里的鸡成批减少。在饭点到养老院去，能看到牙齿所剩无几的老人们用手撕着鸡肉跟你打招呼：又来看外婆啦？唉，老了咬不动鸡啦。

到了初二，我们到外婆的老家拜年。姨公姨婆平时不住那里，把鸡寄养在别人家。过年时拎回来，招待回家的晚辈们。姨公儿孙多，鸡腿自然是轮不到我的。姨公有时吃白斩鸡吃腻了，就直接切成块来打边炉。他在锅底铺一层大海螺熬汤，再下鸡肉，鸡和海螺的鲜味就混到一起。姨公总撺掇我陪他喝酒，说，阿侬啊，你现在长大了，跟朋友出去喝酒，不要告诉你妈。

妈妈从另一桌喊话过来说，你说的什么话？姨公说，你看我们这边的沙土地上养的鸡，比你婆家那边的红土鸡好吃吧？

除了姨公，我们每年还要带外婆去一趟二舅家。二舅继承了外公的手艺，白斩鸡的蘸料调得一绝。那蘸料说起来简单，无非是鸡汤和姜、蒜、香菜、盐、糖，以及金橘。但妈妈怎么都弄不出二舅的味道。二舅煮鸡的火候把握得也是极好的，皮脆肉滑，骨髓鲜红。然而外婆的牙脱落得只剩个位数，只能看着鸡骨头兴叹。二舅斩鸡之前也会喊我。我拿了鸡腿，跑到绳床上晃悠。二舅把鸡斩成块，和用鸡汤焖出的饭一起端上桌，最主要的年菜大概就做好了。文昌界内还是村庄居多，吃得没那么讲究。

三

后来到内地读书，我才知道这种吃法叫海南鸡饭。人们总问我，海南鸡饭不是新加坡的吗？再后来，到了英国，我认识了一些东南亚人，他们问我，海南鸡饭不是海南人在新加坡发明的吗？还有一些新加坡人，他们问我，海南真的有鸡饭吗？

我也不知道怎么回答。或许是没有的吧。我的一位印尼朋友，是个熟谙东南亚料理的大厨，聚餐时给大家做海南鸡饭，鸡肉边上摆了满满一圈黄瓜片。我看着黄瓜片，想找出记忆里鸡饭和黄瓜一起出现的场景，找不到。黄瓜极少在海南的料理中出现。我看到新加坡的海南鸡饭，竟然还加了辣椒，竟然还弄成了套餐，完全失去了鸡饭喜庆的观感。当一盘斩件齐整的海南鸡被摆在桌上，当边上的电饭煲冒出混着鸡汤、鸡油炸过的大蒜以及籼米的香味，它提示的是欢乐和团圆。或许东南亚已经发展出了不同版本的海南鸡饭。在香港，甚至还有一家叫"泰国人海南鸡饭"的饭店。高度都市化的新加坡，自然也发展出了都市化的鸡饭。

为了维护原版鸡饭的尊严，我决定做一次正儿八经的海南鸡饭给朋友们，没有黄瓜片，没有辣椒，带着欢乐的气味。我兴致勃勃地去买鸡，忽然意识到，离开了海南，做一顿传统的鸡饭难度实在太大。超市里的鸡大多是四十五天就出笼的饲料鸡。在海南，老人家们对这样的鸡大都十分嫌弃。饲料养出来的东西，真的能吃吗？不到半年就出笼的鸡，真的是鸡吗？皮真的脆吗？肉够结实吗？骨髓能吃吗？煮出来的汤真的有鸡的香味吗？妈妈有时吃到这样的鸡肉，皱眉头道，豆腐鸡。

为了让我们不用到菜市场买鸡肉，奶奶在她的后院养了几十只鸡。她把院子隔成两半。一半养着刚长羽毛的鸡，另一半是将近成年的鸡。即将上桌的鸡在鸡笼里。奶奶在后院里还专门给下蛋的鸡隔出一个小间。小时候，我好奇鸡是怎么下蛋的，看到有鸡进小间，就跑到篱笆后面偷看。篱笆自然是挡不住我的，鸡隔着篱笆无奈地对我怒目而视。我只好没趣地走了，至今没见过鸡下蛋。

我对着超市里一排肤色惨白的鸡叹气，给它们起了个名字叫"殇鸡"。短折不成曰殇。用海南话的语法，叫"鸡殇"更合适。要是在海南，这些鸡才刚到可以在村里晃悠的年龄。没能按部就班地长成一只鸡，就要被囫囵吃了，想想十分悲哀。我勉强挑了一只谷饲的黄皮鸡。谷饲的鸡不但是殇鸡，还不是现杀的鸡。冰冻过的鸡不能拿来做白斩，这在海南也是条公认的道理。

但是海口已经夸下，不能半途而废。我用冰冻过的殇鸡做了份海南鸡饭，味道竟然跟新加坡的海南鸡饭颇为相似。东南亚朋友们赞誉纷纷，餐厅里竟也有些欢乐与团圆的氛围。我在心中感慨，都市化的新加坡培养出来的都市化的胃口啊。

　　发完感慨没多久，我回到海口，在市中心看到一家小吃店赫然打着招牌"新加坡鸡油饭"。妈呀，故乡沦陷了。这仿佛是一个隐喻，海口的食肆越来越多，卖的大多也是殇鸡，没有灵韵，而家里的弟弟妹妹们对它们还挺习惯。在他们的认知中，那或许就是海南鸡饭。我的奶奶老了，也不怎么养鸡。鸡对我而言又变得稀少。每年，只有那么几天，我能在文昌的亲戚家吃到几顿像样的鸡，能在二舅家拿到提前砍下的鸡腿，一年等一回。

我在养老院陪护母亲的七天日记

文 _ 小山

第一天
2018年2月14日,星期三,晴,大年二十九

上海虹桥机场2号航站楼,26号登机口。

今天是西方的情人节,也是大年二十九,这一趟我是和先生儿子一起回花溪老家看我妈。

说是"回老家",其实,我是准备去养老院住一个星期。一年前,老妈在成都因肺炎引发心衰住院两周后,为了能有人随时关注到她的身体状况,也为了就医时使用医保方便些,我们兄妹仨决定把她送回贵阳,进了一家名叫"松溪"的养老院。

我们虽一致认为这或许是给妈最好的养老方式,但内心多少有些不忍,特别是大嫂,她二十多年来不断加深加重对老妈的照顾程度,因此更是有着万般的不舍。今年是老妈在养老院过的第一个春节,大哥拍板:"我们要这样想:现在养老院就是妈的家,过年了,我们就一起回家陪妈过年。"我思虑再三,如

果我们在养老院吃过年夜饭就走人,老妈会倍感凄凉,两个哥哥也会伤感。反正也是住宾馆,还不如我干脆就去养老院陪老妈住一个星期。于是,有了这样一个特别的过年方式。

11点整,飞机准点起飞了。

* * *

贵阳热得出奇。养老院位于贵阳的郊区,主体建筑是一栋四层的楼房,依山势而建。以前那里是花溪机械厂的办公楼,房子很老旧,水泥地面,楼道的顶上还留着粗大的管道,改建成养老院后在楼道的两边添加了扶手,方便老人们扶着走。一楼除了监控室和厨房,住的基本都是瘫痪老人;二楼是有一定活动能力的老头和老太太们,各自分住两边,中间用铁门隔开;三楼是精神有严重问题的老人;四楼为办公室和员工宿舍。

老妈住在二楼。所有房间的布置都是一样的,老人们的床如同巨大的婴儿床,四周都是木栏杆,向外的一边有两扇门,有插销可打开,外加一条长长的木杠。床都比较矮,方便老人上下床。

楼房的外面是一个不算太小的院子,种着一些简单的花草,两边放置了许多长椅,据说天气好的时候,护工们会扶着或背着老人们到院子里来晒晒太阳、活动活动。

再往远处就是农家的田地、两口鱼塘、种植草莓的塑料大棚,不时还可看见随处觅食的鸡鸭、土狗和山羊。

晚饭后,说了一会儿话,先生和儿子回宾馆了。护工袁姐来安排老妈睡觉,她哗啦啦从床下拉出三个塑料盆,扔在我面前,眼皮也不抬一下地交代道:"这个是洗脸盆、这个是洗脚盆、这个是洗屁股的。"

然后,用手一挥门背后的一排毛巾:"这个是洗脸的、这个是洗脚的、那个是洗屁股的。"

她说得实在太快,我小心地向她再求证一遍,她很不耐烦地吼道:"哎呀——给你说,你也搞不清。"一边训斥我一边动作迅速地做完了一切,然后摔门而去。

见她走了,我长长地出了一口气,搬了个塑料小凳子,坐在老妈床前,握着她的手,想和她聊会儿天,但她除了简单的回应,只是点头或摇头,基本上都是我在说。

晚上10点,医生来查房,大声与老人们打着招呼,说着祝福的话。看见我还未上床,特意嘱咐我早点上床,也好让我妈早点休息,免得她白天精力不济。我听话地上了那张平时是护工睡的床,木床有些硬,还有点嘎吱作响,被子是实心棉做成的老式被子,估计有十来斤重,盖在身上感觉翻身都困难。躺在这恍如隔世的床上,长明灯就在头顶上,想着每隔两小时一次的查房,我觉得自己恐怕会彻夜不眠了,心里倒也坦然,反正从明天起除了陪老妈,也没有什么其他事情在等着我。

半夜12点,突然听到有人开门进来,是一个男性保安。因为提前知道是工作人员,我尽量控制着自己别扭的感觉。甚至还惊喜地发现,我刚才竟然睡着了一会儿。这一点小惊喜让我立刻彻底清醒了过来,无法重新入眠,再次看时间时已快凌晨2点,惦记着又要查房了,更不敢入睡。听见老妈咳嗽,赶紧起身去看,老妈睁着眼,精神比白天好,她笑眯眯地问我怎么起来了,我说听见她的声音来看看,问她要不要换一张尿片，她摇摇头说不用。我说已经过了2点怎么还不见人来查房，她悄声说："这两天后半夜都没人来。可能是因为快过年了，人手少。"

不知是夜里灯光暗淡还是老妈来了精神，我觉得她的眼睛亮亮的，想起去年夏天来看妈时，儿子说她的眼睛像小孩子的一样单纯，不可思议。或许人真的是轮回的，老人在最后的时光又变成了小孩。

和老妈聊完天，我上床继续睡，刚迷迷糊糊要睡着，突然听见8号房间有人大声叫喊。我一下子坐起，定神细听，原来是里间的阿婆说梦话。下意识地，我像哄小时候夜里说梦话的儿子时一样脱口而出："不要怕，我在这里，乖乖睡嘛。"只是这次用的是贵阳话，竟然也管用。

第二天
2018年2月15日，星期四，晴，狗年除夕

早上6点09分，袁姐开门进来叫起床，我赶紧穿衣下地。有了昨晚的教训，不敢劳动袁姐，我开始帮老妈洗脸、漱口、梳头、装假牙。见状，袁姐去照顾其他阿婆了，转了一圈回来，她看见我忙乱的样子，从鼻孔里发出不屑的声音，也不理我，只是端走了洗漱后的脏水。

早饭是煮得很软的面条，里面放了肉末和萝卜，护工给每个老人都盛了大半碗，是不锈钢碗，像幼儿园小朋友用的碗。我也有一碗，只不过是瓷碗，面条有点辣，我没吃完就放下了。妈吃得很慢，我开始喂她。

老妈和其他老人一样穿着一件暗红色方格子的围裙,这是养老院为每个老人吃饭时准备的,以免汤水饭菜洒出来弄脏了衣服,上面有各自的号码,老妈是61号。这让我想起儿子在幼儿园时围着的口水巾。吃饭时,有的老人手颤抖着,面条顺着下巴滑下去了;有的老人倚靠在铁炉子的边上,缓慢而吃力地将面条扒拉到嘴里;还有一位婆婆的身体被布条绑在轮椅上,她几乎无法单靠自己坐稳……看着这些东倒西歪地嵌在各式椅子里的老人,我心里滋生出一种无法言喻的难受:"老了,就一定会是这样吗?"

吃完饭,帮妈漱了口,坐在饭厅里,给妈剪指甲。外面蓝天白云,室内光线很好,感觉老妈的手指甲有些脆了,但不是很硬。剪完指甲,捧着她的手,我讨好地说:"妈,你看你的皮肤还这么好,脸上和手上一点老人斑都没有,还这么柔软。"

老妈矜持地抿着嘴点了一下头。

拢了拢老妈额前的头发,我又说:"你的头发也那么好,才有一点点白的。"

旁边的一位阿婆也说:"就是,你妈的头发好好哟,我儿子的白头发都比她多。"

老妈摸了摸自己的头发,微微一笑,仍没有话。

想引起妈说话的兴趣,记得前些年每次向她汇报我的工作情况时,她总是反复叮嘱我身体要紧,不要天天忙于写文章,于是,我说道:"我今年要在英国出本书。"

以为这样的话会引起老妈的不满,哪怕她训我两句也好,但妈只是"哦"了一声,并没有以前那样的反应。

我找不到接下去该说的话,只好握着她的手,轻轻按摩着。

其实，这两三年来，我们都已明显地注意到妈的话越来越少了。去年夏天回来时，老妈在花溪医院住院，我每天去陪她，没有什么话说，不知该如何与她相处，感觉时间很漫长，后来我只是长时间握着她的手，轻轻按摩，不再说话。她则会不时睁开眼看着我，无声地微笑。那时突然想：或许现在对于她来说言语已是多余，她在用另一方式与世界交流？

* * *

客厅里，还有几个老人在等着家人来接，准备回家过年。结果一上午几乎听了一部养老院的宫斗剧，都是袁姐在与其他阿婆们聊天，内容是袁姐与刘姐之间的不和。其间，唯有老妈一言不发。我则是一边给妈剪指甲按摩手脚一边听她们说话。

袁姐收拾好了碗筷，回到客厅里，懒洋洋地躺在沙发上，大声叹着气。王婆婆关心地问："心头不舒服啊？啥子事情吗？"

袁姐愤愤然道："老子不干了！"

众婆婆齐声问："为啥子？"

袁姐翻身坐起，一开口就颇有气势："同行多嫉妒啊，我做得多、做得好，人家就有意见，就不舒服啦。"

然后她开始抱怨："早上我不喜欢吃面，就想吃点剩饭，厨房还说我搞特殊化。人要干活，不让吃饭，咋子得行？我做完这个月不做了！"

赖婆婆表示同情："哎哟——大家都是打工的，何必为难别个嘛！"

王婆婆很有高度地评论道："中国人就是喜欢搞内讧，没得意思!"

袁婆婆出了个主意:"你直接找院长说嘛,不要理那个刘姐,她也是打工的。"

杨婆婆附和:"对嘛,阎王好见,小鬼乱缠。"

赖婆婆想安抚袁姐:"我们支持你。人家《水浒》里面都说一个好汉还要三个帮了嘛。"

王婆婆高瞻远瞩地说:"大家一起好好做,领导看得到,群众也看得到。"

得到众婆婆的安慰,袁姐更来劲了,"刘姐觉得她做的时间长,是老员工,她就有功劳,就指手画脚的"。

"我是做得有点粗,但也尽心噢,该做的活路一样都没得落下,一定都会做到。

"我说话声音是大,不会当家属的面对你们温柔,有些子女就对我有意见。但你们子女不在的时候,我也没得不管你们嘛。

"她这个人,我评价就是会做小动作,当面一套背后一套的。不得真心对你们!"

杨婆婆小心翼翼地:"我们也看到的,有时候我们都想说,但是不敢说,觉得她自己心里头应该晓得才对嘛。"

袁姐表情诚恳地拍着双手说:"我承认我搞得不是全好,但尽量每个人都搞一下的嘛。"

"至少不能让房间里面臭烘烘的、你们身上臭烘烘的嘛。"

赖婆婆下意识地小声说道:"现在就我们几个人,我们就说一下她嘛。"

袁姐理直气壮地:"她做得不对,我当面都会说她。"

王婆婆表示理解:"你是个心直口快的人,我们晓得。你是有哪样就说哪样的人。"

袁姐终于实话实说了:"其实我不是不喜欢吃面,我是不喜欢吃太软的面,给老人煮的那种烂糊糊一样的面不好吃。"

* * *

看见老妈开始打瞌睡,我也走神了,这才发现儿子早先发微信给我,说他发烧了。爸爸出去找药店买药去了。

再一看手机上有几个未接电话,都是先生打过来的。我赶紧再打过去,他说他在找大年三十仍开门的药店,估计是昨天白天太热,晚上有温差,儿子还有点高原反应,所以发烧了,但应该不是太要紧。还说他们早上走了很远的路最后又折回宾馆时才在路口买到了油条和豆浆……我有点心不在焉地听着电话,想着该扶老妈上厕所了。

养老院里除了正式的卫生间外,为方便老人,主要使用坐便器。客厅的外间就放着三个坐便器,我想把老妈扶起来,慢慢走过去。但她几乎一站起来就往下倒,我完全扶不住,弄得我几次都差点和她一起摔下去。

袁姐看见了,大声地叹着气,"你家这个姑娘哟——"

她走过来一把将老妈扶起来,"她扶你不行,我扶你,你咋子就能走了嘞?"

我默默无语。

中午12点,除被子女接走的老人外,加上老妈还有两个婆婆,她们各自回房间午睡,我们也回了房。

午睡后,想扶妈起床,突然直觉不太对——果然,她把大便拉在尿片里了。不想喊袁姐,也觉得她说得对,这些天就应该是我来伺候老妈,于是我努力表现出淡定的样子:"没得事,我来帮你。"

但实际情况远不是我所想象得那样轻松,因为老妈几乎完全不动,为了尽量不把床单弄脏,我得将她的下半身抬起来,但我发现自己根本搬不动她,只能一点一点地挪。我在脑子里迅速地过了一遍自认为是必需的程序:第一步,先用卫生纸擦一遍;第二步,务必小心地把尿片包起来扔掉,千万不能让里面的大便漏出来,否则局面会更加失控;第三步,用湿纸巾擦第二遍,注意不能留下死角;第四步,打一盆热水来擦洗。最后,要换掉妈全身的内衣裤。总之,一切动作都应该快速利索地完成!OK,开始行动!

打开尿片,再三提醒自己不能皱眉头,动作要轻柔,语气要平和……结果是:我几乎用掉了整整一卷卫生纸,手上也碰到了大便,更糟糕的是,我每一次挪动她时使出了全身的力气却只能搬动一点点,我大口地喘着粗气,顾不得有什么气味,感觉以前从不觉得有问题的腰像是要断掉一样,中间不得不停下来休息了三次,早已忘记了要屏住呼吸快速处理完此事的念头,也不知道究竟花了多长时间。其间,我不断地抱歉着,为自己忙乱而又不够专业的处理手法,没想到老妈竟一脸慈祥地对我笑了笑。我用还没有洗过的手撑住腰,也努力地回了一个笑脸。

* * *

下午4点,大哥一家来了,二哥和他儿子来了,先生带着还发着烧的儿子也来了。二哥问老妈:"看一下,哪个来了?"

大哥大声问:"我是哪个吗?"

又指指我嫂子:"还认得不吗?"

再把他女儿推到老妈面前:"这个又是哪个呢?"

妈稍有点迟疑,但最终还是叫出来了孙女的名字。她又缓慢地一一叫出各人的名字。

大哥满意地说:"喔——就是,老妈还是记得到我们的嘛。"

他继续用当兵时习惯了的大嗓门和老妈说着话,她也努力地回应着,感觉妈的表情比昨天看见我时要丰富一些,精神也好许多。

大哥感叹道:"好久没得这么闹热喽,起来走几步嘛。"

大嫂和二哥都极力附和,老妈先是摇头,迟疑再三终于同意:"走噻。"

于是,大嫂熟练地扶起妈,毫不吃力,二哥拿来助步器,老妈在二哥明确的指令中、在大嫂的鼓励和搀扶下,缓缓地但同时也是稳稳地移动着脚步,全然不像上午和中午时那样颓废无力。我不想除夕之夜告诉他们我刚才的狼狈,只是开玩笑地说老妈欺负我,但心里更明白是自己太笨也太没经验和力气,不足以支撑起老妈衰老的身体。

从早上到下午,养老院二楼的绝大多数老人就被各自的子女接回家过年了,除了一个精神有问题的、一个似乎从未有子女来看望却显得格外开朗的阿婆,剩下的就是来陪老妈在养老院过年的我们一大家人。为此,院方专门将客厅留给我们使用,而将那两个老太太暂时移到男区那边,与另两位不回家的老头一起吃养老院为他们准备的年夜饭。

晚饭前,二哥给养老院的工作人员发了香烟和红包,感谢他们一年的辛苦工作。

我们的年夜饭是二哥从外面的饭馆预定的,又带着几个孩子去搬了上来,一家九口围坐在大铁炉子边,三个男人开了一瓶茅台酒,我和大嫂分别坐在老妈的两旁,负责给她夹菜添汤。吃到一半时,二哥让我把他的酒杯递给老妈抿一口,结果发现老太太有点意犹未尽的样子,于是就又让她再喝了两小口。见老妈能喝酒,两个哥哥都挺开心的。其实,我记得小时候,妈累了时,晚上会打开柜子拿出一瓶茅台酒,自己倒上一小杯,慢慢喝。那时并不觉得茅台是什么稀罕物。

席间在大哥的带动之下,儿孙一辈欢声笑语不断,老妈仍是少有话语,只是偶尔在两个儿子的询问声中简短地答应一声。

大哥喝了酒,兴致很高,说了不少老妈以前在成都和他们一起住时的笑话:

"你们不知道,我们吃了好多年的地沟油!为啥子?是后来才发现的,原来妈为了节约,总是把抽油烟机里的废油倒回油瓶子里去。给她讲了那个油不能吃,她就是不听,最后我只好每次清洗完抽油烟机后,把螺丝拧得很紧,她打不开,这才算了。

"姑娘换下来的脏衣服丢在洗衣篮子里面,如果不及时洗掉,就会被老妈扔掉——因为她总以为那个篮子是装垃圾的。

"老妈在家,看见地板上有一小点垃圾就要捡起来扔掉。

她有高血压,我怕她弯腰下去会摔跤,经常跟在她后面帮她捡。后来她发展到捡外面的落叶,哎呀,害得我像扫大街的环卫工一样,一到秋天,每天一大早就要去扫落叶。

"前十年,每天中饭是老妈做饭喊我来吃,后十年就是我做饭给妈吃。

"她后来忘记了怎么煮饭。为了教她煮饭,我想了好多办法噢:先把米量好、水放好,再让她用另外的盆来淘米,然后放锅里面。

"哎哟——比我自己做都麻烦!不得办法嘛,要让妈锻炼噻。

"最后还是不得行。

"我还给老妈搞了个闹钟,不是普通的闹铃声,里面录的是我的声音,每天定时叫'老妈,该喝水了'、'老妈,下来吃饭'……

"哎呀——你们是不晓得,老妈的笑话多得很!"

二哥说:"不过,我记得老妈以前凶得很哟!不管是啥子事,也不管会不会做,最会的就是跟人家讲道理,头头是道的。"

"现在,她有时候又不讲道理得很,错了也不肯承认。有一次她弄错了,我问她:'那咋办呢?'她说:'错都错了,就不办了嘛。'我说:'你以前的学生犯了错,你会不会就算了嘛?'她说:'不行。'我说:'一样的道理嘛,不然你咋子教育学生呢?'她不哼声。"

大家都笑了。

这其间,老妈一直听着,脸上的表情不多,偶尔小声嘟囔几句。那一刻我意识到,老妈是真的很老了。

第三天
2018年2月16日，星期五，晴，大年初一

今天天气晴好，阳光灿烂，一早，外面就停满了各种车辆，各色衣着光鲜的子女们带着自己的子女来到养老院，将父母重新送回养老院，并在此盘桓半日，交纳下一年的费用，也再陪陪父母。傍晚时光，这些车辆渐渐离去，楼道里的大红灯笼也关掉了，客厅门上的春联虽未褪去，但整个养老院又慢慢恢复到往日的安静与寂寥之中了。

老人们稀稀拉拉散坐在客厅里。有的围坐在茶几边的沙发上，有的坐在代步的轮椅里，还有一个坐在窗边的藤椅中。他们相互之间一言不发，只是呆坐着，有的或是坐得太久，杵在那，弓着身，头垂在胸前沉沉睡去。

基于昨天的经验，今早起来后觉得自己要在这一个星期里完成护工每天的日常护理工作似乎不太可能，一方面明白自己的有心无力，另一方面也深感护工的不易，我塞了三百块钱的红包给袁姐。这是我从未做过的事情，很不习惯这样的操作手法，感觉当时特别难堪。但之后，袁姐的态度倒的确是有了很大的改变，对妈的动作温和了不少。

大哥一早就来了养老院，一直想哄老妈说点啥，即便老妈不说话或说得很简短，也并不会破坏大哥说话的兴致。他要么引老妈回忆过去的时光——实际上是他自己在回忆，要么带领我们一起回忆小时候：

"我记得小时候老妈带我回宜宾，宜宾的燃面很好吃，还

有黄粑、醪糟蛋……"

我说:"我从来没有回过宜宾。"

大哥问老妈:"咦?你啷个没得带她回去过呢?"

老妈简短作答:"她那时太小喽。"

她仿佛已没有力气给我们讲很久远的故事了。

大哥继续回忆:"后来,老爸老妈被下放到大山洞的农耕学校,二爸来照顾我们。他是我们家的功臣……"

说起大山洞,二哥来了劲:"上次老家来人看妈,三爸说,在大山洞的时候,我大概才四五岁,有一次是哭起回家的,他问我:'和人家打架了?为啥子嘛?'我说:'有人欺负我家妹。'三爸问:'打赢没得吗?'我说:'没打赢。'三爸大笑,说:'好,明知打不赢还敢打,有骨气!'"

的确,我小时候的许多记忆都是两个哥哥为了保护我或是因为被骂"狗崽子"而和别的孩子打架。但他们打完后,无论输赢,时常接着就是老妈得去向人家赔礼道歉,因为我们是应该被改造的对象。

我不想过年说那些,为了活跃一下气氛,就对二哥说:"你是帮我打架了,但小时候你也没少骗我吃的。托儿所放学发的糖,我总是给你留着;妈分给我们三个的水果,我的那一份有一半都是被你吃掉的……"

两个哥哥哈哈大笑:"就是!""就是嘛!"

大哥又像是想起什么似的问老妈:"你是属啥子的呢?我忘记啰。"

妈懒懒地说:"不晓得喽。"

大嫂启发道:"妈,你是33年生的,应该是属鸡嘛。"

大哥说:"对头,记到起你是属鸡的,去年是你的本命年,所以生病。今年已经是狗年喽。"

"你去年84。俗话说84岁是个大难关,现在过去喽就好喽。"

我赶紧附和:"对嘛,民间的说法是,只要活过了84岁就随便活啦。"

二哥也说:"妈肯定是长寿的相。能吃能睡的,现在各项指标也都好。"

大哥又说:"就是嘛!你是你们张家活得最长的人,你是寿星的命。"

大家七嘴八舌地说着,想将去年的晦气赶走,希望老妈今年能够健康起来。

第四天
2018年2月17日,星期六,晴,大年初二

清晨,天还没亮,听见老妈在床上有动静,我起身问道:"醒啦?"

她"嗯"了一声。

我又问:"想起来啦?"

妈小声地回应我:"我想起喽。"

我摸出手机,一看还不到5点半,想来她是想要解手,我赶紧答应着,披衣下床。掀开被子,除下尿片,扶着老妈坐起来,给她说:"现在你要坐到坐便器上去,你自己站起来,你可以的,我扶着你。哎,对,就这样,抬脚,迈腿。哎,很好!就这样,非常好!继续走……"

我们终于挪到了床边的坐便器上,扶妈坐下,我感觉到老妈在努力着,想减轻一点我的负担,我也的确觉得比前两天轻松了不少。

她刚坐下去,我就闻到了味道,她大便了。我顿时十分感动,猜想她之前一直忍着,没有拉在尿片里,最后又通过弄出声音来叫醒了我。她这是在体贴我的不容易,想必是那天我的狼狈状她看在了眼里,她想帮我,让我轻松一点。我立即表扬她,说她今天很棒,很有力气,都是自己站起来、自己走过去的,更关键的是她自己起床解手的。我这样说时,老妈的脸上露出一丝丝轻松的表情,微微笑了一下。

收拾好,把妈推到饭厅里,一个阿婆走了进来,我认识她,她是我中学的语文老师,姓杨。但她早已不认识我了,因为她已失智。杨老师穿着干净整齐,能自己走路,也喜欢和人说话。她走过来,对着我和老妈分别鞠了两个躬,说:"你们好!我可以坐下吗?"

我笑着说:"你请坐。"

她坐在了老妈旁边的椅子上,又立马站起来转向老妈,恭恭敬敬地问道:"请问我可以坐在这边吗?"

老妈缓缓地转过头去,矜持而庄严地点了一下头,拿足了一个富贵老太太的架势。

想当年老妈本就是大户人家的小姐,城里有盐铺、糖坊,乡下还有田地,她小时候兄妹四人的日常生活都各自有专门的用人伺候。解放后,外公顺应时代,开仓放粮、分田分地、家产交公,得了个"开明乡绅"的头衔,四个子女也纷纷或下乡进厂或远走他乡投身到新的生活之中。老妈大学毕业后坚决要求到贵州支边,之后与出身城市平民却凭自己的努力考上大学又留学苏联的父亲结合,原本以为从此会重新过上好日子,但在那个年代,她的出身问题,让她历经了各种磨难,变得顽强而乐观,同时也粗糙了许多。特别是在我爸去世之后(当时她才43岁),她以许多人都无法想象的韧性和勇气将我们兄妹三人抚养成人。

我一直觉得她很有力量,同时也是一个很开朗且乐于助人的女子,只是以前我们也总嫌她话多啰唆。

这五六年,特别是近一两年来,她变得越来越不爱说话,不再给我们各种琐碎的指导,不再操心我们的身体或工作,对别人似乎也变得冷漠了。在养老院,她是公认最高冷的一位,几乎不和任何人说话,护工问她问题,她也只是缓慢而简短地作答。别的老人找她聊天,她多不予理睬,顶多是笑笑或点个头。

杨老师坐下后,开始和我聊天,"我们这里好,大家都很亲近,我们不吵架不打架"。

又指了指我妈,"她不爱说话,我们几个说……我找不到回家的路了,啷个办嘛?"

她好像是在和我说话,又好像是在自言自语。过了一会儿,她一脸茫然地站起来,向客厅的门口走去,一边走一边说:"我要回家,我要回家……"

* * *

今天,客厅里的铁炉子倒风,虽然打开了通风扇,但仍不解决问题。煤炭燃烧的味道很呛人。我把老妈推出去,到二楼的大阳台上转了两圈，站在阳光下晒晒太阳，蹲在她身边给她搓搓手，按摩按摩。10点钟推老妈回房间，想帮她解个手，她又变得挪不动脚步，好不容易把她抱上了坐便器，却没办法让她稍微起身脱下裤子。试了几次都失败了，我只好出去找人帮忙，看见一个年纪比较大、名叫罗姐的护工，赶紧过去笑着请她来搭把手。罗姐身板挺直，但脸上已堆满皱纹，估计是快60岁的人啦，她平时只负责打扫卫生，不负责照顾老人。但听见我叫她，还是毫不犹豫地跟我进了房间。我过意不去，等她把老妈重新安顿好，塞了一百块钱给她。

中饭前，她又过来和我聊天。我问她是哪里人，她说："是大山洞的，现在属于白云区。你恐怕不知道吧。"

我惊喜地说："我小时候就在大山洞待过。我妈以前老跟我说，当时我身体很不好，容易生病。有一次感冒，喝咳嗽糖浆时喂得太急，堵住了呼吸，还好邻居是一个医生，立即给我做人工呼吸才把我救了回来。"

罗姐见遇到了同乡，很是亲热，又和我聊了她两个儿子的情况。末了又小心翼翼地问我是否有40岁了，

我笑答："我都过五十了。"

她连声称："不像，不像。"

又感叹城里人不用辛苦做活，长得嫩，不像她快60岁的人了，还要打工挣钱。我心有同感，但嘴上却只能说："多动动，身体好。"

"各人能干的事情不一样，但都挺重要的。"

她欣然接受了我的说法，"就是。坐在家里面闲到起也无聊，还不如做些活路，挣点钱"。

***

午睡后大哥和嫂子过来了,今天是大哥的生日,难怪中午休息时老妈问了我好几遍大哥什么时候来。大哥说:"我们家里人从来不过生日。但在成都时,每年的这一天妈都会给我说一声'生日快乐!'"我答应着他的话,但不敢深谈,怕他会伤感。

下午,我们把老妈推到大阳台上,外面阳光明媚,有四只山羊、两只土狗在冬天荒芜的田地里奔跑着,鱼塘边还有两个人在钓鱼,马路的对面是一排排的草莓大棚。大哥和嫂子扶着妈站起来,让她抓着铁栏杆慢慢地挪动脚步。大哥大声地发出各种指令:

"抬脚,抬脚,对,就这样,很好,很好。腰杆要挺起来,抬头。

"往右边迈腿,手先抓住栏杆再迈右脚。看见那三只羊子了吗?咦——今天有四只,看见了吧?土泥巴色的。

"现在往左边走,看见橘子在哪里了吧?走到橘子这里,脚踢到橘子就可以往回走喽。

"对,就这样,你看你走得很好嘛!继续!

"哎呀——刚才有只喜鹊从面前飞过,你看见了吧?肯定是好兆头。

"腿不要弯,站直喽。眼睛看前方,找找那两只黄狗跑到什么地方去嘛。

"再站一会儿,今天是可以的。你是有力气的,不要害怕嘛。"

* * *

晚饭后大哥和大嫂回了宾馆。我白天有点拉肚子，还有点头痛。到了晚上，拉肚子的情况仍无好转，担心夜里会加重，8点钟，袁姐帮老妈洗漱完毕上床后，我决定去找养老院的医生要点药。楼上楼下穿过重重铁门，终于找到医生邓姐，她诊断不是什么大问题，可能是我饮食不习惯或是水土不服，最后给了我一包蒙古脱石散和一瓶藿香正气水。我拿着药，回房间。推开门时，眼前的一幕吓得我魂飞魄散：老妈坐在床边，床栏杆的木杆被掀翻在地，一边的插销已经打开，另一边的门没能打开，因为她把自己的两条腿插在了里面，整个人被卡住了。老妈仅穿着内衣，头发凌乱地困在床栏里，像个孩子一样求助地望着我，嘴里喃喃地说着："你去哪了嘛？我喊你了，你不在。"

我的心狂跳不止，扔下手里的药，慌乱地跑过去："对不起，对不起，妈。我以为你睡了，我出去了一下。你要干哪样？我来帮你。"

"我想起来，我要解手。"

"好，我扶你起来。"

解完手，重新上床。凌晨，突然听见一阵拨弄插销的声音，我猛地坐起来，看见妈又坐起来了，她笑眯眯地望着我，

"几点了？我想起来，我要解手。"

"好，好，我来噢。你等一下啊，我马上就来。"

"我问你现在几点了嘛？"

"现在5点05分。"

"搞这个栏杆干啥子嘛？太麻烦！"

我在养老院陪护母亲的七天日记

"就是,我也觉得麻烦。"

"搞得像防小娃儿样的,我又不会掉下来。"

"就是,你又不是小娃儿。"

"这个被子也重得很。"

"我也觉得太重,翻个身都困难。"

"就是。"

我和妈有一茬没一茬地聊着,心里窃喜:妈愿意开口说话了。

"妈,你有事就叫我,很好。

"你看你自己是可以站起来的,哎——对头,走得很好,就这样,再走两步就到马桶了。

"现在解好手了,还睡吗?"

"这么早,我们再睡下嘛。"

"要得,我们睡嘛。"

"我不要这个栏杆噢。"

"要得嘛,我们不要了。"

"我也不想夹尿片喽。"

"好嘛,不夹就不夹嘛。"

再躺下时是5点23分。因为没有上栏杆,我心里担心,不敢睡着,侧身躺着,不时睁开眼看一眼妈,见她好好地没动,就再闭上眼。蒙眬中,突然听见门响,我以为是老妈又起来了,一下子从床上惊跳起来,结果是袁姐!时间是5点49分,平时该起床的时候了。

她见床栏敞开着,连声说:"不围起?太危险!太危险了!不得行!不得行!"

老妈回嘴:"我又不是小娃儿,不会掉下来的。"

我不敢附和,只是在袁姐身后冲老妈扮鬼脸,她也冲我会心地笑,我们像两个联合起来对付大人的小孩子。

老妈似乎还不肯罢休,又对袁姐继续抱怨道:"这个被子也太重了,压得我好累。"

这回我赶紧附和,"喔!我也觉得好重。有几斤吗?"

袁姐答道:"八斤一床,是两床叠在一起的。"

我惊呼:"十六斤啊!"同时冲妈点了点头,表明我俩之前的猜测没错,妈也从袁姐的胳膊下抿着嘴冲我得意地笑了笑。

这一晚上的折腾,真是让我又惊又喜!受到的惊吓是不小,也发现了问题:老妈是一到晚上(特别是半夜以后)就比白天清醒,更愿意说话也有更多动作,这或许是医生和护理人员都不愿看到的情况。但喜的是,不管怎样,妈有事会叫我了,而且意思表达得很清楚,还会像个孩子似的冲我笑、向护工抱怨她不喜欢的事情。希望这是个破冰的信号,让她在白天也能慢慢多一些言语和动作。

第五天
2018年2月18日,星期日,多云转阴,大年初三

早上洗漱完毕,来到饭厅,老妈又恢复了静默状态。从夜里的好动多话再次转为昏沉的样子。

大哥和嫂子坐今天的飞机回了成都。午后,我把老妈推到阳台上,天气暖和,但不见昨天的土狗和山羊。老妈又有点昏昏欲睡的样子。我正要提醒她别睡,忽然,她睁开了眼睛,注

视着左前方。我顺着她的目光看过去,只见隔离窗上有两只大大的飞蚂蚁,老妈慢慢地弯腰向前倾、缓缓地伸出手,一下子就把一只飞蚂蚁按在玻璃上了,捏在食指和中指间,慢慢缩回手,然后毫不留情地把它撕碎。看着这如电影慢镜头一样发生在眼前的一幕,我有点反应不过来,心里好像有点紧(我平生最怕虫子),觉得有些残忍,又觉得妈的眼睛还挺好的,而且身手还不错。

又一只蚂蚁飞过来,同样的慢镜头再回放了一遍。过了半小时,不知从哪里爬来一只我们小时候好像叫它"臭屁虫"的倒霉蛋,这一次,老妈慢慢地把右脚伸出来,它不知是计,慵懒地爬上老妈的棉鞋。老妈不慌不忙地把脚抬起来,抬到手能够得着的地方,一把抓住它——真是一场完美的诱捕!

我急忙在心里祈祷,恳求老妈别捏这个虫子,因为我记得它的气味很难闻,而且它有成人的一节小手指长,还有硬硬的壳,我觉得老妈可能也没有力气撕碎它。但却见老妈仍然缓慢而坚决地将它撕成了两半,一股浓烈而难嗅的味道弥散开来。老妈的脸上没有什么表情,慢慢地从口袋里拿出一张纸巾擦了擦手,将纸巾叠好重新放回口袋,然后闭上了眼睛。

又是半小时过去了,不知从哪里又飞过来一只蚂蚁。这次我的心揪起来了,拼命想给它使眼色让它别过来,又绝望地想:它肯定不懂。只见它飞到离老妈还差一两指的地方时便盘旋不前了。老妈往前试探了几次,都不能得逞。为了转移老妈的注意力,我急中生智,想起我随身带的电脑里有一些去年让学生帮我下载的 80 年代的相声、评书和歌曲。赶紧问她想听什么,她一如既往地摇了摇头。

我不死心，继续问："姜昆的相声不是你最喜欢的吗？……那么冯巩的呢？"

"评书怎么样？小时候我们中午吃饭的时候，你都和我们一起听的。"

她还是摇头。抱着最后一搏的想法，我死缠烂打地继续问："那么老歌呢？《九九艳阳天》？《洪湖水浪打浪》？"

老妈终于点了点头。我松了一口气，开始放音乐，那只侥幸逃走的虫子也再没回来。老妈的表情开始慢慢轻松下来，闭着眼欣赏音乐，只要曲子一停下来，她就会转向我的方向，微微抬一下眼皮，实际上并没有完全睁开眼睛，我便立马如得到皇太后懿旨的小李子一样赶紧找下一首歌曲，并大声报出曲名，老佛爷首肯了，就点播放键……

晚饭后，袁姐在训斥赖婆婆不听话，我不想继续待在饭厅里，就把妈又推到了阳台上，不到6点钟，太阳还没下山，天光依然还在。我坐在妈的轮椅边打电话，突然发现妈又弯下了腰，并用手指了指地面，我顺着她的手指看过去——又一只臭屁虫缓缓地爬了过来，而且比上一只更大。回头看见老妈饶有兴致的样子，我的脑子里飞快地转着各种念头：

"看来老妈找到了新的兴趣点！

"这真是个意外，也是个惊喜。一定要告诉二哥，春天来了，会有不少虫子出没的，妈有玩的了。

"但是，但是，至少现在，我真的不想再看到她撕碎这只臭屁虫了。

"怎么办？怎么办？"

我装作兴趣也很大的样子和妈一起俯身看着这只臭虫，终于冒出一句话来：

"记得小时候你告诉我这种虫子叫啥子？"

"响屁虫。"

"哦，对，就叫响屁虫。想起来了，它很臭的。"

"嗯。"

"那你别把它弄死，会很臭的，太难闻了。"

我孤注一掷地恳求着，并不真的指望老妈会放过它。悄悄用眼角瞄了老妈一眼，她既没有点头也没有摇头，只是也没有进一步的动作了。于是，我和老妈两个人一起弯腰俯身兴致盎然地（其实我是在提心吊胆又拼命忍住恶心的感觉）注视着那只丑陋的虫子缓缓地从我们眼前爬走，直到消失在墙角。

* * *

看完臭屁虫回来，我想把妈先扶到坐便器上，她不肯。我想袁姐也快来安排她睡觉了，便也没坚持。结果等袁姐来看时，发现她又拉在尿片里了，而且已打湿了棉毛裤、毛线裤和外面的棉裤。袁姐把妈放到坐便器上，准备帮她换掉打湿的衣裤，这时有别的老人叫袁姐。我镇定地让袁姐去帮别人，自己来搞定老妈。找出要换的裤子，脱下打湿了的三层裤子，将干净的棉毛裤和毛线裤套上一半，在妈的腿上盖上一条毛毯，出门打热水，帮妈擦洗好身子，抱着她两个人一起慢慢挪动到床上，尽量轻轻地把她放下，再盖上被子。

然后俯下身、贴着老妈的脸小声地说："妈，我知道你是怕我抱不动你，所以不叫我。你真好，还是你照顾我。但以后要解手,一定要叫人,这样你自己会舒服很多,其实别人也会轻松一点的。"

老妈乖乖地点了一下头说:"好。"

我不去想这样的叮嘱是否有用,老妈是否明白、能否记住,只是想让她感受到,发生了这种事情,也不会有人埋怨她,至少我们不会。

不过,老妈这几天多是在没有别人帮忙的时候要么把大小便拉在了身上,要么半夜起来要解手,要逃出床栏。这让我一方面担心我走之后,再出这种情况,没人发现,她会很长时间不得清洗,会很不舒服,甚至可能会出危险。另一方面,其实我也有些困惑,我不明白,老妈是因为体恤我不够能干、力气也小,不想麻烦我;还是因为她真的有些糊涂了。但我宁可相信是因为我小时候时常生病,让老妈操心不少,现在老天要我用这种方式来还,而等我走了,她就会重新好起来。

的确,我童年时记忆中印象最深的事情之一就是半夜发烧,迷迷糊糊之中,看见老妈在收拾包袱准备送我去医院。那时,花溪的三所正规医院的儿科从医生到护士都认识我,我是那里的常客。但当时能感受到的不是老妈的辛苦,而是发觉我一进了医院,老妈似乎就放心了,整个人的表情也会轻松下来。记得有一次夜里去医院,二哥用力推着单车,老妈在一旁扶着我,同时保持着车子的平衡,满脸的焦虑和不安。我在昏昏欲睡中,看着两边的景色缓缓而过,恍惚中竟感觉到花溪夜晚的美和宁静。

回过神来才发觉,人生经不起眨眼,如今我早过了当年母亲的年龄，而她已到了迟暮之年，就像我小时候依赖她那样，现在的老妈则需要我们的照顾。

＊＊＊

我发现，才短短的几天我已经有点神经质了，每晚2点左右必醒，然后就会支棱着耳朵听老妈那边的动静；而且只要一听见插销与木头相碰击的声音就会立马坐起来。今天凌晨也是这样，2点15醒来，看一眼老妈没什么动静，就再闭上眼。2点45分，蒙眬中听见门在响，以为是老妈在拍床栏，我猛地一下坐起来，这一迅猛的动作把刚进来的巡夜人吓了一跳。我挺不好意思地又躺下身去。4点51分，听见老妈在晃床栏，怕自己听错了，我轻声问："妈，要起床了？"

"哎，我要屙尿。"

"要得，我来噢。"

我迅速穿衣下地，搬来坐便器，打开床栏，扶老妈坐起来，解开尿片，慢慢挪到坐便器前，再扶起，送回床上，重新绑上尿片，盖上被子，放好床栏。

6点05分，这样的事情又重复了一遍。

这一夜，从10点35分医生查完房，老妈10点40分要起床解手，到6点05分第三次起床，我终于彻底明白了，老妈最大的问题就在于白天昏沉、晚上清醒，白天就是尿在身上也不说，夜里绑着纸尿布也一定要让人解开起来。这样的作息，我不知道我不在时，护工是怎样对待她的，恐怕很难及时满足她，唉……该怎么办呢？

第六天

2018年2月19日,星期一,阴,大年初四

早饭时,赖婆婆不吃饭,坐在一旁叹气,那是因为她过年回家太高兴,初一的早上一口气吃了八个汤圆,吃隔食了,不消化。初二回养老院后,医生邓姐嘱咐袁姐这两天只能给她喝菜汤、吃粗粮。所以,早上袁姐没给她端面条来,袁姐自己捧着一个小脸盆大小的不锈钢汤盆,坐在火炉边吃饭,发出很大的声音,一边吃一边说:

"你叹哪样气?还不是为你好!你回家一天就拼命吃,现在安逸啦?还不是自家受罪!"

"你想一顿就把你家姑娘吃穷啊?"

"哎呀——我也吃不下去了。"

"不得行,我吃不动噢。"

不过,显然她低估了自己的食欲和饭量,因为她很快就解决掉了那一大盆饭菜。

* * *

变天了,能听见外面呼呼的风声,站在窗口能感觉到降温的力度不小。不过,更让人感觉降温的是袁姐的咆哮声,脑筋不管用的杨老师昨天脱掉了棉袄和毛衣,但不知放在哪里了,袁姐到处都找不到,担心杨老师着凉感冒,袁姐嘴里一直骂骂咧咧的:

"你把衣服藏到哪点去了嘛?"

"老子说你,你不听。脑筋不管用,还乱拿乱放。

"你的房间我都翻遍了,你给我说,你放到哪点去了嘛?"

吃过早饭,袁姐不知从哪里找来一件棉袄,要给杨老师穿上,但杨老师死活不肯:

"这个是春秋天穿的,哪个说是冬天穿的嘛?

"不同的季节要穿不同的衣服,这个是规矩嘛。

"哎哟,你非要我穿春秋天的衣服,你是在整人噢!

"我穿不起!要穿你来穿嘛!

"把我的衣服扯烂了,你赔!"

袁姐一边帮杨老师穿衣一边嘴也没闲着:"好心没得好报!我是怕你生病,你还要泼我。"

听着她俩大声对骂着,分贝很高,老妈转过头去,微微皱了皱眉头。

我悄声问她:"要不要回房间?"

妈苦笑一下,摇了摇头说:"这里暖和。"

我回了一个苦笑,重新在老妈身边坐下。悄悄环顾四周,见其他几个老婆婆也在摇头、苦笑,看来大家都习惯了这一切,也都无可奈何。两人骂了一阵子,歇下来了。才坐了一小会儿,袁姐又站起来给杨老师倒了杯水送过去,杨老师也恢复了平静,笑眯眯地接过来,说了声"谢谢!"这几天,我是发现了,袁姐的工作方式就是一边吼叫一边手脚不停,老人们的一些基本要求她都看在眼里。只是十几位老人才配两个专职的护工,难免有时会照顾不过来。

一上午,院长带了两拨中年模样的男女进到客厅里,每次都指着老妈和我对客人说:"这是贵大以前的教授,那是她的子女过年来看她。"我每次都点头微笑,估计这些人是准备送老人来养老院,提前来考察情况的。下午又来了两三拨人,看来年后又会有老人被送来养老院。

* * *

老妈有两天没有拉大便了,我有些担心,不知会不会有什么问题。这让我想起儿子小时候,与其他新手妈妈交流养孩子的经验,大家都说孩子是否能顺利臭臭是很重要的事情。

"有时几天不拉,急死个人!"

"你们有什么好办法能够让宝宝好好拉大便的?"

"我们家宝贝拉大便是一件能让人奔走相告的大喜事!"

下午起床后,坐在饭厅里,老妈一直在喝水,估计她也想尽快解决掉这一人生大事。3点半,袁姐来扶妈去解手;4点半解手,6点半解手,8点解手,都没能成功。

半夜2点32分,晃床栏的声音响起,我马上醒过来,问妈要什么,她说:"我要喝水。我想起来。"

"要得,我就来了嘛。"

来到妈的床前,撒床杠,拔插销,解开尿片,扶妈坐起,挪到便盆前,慢慢坐下,擦好,再挪回床上,躺下,盖好被子——这一套夜间的操作程序我已能做得比较熟练了。

看见我拉被子的动作笨拙,妈同情地对我说:"太重了!"

我笑笑:"就是。"

又补充道:"不过,天慢慢暖和了,昨天我问过他们,他们说天暖和了就换薄被子。"

妈理解地点点头："好嘛。现在就将就一下嘛。"

我摸摸妈的脸："我们接着睡？"

"好。"妈冲我笑笑。

我拿床杠准备卡在床栏上，

妈摇了摇头："不要，我不想要。没得必要的。"

这回我比上几次从容多了，心里明白不能完全听妈的话，当然也不能硬来。我停下动作，迟疑着："这个，这个……这个是有点可笑，也没得必要。不过，不过，它其实也就是个形式。但是，要是我不在，护工白天累，晚上睡得死，她们怕出意外，怕担责任。要不还是上起嘛？"

老妈顿了一下，然后大度地说："好嘛，那就这个样子吧。"

放好床杠，扶着腰回到自己的床上。我知道明天天亮以后，这样表情生动、头脑清楚，也能主动说话的老妈又会重新变得昏沉无语。我不知如何才能让妈从这晨昏颠倒的状态中调整过来。

想着这些，我躺在床上再没睡着。

又想起，因为养老院没有Wi-Fi，我已有几天没有查邮件了，不知我的英文编辑Gemma是否收到我临走前发给她的书稿，希望她的编辑工作一切顺利，否则3月份的出版计划就会被耽误了。

明天，我就要回上海了。

第七天

2018年2月20日，星期二，阴，大年初五

早晨6点02分，袁姐开门进来了，收拾好床，把妈放在坐便器上，又出去照顾别的老人。

过了两分钟，见我在发呆，老妈发话了："解完噢，我想起来啦。"

我回过神来赶紧答应："要得。"

我小心地问："要不要把片上起？"

"随在。"

停了一下，妈又说："我不想上，没得必要的。"

我想了想，也说："就是，那么我们就不上了。"

这时，不知因为什么事情，袁姐与杨老师又吵了起来，整个楼道都能听得见。

袁姐生气的声音："你搞哪样搞？"

杨老师不服气的声音："你凭哪样老是要管我嘛？"

又倔强地继续说："我就是要这个样子！"

"你就是不听话！"袁姐的声音陡然升高了八度。

杨老师也不显弱，回嘴："你凶哪样凶？！"

袁姐大吼："老子都是为你好！你到底听不听？"

杨老师斩钉截铁地吐出四个字："什么东西！"

我以为袁姐肯定要炸，哪料想，十几秒钟过去了，一点声音都没有，又过了一分钟、三分钟、五分钟，始终没有听到袁姐的反击。

我和老妈相视一笑，我说："这个袁姐好凶！"

老妈理解地说:"她就是声音大,其实是好心。"

我附和道:"对头,其实她是个好人。"

又加上一句:"所以,以后她要是对你凶的话,你不要理她,也不要生气哟。"

老妈明白事理地说:"嗯,我晓得。"

袁姐又进来了,发现没给老妈上尿片,一边打开衣橱找尿片一边大声说:"不得行,不得行。我晓得不舒服,就像我们每个月来那个的时候也觉得不舒服。不过,怕你夹不住尿,冬天裤子打湿了麻烦,还是上起保险些。"

老妈乖乖地答应道:"好嘛。"

袁姐帮老妈整理好衣服,出去了。我在妈的轮椅前蹲下身,"妈,我下午就回上海了,你要好好的,等着我放暑假了再来陪你"。

老妈眼睛亮亮地看着我,"下午就走了?"

我点点头:"嗯。"

"这几天我在这笨手笨脚的,也没把你照顾好。"

"你照顾得好,好的。"

我有点难过,拼命忍住。

妈又问道:"你好久再来?"

"夏天。天热的时候放假了,我就再来。"

"要得嘛。"

将老妈推到饭厅,等我洗漱回来,妈又陷入了昏沉。

***

9点钟,回房间给妈拿阿胶浆口服液,7号房间的阿婆叫住了我。曾听别的阿婆说,她从前是从上海上山下乡来贵州的知青,后来嫁给了当地人,因为头脑聪明而且能干,一步步从会计变成了厂长。不料天有不测风云,前几年一场重感冒后脑子烧坏了,开始无缘无故地骂人,家里人受不了只好把她送进了养老院。

在养老院里,她一人住一间,房间里总是黑乎乎的,她坐在门口不断地发出各种怪叫声,虽然没见她有什么暴力行为,但知道她神经有点不正常,我平时走过她的身边或房间时总是小心翼翼地不与她目光相交。只是昨天她拿着水杯叫袁姐,一直没人来搭理她,我不忍心,帮她打来了热水,她口齿不清地道着谢。今天她再叫我,我便走过去问她有什么事。她把我拉进她的房间,指着墙上的各种开关激动地说:

"你看,你看,我的房间里边连个灯也没得,黑漆漆的。

"也没得取暖的。他们都不管我。

"还不给我水喝。

"他们坏得很。他们都是坏人!"

看着她不知是因病还是因为激动而歪斜着的嘴,听着她含糊不清的表达,我不知如何安慰她。只是不停地点头,最后为了脱身,我对她说:"我去给他们说一下,他们会好好照顾你的。"

"哎,哎,好人有好报的。"她冲我挥着手。

回到饭厅,我和袁姐说了这事,她翻了一下白眼。

"不要听她的,她是个疯子。哪个不管她嘛?! 她房间里面的灯是她自家不让开的,暖风器也不让开。还不和大家一起吃饭,要专门给她弄。麻烦得很!"

我苦涩地笑了一下,不再说什么。我相信养老院里的每个老人,背后都有一串的故事,而曾经的职业习惯、生活经历带给他们的或谦卑顺从或孤僻冷峻,甚或自我偏激,在暮年的时光里都变得更加明显,而旁人则没有耐心去倾听。这些天,我总有一丝想要去了解他们每个人却又害怕去了解的感觉。

* * *

快到吃午饭的时候了,把妈推到火炉边,围上围裙。她一直低着头,我叫她,让她抬头,没有反应。过了一会儿,我看见她在用脚点地,似乎在暗示我什么,顺着她的脚尖看去,发现地上有一粒橘子的核,大概是刚才掉在地上的。

我问她:"你想我捡起来?"

她点点头。我弯腰把它捡起来,扔进火炉里。老妈满意地直起了腰,继续闭上眼。一会儿她睁开眼时,又开始盯着地面,我再次顺着她的眼光看去,发现一丝纸屑,赶紧又捡起来扔掉。

中午吃过饭,在火炉边坐了一会儿,袁姐准备送老妈回房间睡午觉时,罗姐也过来了,大声地问我什么时候走,又感叹我们过年才来几天就要走了,只剩下老人孤独一人。我知道她说的是实情,也是真情表露,但怕老妈听了心里会不舒服,想制止她又不知如何说。罗姐一路跟进了房间,对老妈念叨着:"唉——等你睡起来,姑娘已经走了喽。"

我赶紧接上一句:"还要再来的嘛。"

"喔,要来,要再来!"

妈躺下了,我答应走时会告诉她。她乖乖地闭上了眼睛。半小时后,我悄悄起身准备上卫生间,发现老妈侧过脸来看着我。原来她没睡,我冲她笑笑:"我去解个手。走的时候我叫你嘛。"

她点点头,再次闭上眼。

1点钟,估计二哥快要来了,我从床下拉出行李箱,把手边的几件东西装进去。回过头来,发现老妈不出声,眼睛亮亮地看着我。我在她床边坐下,"我要走啦"。

一句话刚出口,我就哽住了。原以为这一年多来老妈反复住院几回,病危通知也下了三次,对接下来的生离甚至是死别我都已做好了充分的思想准备,这几天的陪伴我也算表现得足够淡定了,却不想临走前的这一刻还是没能忍住。我极力想控制自己的情绪,咬着嘴唇,不让眼泪掉下来。老妈的眼睛也有些湿润,但她竟然反过来安慰我:

"没得事的,你放心,我在这好好的。

"你要注意自己的胃,不要吃冷的东西。

"晚上不要睡得太晚,不用写那么多书。你现在已经是教授,可以喽。

"娃娃的功课你们要抓紧点,让他争取考上北大。"

见老妈仿佛突然之间不仅有了白天少见的清醒,而且又能如以往一样地叮嘱各种事情,我瞬间崩溃,泪水决堤般地流下来,说不出一句话,只是拼命地点头。妈费力地从被子里侧过身来抓着我的手抚摸着,像小时候哄我一样地说:"不要再哭了嘛，你要准备走喽。"

我哭出了声，老妈继续哄着我："好喽嘛，好喽嘛……"

袁姐开门进来，难得小声地说："你家哥来接你噢。"

回头看见二哥在门口匆匆说了句："我在下面等你。"就走了。

老妈拍着我的手背："走喽嘛，走喽嘛……"

一路上我红肿着眼睛坐在座位上发呆，这些天的一幕幕在脑海中回放，眼泪还没干得透，又止不住地流下来……

突然，飞机的颠簸才让我明白，我已在远离老妈的千里之外了。

后记：第八天
2018年2月21日，星期三，阴，大年初六，上海

昨晚回到上海的家，听不见老妈晃床栏，也没有了长明灯和巡夜人，我却睡得并不好。

下午二哥打电话来，"我现在养老院，你和妈说两句嘛"。

我接过电话："妈，你今天咋样？"

老妈在电话的那一头说："我好，你放心嘛。"

才说这么一句，她就挂了电话。

二哥接过电话说："昨天和今天我都来看老妈的，经过昨天那么大的情绪波动，应该说她总体还算可以。就是又拉在身上了……

"袁姐说当时发现的时候，大家正在吃饭，没得办法马上帮她换……

"袁姐不高兴,说她不听话。"

二哥还在电话那头转述着袁姐的话,我在电话的这头再一次地崩溃到不能自已。我突然有种强烈的无力感。这些天在养老院,我似乎一直在想要为她做点什么,想要跟她说点什么,想要改变些什么,最终却全部无效。我知道老妈无处消遣的孤独和寂寞,但也只能看着她在迟暮中孤独地老去。我曾无法想象,一个曾经那么要强的人,在她生命最后的时光里,会变得如此虚弱不堪、老态颓唐,但也只能任其静静地应承着命运的姿态,渐渐地远去。

回想这些年,我总觉得,老妈在与我们相处的时候,仿佛多了些早年没有的客气和小心,甚至还带着一丝隔阂。时常,我们跟她解释一件事,她会一直听着,不出声,也不反驳,甚至会点头答应,我们以为她听进去了,但再次提起时才发现她已不记得。于是,我们埋怨她老了变得不可理解、不好沟通了,但其实或许是她觉得自己已经老了,为儿女做不了事了,对社会也贡献不了自己的价值了,那就不要给别人添麻烦,不要被别人讨厌。所以她努力配合着,甚至一直迁就着。如今,进了养老院,她更是不敢放肆地表达自己真实的感受,只是一味地忍着。我猜想她一定有一种感觉不到痛的痛——而那该是有多痛啊!

一整天,有太多的感觉涌上心头,但是却无法清晰地用语言来表达。脑海里只有一幅幅的画面和某种说不清的味道。那是什么味道?或许就是所谓的"老人味"吧——混合着药味、床褥味和潮气以及一丝丝便溺的气味。

谁都知道,人总会变老、变弱、变丑,都会皮肤松弛、腿脚不灵便,终日腿上盖着毛毯,歪着头、流着口水打着盹。其实,老妈和养老院里的老人们过得并不是很惨。是的,他们是老了,但他们还有子女牵挂、有养老院的护工照顾。然而,这就足够了吗?如果人生像春天的花、夏天的雨、秋天的叶、冬天的雪一样,那这就是如常之态,并非无常。他们的今天、他们的故事,也就是我们明天的故事。人生就是一个过程,但如果我们相信这个过程是有意思的,而结果却又变得毫无价值,我们又如何有勇气去面对?这样的余生,我们还能过得淡定坦然吗?可人这辈子,究其一生,不就是在这个世界上独生独死、独来独去的吗?

如何才能在暮年仍不失去对生命的热情?宗教告诉人们,迟暮并非是人生无意义的结束,还可能是灵魂向更高层次的升华,是修行过程中的一个阶段,是最后修成正果前的必然。但前提是相信灵魂不灭!这能让人在最后时刻还保持期待和尊严,但如果没有宗教,是不是人在最后剩下的就可能只有无奈、恐惧和自我放弃了?我无法回答。这个年代是如此的匆忙,我们忙到没有时间陪伴,忙到没有时间思考。

十八个都柏林人和他们的乔伊斯

图、文_朱英豪

前年(2016)6月,归程前的一个深夜,我躺在都柏林利菲河畔(Liffey)的一家青年旅店里,毫无睡意。我的上铺躺着来自约翰内斯堡(Johannesburg)的保罗,他来这里推销自己的咖啡萃取专利。对面下铺是斯德哥尔摩的乔纳森,一个次日清早就要去谷歌总部面试的年轻程序员。我有些恍惚,这是在那个行前让我有着无数想象的都柏林吗,还是加州硅谷?既是高纬度,又逢夏季,熄了灯的房间宛如黎明。伴随着他们熟睡后的鼾声,隔壁夜总会歌厅的镭射探灯时不时也扫射进来,打在墙上摇滚歌星奥康纳光滑的额头上。我心中数着数,再多打几次,她就满血复活了。

我刚从西北部回来,多尼戈尔郡(Donegal),一次令人满足的旅行。那里有高耸的峡湾、嶙峋怪石,以及画着巨大的凯尔特女神的名字、向飞越上空的二战战机发出中立国信号的大西洋海岸线。《星球大战》摄制组刚刚离开,马林角(Malin Head)的一家酒吧凳子上,还留着绝地战士马克·哈米尔(Mark

Hamill)的余温。比金字塔还要古老的墓穴屹立在荒野里，茂盛的野草被狂风驱赶，露出底下泥煤乌黑发亮的断层。这里还是有着革命传统的红区，电影《风吹麦浪》里的临刑前夜，冒死救出共和军的娃娃兵对达米安说："我父亲来自多尼戈尔郡。如果让你们去送死，我会良心不安的。"

我和一个爱尔兰农民聊了聊，确定这部电影的另一译名《风吹稻浪》是犯了常识性错误，因为爱尔兰并不种植水稻。我还和导游马丁交流了小时候玩的游戏——用一种质地比较坚实的野草梗和同伴相互拉扯，谁先断就算输。《都柏林人》里面的小短篇《一次遭遇》里，说绿色的草梗被拿来占卜吉凶，那是女孩子的把戏。

依尼斯文（Inishowen）是观鸟爱好者的天堂，一个中国人的出现，让都柏林人马丁开始怀念起他的外曾祖父来。1882年，拉都胥先生被大英帝国派到中国，成为大清皇家海关的一名英籍官员。作为一名鸟类学家和动物学家，在中国将近四十年的时间里，他不务正业，借工作机会访遍了中国大江南北，收集到无数的珍禽异鸟标本。这些标本当然被顺利地运回国，纳入大英博物馆馆藏。后来拉都胥先生还编辑了出版了两大卷《华东鸟类手册》，这是西方第一次对中国鸟类图文并茂地系统引荐，引起欧洲博物界不小的轰动。"你知道吗？"他自豪地说，"有一种他从中国带回来的蝙蝠（游离尾蝠），就是以他的名字命名的。"

从最北端的图莱（Tullagh Bay）海滩安静的马背上下来，我去了附近诗人叶芝的故乡斯莱戈（Sligo），不算很旧的墓碑上刻着那首酷酷的诗：冷眼一瞥，生与死，骑着且赶路。

我很听话，赶路回都柏林。公共汽车不紧不慢，行驶在标注着"狂野大西洋"的公路上，偶尔经过的一些荒凉的村子和被废弃的农舍，让人想起了威廉·特雷弗（William Trevor）的《山区光棍》和憨厚的小儿子保利。

爱尔兰的乡村一切都符合我的想象，都柏林想来应该更值得期待才是。

我有一个星期的时间留给都柏林。我收起相机，把时间留给博物馆、画廊、圣三一学院、艾比剧院、圣殿酒吧街，顺便搭讪一下旅店前台的小妹妹。

几天下来，异样的感觉不断袭来。在圣三一学院图书馆大厅，两眼放光的人们簇拥着，高举手机捕捉被哈利·波特开光后的余泽，近在咫尺的诺贝尔桂冠诗人谢默斯·希尼（Seamus Heaney）的发黄诗集无人问津。不知人间有乔伊斯的前台红发小妹妹坐在巨大的洗衣台上，津津有味地看着《伯恩的遗产》。乔伊斯在玛丽大街5号创立的沃尔特电影院早就不见了，现在是一家很无聊的百货商店。乔伊斯中心门可罗雀，而在美术馆书店里兜售的托宾（Colm Toibin）签名版《诺拉·韦伯斯特》，哪怕是打了五折还是滞销。

日记本里记录了我当时的感想（现在看来是多么的武断）："都柏林被一种奇怪的东西紧紧地包裹住了。从斯莱戈来到都柏林，除了乡野被城市替代，除了叶芝被乔伊斯赶跑之外（事实上在过去叶芝比他有势力多了），就是我发现都柏林的司机不再会摇下窗户随便和路人打招呼了。"那个我熟悉的乔伊斯，被各种光鲜靓丽的旅游宣传册和相框簇拥着，他成了一个符号，一个形象大使。

十八个都柏林人和他们的乔伊斯

是因为马丁给我精心设计的乡土爱尔兰珠玉在前,使得我自己黑灯瞎火乱走一通的自由行黯然失色?又或者,是现代化的通病让爱尔兰的城市传奇蒙尘,必须礼失求诸野?还是地处欧洲的犄角旮旯,都柏林只能沦为伦敦、柏林等美轮美奂的大城的无聊陪衬?

我也试着检讨自己。相比那些吵吵嚷嚷、簇拥在古迹前拍照的小红帽们,我不过是一名读过几首诗歌、几个小短篇、嚷嚷着要去瞻仰作家古迹的文学游客而已。手里拿着老照片,我按图索骥,在现实图景和内心搭建起来的文学圣殿之间玩"找不同"游戏。可是,我对都柏林有多了解呢?当我期待它接纳我时,自己是否已经做好准备?

1914年,乔伊斯写出了《都柏林人》。一百多年后的都柏林人,是否已经彻底走出北理查蒙德大街上的死胡同(Blind Alley),是否翻过他所谓的精神上卑琐麻痹的一页?如果经典不被时间束缚,那么乔伊斯的那些预言,是否依然还在这个城市某个角落里显灵?现在的都柏林人,是否还在乎他?《都柏林人》《尤利西斯》和这座自己生活的城市,他们到底怎么看?我的那些感受,到底哪些是真实的生活,哪些只是我一厢情愿的臆想?我想知道答案。

我坐起来,打开电脑,改签机票,推迟了离开的时间。

我很快把自己从游客切换回摄影师的身份。在接下来有限的几天时间里,我东游西荡,设法撬开了都柏林人的嘴,让他们敞开心扉,自然地面对镜头。事实上,后来的经历告诉我,都柏林人拥有西方世界里最容易被撬动的嘴,因为他们有一颗热爱陌生人的好奇心。我所有过分与不过分的请求,几乎都得

[自我]

到了积极的回应。这些凯尔特游吟诗人的后代个个能言善辩，只要给一个善意的微笑或者一句真诚的问候，他们就开始滔滔不绝。无论是在川流不息的康奈尔大街上，还是在暴雨后冷清的格拉斯内文公墓（Glasnevin Cemetery）；无论是贩夫乞丐孩童老太，还是作家演员传教士，都接纳了我，允许我进入他们的内心，哪怕是短暂的几分钟。

和他们一聊天，会很快发觉自己曾经的"麻木无知"。一个学生告诉我，在都柏林，有一个不成文规定。当你在等候公共汽车或者排队买东西时，如果不和旁边的人聊上几句，那就是非常失礼的行为，内心会特别自责。

我把最后一个晚上交付给爱尔兰麦芽和凯尔特踢踏舞。这个坐落在修道院巷的酒吧，过去曾经是为叶芝工作的印刷厂。轰隆隆，机器轰鸣，昨天吐出散发油墨味的《爱尔兰先驱报》，今天吐出 Porterhouse 旗下著名的烈性牡蛎黑啤。妈妈说对了，天底下这么多颜色，黑色的最有营养。

月色正浓，走出酒吧，我和一个在外面抽烟的女孩艾玛聊了起来。我问她，为什么爱尔兰人对陌生人那么热情？借着酒劲，晃晃悠悠的艾玛吐着烟圈，给出一个可爱的理由："很久很久以前，因为逃土豆歉收造成的大饥荒，很多爱尔兰人都跑到美国去了。后来，他们陆续回来看望家人。可是我们也分不清谁是回来寻根的，谁是游客啊，于是，我们就一律对谁都好啦！"

如此憨直的热情，应该能融化世间最坚硬的盔甲吧。走在回旅店的路上，脚步突然变得很轻。望着不断汇入夜色的派对青年，我问自己：一个多世纪以前，在熙熙攘攘的福州三坊七巷，那位大清海关的洋人大员，是否也能有幸拥有一个这样的夜晚？

一个仓促的决定，再加上自己并不是一个合格的提问者，这些萍水相逢显然不能带来完满的解答。但我想，这起码是深度旅行的一种健康的打开方式。终于，我和都柏林取得了某种和解。更确切地说，是和自己。

送给你，这18个新都柏林人，和他们的乔伊斯。

他是我们的骄傲,我也为我自己骄傲,因为我看完了《尤利西斯》。

我叫 Geraod,26 岁,我从事文具批发。我喜欢来格拉斯内文公墓看望我的爷爷,基本上每周会来一次。我的家离这里不远,我都是走路过来,大概需要 25 分钟。爷爷生前和我很亲近,所以我想花更多时间来陪陪他。有些人一年也来不了一次墓地,而有些人隔三岔五就来看看。有些人上网去悼念亲人,但我还是觉得在这里感觉更好些。

十八个都柏林人和他们的乔伊斯

他是我们的偶像啊。但其实我们没看过他的书。

Holly 和 Wendy。我们来自北爱尔兰的贝尔法斯特（Belfast），分别是销售员和墨西哥餐厅的厨师。我们觉得贝尔法斯特人很粗鲁，而都柏林人很礼貌。我没有恭维，说的是实话。我们每次来这里，都感觉很放松。所以，你看，我们又多玩了几天。

哦,我当然知道他,我看了他很多书,比如写非洲的那几部。(后来我发现我们聊错人了,她说的是 Joyce Cary,另一个同时代的爱尔兰小说家)

我叫 Pitooicil,今年 78 岁了,我一直住在这条街上,我刚刚去买了一些茶叶回来。都柏林对我就那么回事,无论你喜不喜欢,就像这雨天的雨水,它就在那里,然后我就得把雨帽戴上。你说你喜欢我的帽子?哦,谢谢你,虽然看起来像浴帽,但它很实用啊。

十八个都柏林人和他们的乔伊斯

我知道他,但是没看过他的书。在东京,我有同学喜欢他,但就我所知,那是一群特别小众的人。

我叫 Hadiyao,印日混血,今年 22 岁。我刚从东京来到这里,就我一个人。我拿到了一年签证,想在这里重新开始新的生活。我希望找到既陌生、生活成本又不高的地方(和东京相比),而且还可以说英文,都柏林符合我所有的要求。我现在正搬去一个新家,前段时间我住在一个集体宿舍里,都是男孩子,我感觉还是要自己住好些。等我老了再回忆起现在的决定,一定会觉得自己很勇敢。哦,糟糕,光顾着和你聊天,我才想起我把新房子的钥匙落在旧房子里了。

乔伊斯用文字,我用匕首。我们都在伸张正义!

我叫 Declan,今年 54 岁。我之前和母亲在埃及的卢克索(Luxor)生活,我亲眼看到我的母亲被人杀害,但我爱莫能助。在都柏林,我是个捕快,圣殿骑士团的骑士。你对我的身份有怀疑吗?你看看我这个肩章。这个城市的治安已经处于瘫痪状态了,到处都是坏人,所以我得到处行侠仗义,惩治那些坏家伙。我不用枪,只用冷兵器。但这对我来说足够了。如果你不信,你尽管可以放马来试试,就现在!(我真的被吓到了)

十八个都柏林人和他们的乔伊斯

我痛恨他,因为我的老师经常叫我们看他的书,但是我看不进去啊。

我叫 Chloe,17 岁,来自中部的内斯市(Naas),是圣玛丽大学的在读生。我的叔叔是这家大使剧院的老板,所以我暑期就来这里实习了。我穿着这身旧军装,是为了纪念爱尔兰复活节起义。今年是复活节起义一百周年,我们剧院有一个大型的回顾展,主题都和独立战争有关。这个展览偏重于一些武器装备的展示,我不是很喜欢。当然,我喜欢都柏林,这里有很多好看的风景,而且有丰厚的历史,年轻人都很漂亮。

[自我]

对于我们新闻人来说,乔伊斯最好的作品是《都柏林人》。

我叫 Tom,是一个自由撰稿人、记者兼摄影师。我为都柏林的媒体工作,也为包括 BBC 在内的其他世界媒体供稿。我的兴趣是亚洲,过去的职业生涯中,我曾在尼泊尔目击皇室枪杀案之后的葬礼,在缅甸报道流血冲突。我也去过中国,但主要是转道去朝鲜,我写过很多有关朝鲜的报道。最近,我刚刚从曼谷回来,目睹并报道了泰国人如何悼念死去的国王。

我喜欢乔伊斯,但他也就《尤利西斯》写得好,《芬尼根守灵夜》能读而已。

我叫 Andrew,都柏林人,是一个过气的话剧演员,现在在圣三一大学学习哲学。都柏林是所有称得上伟大的城市里最小的一个,有多小呢,刚才你问我之前做什么,我说我做过话剧演员。而当时找我去爱丁堡艺术节演出的剧场经理,就在五分钟前从我的窗前经过。在都柏林待久了,你就会学会观察好东西和坏东西。这家咖啡厅边的河对面不远处有一个酒店,哲学家维特根斯坦只在那里待过一小阵子,但最近酒店却毫不知耻地在外墙上挂了块刻有他名字的匾额。

我读书不多,车上的游客经常会提起他,作为一个爱尔兰人,我很自豪。但坦率说,我没读过他的任何一部作品。

我叫 Patrick,今年 63 岁,是一个老马夫。我在都柏林土生土长,干这行已经六十年了。我的父亲过去是一个在市场上交易马匹的马商,和马打了一辈子的交道。我经常去著名的健力士工厂门口趴活,那里客人多,他们想去城市的任何地方,我都会驾马车送他们去。我有一个儿子也跟我干同样的活儿。干我们这一行,最担心的是城市安全。我对都柏林的治安有一点担忧,偶尔会有些暴力事件。这匹马叫克里斯蒂娜,今年 9 岁,我最宠爱她了。

十八个都柏林人和他们的乔伊斯

对不起,可以不提他吗?这里有太多人谈论他了。

我叫 Biran,我在桥上打坐,因为我正在学习禅修。你们中国人是不是都在山上修行啊?我在这里试试看。我刚开始练习,都柏林接触新鲜事物总比外面要晚些。离这里不远,有一家佛教中心,我们有时候去那里静修。对于都柏林和都柏林人来讲,有一件事情很重要,那就是得有"Crack(有格调,气氛很嗨)"。

[自我]

我听本地的长老说,他很早就脱离教会了。后来在葬礼上,当有传教士提出来为他做弥撒时,被他的妻子拒绝了。

我是 Corgran 长老,18 岁,来自美国拉斯维加斯附近,我为摩门教工作,在都柏林传教,离家已经有半年时间了。我和另一个也来自家乡的长老 Peterson 结伴,坐公车从郊外的教堂出发,去康奈尔大街。在那里我们有时候会登台演讲,最近一次是我的同事 Peterson,他站在一个巨大的垃圾箱上宣讲,效果不错。我正在准备,说实在有点紧张。我喜欢都柏林,但我喜欢到处走,接下来我会去上海工作,我对此很期待。我还学了中文,我知道怎么用中文说"长老"。

十八个都柏林人和他们的乔伊斯

我知道他是一个伟大的爱尔兰作家,作为一个爱尔兰裔,我很惭愧,因为我只读过《都柏林人》。也许等以后人生阅历再丰富些,我会找《尤利西斯》来看看。

我叫 Jane,是一个小提琴手。我是爱尔兰裔的美国人,我过去在纽约生活。我选择来都柏林,是想寻找祖先的文化。我在一个接待团体游客的剧团演奏爱尔兰音乐,当我在演奏的时候,他们在舞台旁边吃饭边欣赏音乐。我不是很喜欢这种方式,演奏的音乐也不是我喜欢的,但这是我谋生的一种手段。我特别喜欢都柏林,很慵懒,不像纽约那样快节奏。作为音乐家,我喜欢爱尔兰诗人和诗歌。唯一不好的是这里有太多的乞丐,政府应该管一管。

有关这位老兄的事,我们算是都柏林最有资格回答的,我可以给你说一箩筐。我们组织的"都柏林文学酒吧之旅(Dublin Literacy Pub Crawl)"是文学爱好者,特别是乔伊斯的粉丝必选的旅行项目之一。我们不但把《尤利西斯》的一些简单的(他微笑着,特别强调了这三个字)桥段糅进我们的朗读、表演,以及与观众的互动,而且还会带你去乔伊斯、王尔德、贝克特等人经常光顾的酒吧喝酒,我们的下酒菜是他们的一些八卦轶事。

我们是 Finbarr 和 Kevin,我们是"都柏林文学酒吧之旅"的驻场脱口秀演员。我(Finbarr)在大学念的是法律专业,后来改行从事演艺事业。最近我和妻子成立了一家演艺公司,现在我们排演的剧目成功入选了都柏林 Fringe 艺术节。酒吧是都柏林文化很重要的一部分,我听老人说,过去的 pub 还承载着乡村的社区功能,很多干苦力的工人都会在酒吧领工资,然后把钱花掉喝酒聊天。我们每隔一天在酒吧演出,朗诵各个时代的作家的作品选段,插科打诨,讲讲文人骚客的轶事,喝喝酒,跳跳舞,大家都很开心。

十八个都柏林人和他们的乔伊斯

乔伊斯和他的作品,我都不怎么感兴趣,也没读过。不过对了,你好像戴着一副和他一模一样的眼镜哦。

我叫 Mark,是一家"糖老爹"的发廊的老板。从 15 岁开始,我为一家叫做 Copeter Mark 的理发店打工。这家公司在都柏林有 72 家连锁店,是最大的发廊公司。现在我也已经开出了两家理发店,我瞄准的是高收入人群,特别是女性顾客,你从发廊的名字也能解读一二,不是吗?人人都说都柏林人有很多"old money(贵族世家)",但我觉得它同样给像我这样的普通人很多机会。

他的作品我基本上都看过，包括最难的《尤利西斯》。我知道，不仅仅是读者，很多作家都不喜欢乔伊斯的作品，我自己也是。我更喜欢贝克特。乔伊斯做加法，而贝克特做减法。

我叫 Seamus，乔治协会的经理。我干过很多事，在大学搞过经济学研究，后来跑到法国学厨艺，在格林城堡（Glin Castle）做过公爵的私人厨师。要知道，那是乔治时代留下来的庄园改成的酒店。说到爱尔兰的"old money"，现在的爱尔兰人喜欢吹嘘在十年前房地产泡沫的时候，谁谁谁花了一千万买了一栋别墅，我们这些老人听了只会笑笑。要知道，爱尔兰历史上最贵的房地产交易发生在 18 世纪后期，那时候的鲍尔斯考特庄园（Powerscourt Estate）花了温菲尔德家族一个亿呢！

过去，爱尔兰人烧鱼，光锅就要热上几个小时，把鱼放进去，又要煮上几个小时，我们很痛恨这个。但是今天，都柏林人吃饭和全世界各地都一个样子，我们又开始怀念过去了。乔伊斯说，爱尔兰是被驱逐出生活盛宴的局外人，叶芝也说，爱尔兰是个充满仇恨、空间狭隘的地方，这一切都早就不是那样了。我喜欢都柏林带给陌生人的友谊，但不喜欢这里昂贵的物价。我老了，我更喜欢待在郊区自己的房子里，这里应该属于年轻人。

十八个都柏林人和他们的乔伊斯

我现在就站在乔伊斯中心二楼一间乔伊斯曾经住过的房子里,我和太太最近在休假,就想回到这里来看看。我们刚刚看完一部新拍摄的有关乔伊斯的纪录片。都柏林离不开乔伊斯,你看,这里堆满了他的私人物品,衣服,还有书籍。不光这里弥漫着乔伊斯的味道,整座城市都是,无处可逃。

我叫 Eric,是一本瑞士杂志的金融主笔。我曾经在都柏林住过几年,报道这个国家的财经新闻。我对这里的金融状况有所了解,随着英国脱欧,都柏林会扮演更加重要的角色。谷歌和苹果都把总部设在这里,它们的嗅觉很灵敏的。土豆危机的时候,这个国家有100万到150万人背井离乡,这些人中,大部分后来在纽约安家落户了。所以你想想看,在海外有多少爱尔兰人都揣着大把大把的美金啊,如果他们都回来,是不得了的。我已经看到这种苗头了。

[自我]

年轻的时候,我们整夜整夜地泡在酒吧里,直到赶不上最后一班夜车。不像现在,那时候我们还非常传统,没有手机,不拍 selfie,也从来不到男生家过夜。这些都是乔伊斯时代最后的碎片,之后就什么都不是了,取而代之的,是水泥建筑和盒子一样的大玻璃房子。那个青涩的时代已经过去了。

我叫 Lucy,从事写作。我从小住在都柏林的乡下,至今记得小时候家人带我来格拉夫顿大街(Grafton Street)逛圣诞橱窗。中学时期,我的朋友送我一张甲壳虫的黑胶唱片,尽管当时家里没有唱机,我还是把它摆在床头,这样显得很酷。都柏林现在有了自己的性格,小但是很国际化。我在伦敦是一个穷人,但在这里不是,在外面旅行的时候,我感到都柏林在向我召唤。所以我选择回来了。我不喜欢都柏林人乱扔垃圾,到处都是。爱尔兰人不太善于和成功相处,他们在高处会头晕,他们反而喜欢在压力下施展自己,然后用喝酒来解决问题。但我不喜欢年轻人在喝了酒之后犯浑,展现出特别反社会和暴力的一面。我们那时候不这样。

十八个都柏林人和他们的乔伊斯

乔伊斯在《偶遇》(*An Encounter*) 里曾经寄托了对远方的渴望："一直待在家里可不行，不可能有真正的冒险经历。非到国外去不可。" 离开和归来，这几乎是我的家族传统，都柏林人的传统，整个爱尔兰人的传统。我自己曾经在德国、瑞典、荷兰学习日耳曼语，现在回到爱尔兰工作。我的外曾祖父拉都胥几乎是乔伊斯的同时代人，他也和乔伊斯一样，离开爱尔兰，成为中国鸟类专家，然后又像候鸟一样，在晚年回到爱尔兰。

我是 Martin，都柏林人，我在圣三一学院学习日耳曼语和中世纪历史，后来在贝尔法斯特皇后大学学习考古和自然遗产管理。我曾经在冰岛和爱尔兰的很多地方从事过考古工作，也参与过都柏林一些古建的修复，其中一座是马来公园的拉都胥老宅。我现在兼职从事导游工作，断断续续有二十年了。在都柏林，有一个去处我推荐给大家，那就是斯文尼药店（Sweny's）。《尤利西斯》以丰富的笔墨描写了这家药店，布鲁姆曾经在这里买柠檬香皂，而当时记载的处方，这家药店依然在使用。我有时候会带我的客人去那里参观，组织一次《尤利西斯》的朗诵会。

[自我]

补记：回国之后，马丁如约给我发来那本鸟类手册的封面。在搜索了网上的媒体报道之后，我给马丁写信，告诉他我的发现：那本书扉页上与他外曾祖父合影的福建唐姓猎人，在他老人家的教导下机缘巧合，成为了中国第一代标本剥制师，如今成为中国博物馆界赫赫有名的"标本唐家"。不日，马丁给我回信："再三询问，我妈妈对外曾祖父的记忆的确已经模糊，但对他从中国带回来的金刚鹦鹉却有着鲜活的回忆，因为它活得比他还长。"而在发稿前的几天，我又收到马丁的再次来信："这几天我想起了你。因为我的舅舅前几天去了一趟中国福建，发现当年外曾祖父住过的房子、使用过的鸟笼都还在，很开心。"

春秋

顺德鸟叔二十年的苦与乐

文_黄昕宇

一

顺德人冼铨辉今年（2018）49岁，个头小，但敦实，从头到脚都敦实，亮色的安全帽下一张黝黑的、胖胖的脸。脚上黑皮鞋是很耐穿的老款式，长袖格子衬衫也是便宜的休闲款，领口第一颗扣子敞着，衣摆盖在裤腰上，腰侧露出一串沉甸甸的钥匙。这是他见人的打扮，比较正式，干活时不这穿。即便如此，他也习惯把袖子挽到手肘上，仿佛随时要动手干活。

冼铨辉之前是做排山的。排山，就是工地建筑物外围搭起的棚架。他有一支十人左右的施工队，骑一辆旧摩托车跑工地。这一年，冼铨辉接活很少，他有意如此，零碎工程不接了，只做一些长期的工程，一两天去工地搂一圈，大部分时间都留给了竹林。

竹林位于顺德伦教镇和大良镇交界处，紧挨佛山市主干道碧桂公路，北边是工业区，南边是一片房地产楼盘。1998年，冼铨辉租下了这170亩土地，种竹子，竹木成林，二十年过去，这里成了藏在城市中的一块鹭鸟栖息地。据鸟类专家统计，这片竹林里住着超过3万只鸟，已观测到的鸟类就有约30种，其中，细长脖颈白羽毛的白鹭和短颈黑背的夜鹭最多，冼铨辉给这块林地取名"鹭园"。

树和鸟是冼铨辉的最爱。他的微信名叫"顺德鸟叔"，头像是一棵树，是五六年前刚换智能手机时朋友帮他设置的。当时唱《江南Style》的鸟叔正火，朋友打趣说，他是假的，他没鸟，你才是真的。那棵树是他特别喜欢的日本黑松，当时标价180万，他去花卉市场看它，心想，买不起就拍张照吧。后来他觉得用鸟的图片会更妥帖，但因为不会换头像作罢。

冼铨辉每天起得很早，简单吃完早饭就来到离家五六公里的鹭园。从东北角进门，登上四层楼高的棚架，可以俯瞰整片竹林。

清晨天刚亮，远方云层间的天是浅浅的、柔和的粉色，再近一点儿是成排还在沉睡的高楼。下方是成片的林地，繁茂的树叶高低错落，在柔和的光线里绿得特别新鲜。散落在绿丛里密密麻麻的白点是栖息在枝头的白鹭。鹭鸟在竹林间跳跃式地低飞，接连三五成群地飞起，在空中划一道小小的弧线，朝不同方向飞远。它们会飞越钢筋水泥的楼群和厂房，到15公里外昆虫丰盛的田野和山间觅食，然后三三两两地返回，张开双翅滑翔而来，轻盈地落入竹林。城市还很安静，耳朵只听到"叽叽喳喳"的鸟鸣，热闹又清晰。

二

冼铨辉是大良镇农村人。小时候,家家户户都有鱼塘,村里是一方一方整齐相连的田地,种水稻、甘蔗、玉米、蔬菜和芭蕉,水渠纵横。他每天钻到田地里玩,农田里有昆虫、田鼠、水蛇,他最擅长挖泥鳅,在生产队里外号"挖泥鳅高手"。田埂边有许多树,枝繁叶茂,他爬树也是一把好手,今天掏鸟窝,明天捅蜂巢。他喜欢像将军守关那样往闸口一蹲,畅想自己拥有整道小河和水底游窜的鱼。

冼铨辉家里八口人。上学后,他开始帮父母干农活。他觉得劳动比学习快乐许多,在教室里坐着很难熬,下地就不一样了,手脚不停,汗流浃背,视野很开阔。秧苗冒尖后,放眼望去尽是嫩绿。

六年级没读几天,他不想上学了。那年头放弃学业算不上大事,父亲说,行,每天给家里交一块钱。那意思是,不念书也不能瞎玩混日子,他对儿子说:"出去拼命赚钱,注意安全。"

冼铨辉尝试到市场上卖菜,除了自家菜,还要到别处进货。这活不太稳定,运气好,一天能挣小十块钱,背的时候就只有一两块,剩下的菜拉回家,放烂了。老奶奶就说,你得学门技术,比如理发,有手艺傍身就饿不死,将来能防老。他觉得老人家的话有道理,但理发这行当需要耐心细致,太安静了,他不喜欢。正好有个乡亲是大良镇建筑队的排山工,传出话来要收徒弟。广东人说建筑行业里有"三行":棚工、木工、瓦工,排山工是第一位。父亲就带他上门拜师。师傅伸手拍拍他的胳膊,挺结实,是做工的苗子。第二天他就跟着师傅上工地了。

做工很辛苦，大热天或是刮风下雨都得赶工程，在脚手架上爬上爬下一整天，工钱只有两三元。最怕的是师傅骂人。师傅干活时话少，爬在架上让递竹子，伸手就要接到。他说一声，"尾巴"，就得抓到竹尾，"转头"，就要立刻调个儿。笨手笨脚或是偷懒都要挨骂。

冼铨辉不怕卖力气，他觉得搭棚架是个好工作。它需要技术，还得爬高。就像能上树的都是小孩子里的勇士那样，搭棚工是个代表着勇敢的行当。他想，搭棚工不是一般人，是爬在高处看得远的人。

他16岁，手脚快，也很勤奋。学徒工都是十七八的男孩，很顽劣，很容易沾染上赌钱和小偷小摸的习惯，这些恶习他也没有。师傅因此很信任他。三四年后，师傅带着他拉了一支施工队伍单干。父亲认为儿子经过几年磨砺，可以独立了，就拿出几千块钱交到他手里，作为本金。

建筑行业里竞争激烈，有的队伍深耕多年，人脉广阔，有的队伍财大气粗。像冼铨辉这样白手起家的小团队在行业中生存并不容易，必须得找到自己的竞争力。想来想去，在材料上做文章是最可行的。工程用材量大起来，从建材市场购买材料很不划算，如果自己供材，就能大大压缩成本。

竹子是搭棚架的主要材料。广东气候湿热，水土肥沃，适宜竹子生长，丘陵山地常见竹林。他们先是在城外的山地上承包了两块竹林，但距离城镇太远，运输费功夫。冼铨辉想，如果可以就近找块地种竹子，就地取材，成本支出可以进一步压缩。

顺德人胆大，改革开放风一刮，乡镇企业、中外合资工厂就建了起来,十几年间顺德就完成了从鱼米之乡到轻工业重镇的转型。近千年耕植稻米、桑基鱼塘的农耕模式说抛弃就抛弃了。农民们进入工地、工厂或转行做生意。冼铨辉在建筑行业,最能看见变化。一开始,人们只是在山上挖洞,建采石场,开凿石材建房铺路,后来推了整座山头,政府向农民征收土地,填平水田和鱼塘,四处都是工地,厂房一座一座拔地而起。

所以,要找到一块能种竹子的地变得很难。

但他运气很好,居然发现了一块藏在城镇里的土地。这块近200亩的土地原先分属于一个村的90多户村民。1985年,村里把分散的耕地集中起来承包给两个养鱼人,土地挖成鱼塘,十来年后租约到期,又回填土地。1998年冼铨辉签下承包合同时,这片地已经闲置了一年,杂草丛生。

三

冼铨辉做了土地使用规划,20亩盖仓库,存放搭棚材料,剩下150亩全部用于种植竹子。他清整了土地,按照过去田里的习惯,挖了五条三米宽、两米深的水道,纵横交错在土地间。十来个人过完年就开工种竹苗。竹苗很年轻,一两米高,竹头弯弯,两根竹头打个叉,埋进土穴。他们持续地种了两个月,覆盖满150亩土地。到了清明,种植季节过了,天气炎热起来,雨水频繁,地里的水涨高,淹没好些竹根。折腾了几个月,只有三成竹子活下来。

可到了冬天,长途跋涉而来的候鸟居然在这儿落脚,它们在竹枝上筑些小小的鸟巢,住了下来。冼铨辉很惊喜,这片稀稀落落的竹林好像一下子活了。第二年刚开春,他立刻启动第二轮种植,只盼着竹林快点儿长,茂盛起来。又过一年,竹子生长抽条,变得繁密。更多的鸟到这儿栖息,林地里"叽叽喳喳"此起彼伏,竹林看起来很像个样子了。

冼铨辉待在梦寐以求的竹林里心情愉悦,好像回到了小时候的田地间。他很久没有身处这样一片生机勃勃的绿色中了。竹子长到可做建材的长度,他却舍不得砍,生怕惊扰栖息的鸟。他还在河道里放了一批鱼苗,以便长途迁徙后劳累病弱、无力到远处觅食的鸟就近捕食。

鸟群在城市里安了家,它们意识不到危险。冼铨辉却替它们操透了心。老广东人太爱吃野味了,地上跑的、水里游的、天上飞的,都认野生的好。他母亲知道林子里来了鸟,就喊他:"抓几个回家吃,好过市场买的鸡鸭鹅。"老人家知道动物优胜劣汰,跟他说,抓几只不大能飞的,不算罪过,反正风雨一来,那些孱弱的小鸟也得落到地上。他拒绝了,有点生气。

捕鸟、打鸟的人也寻过来。夜里,冼铨辉在库棚里守着,外头"砰砰"鸣枪,响得像大汽车轮胎爆炸。他独自一人,不敢出去阻止,在棚里数枪声,一响、二响、三响……直数到二十。霰弹枪的弹粒落在棚顶"乒乓"作响,他在棚屋里毫无办法,气恼又心痛。打鸟人再三地来,他实在气坏了,冲出去理论,不敢来硬的,就说:"你要揾食(找生计、工作),我也揾食。你不要到我的地盘,响枪影响我做工休息,你离开远点。"有一回,他跟打鸟人吵得很激烈,对方放狠话:"你小心我找人把这个枪准心调得很准。"他一气抓起枪头砸在手边粗壮的树干上,后来就接到了威胁电话。

野鸟在市场上能卖好价，打鸟的人怎么也止不住。冼铨辉为此焦头烂额了两三年，想到了媒体曝光的办法。《广州日报》上有爆料热线，他打过去求助，报社立刻派记者来，隔天事情就见了报。但情况没有改变。他又想到110。可报警也没用，警车闪着灯"呜呜"开过来，望风的同伙马上通知打鸟人溜了。他又想，警察要忙的事太多，人尚且保护不过来，总不能老为鸟出警，也就不大好意思常报警。

老朋友听说了，指着脑袋嘲笑他："你是不是这里有问题？我出钱送你去精神病院看看。还保鸟？不如煲煲自己胃口！"接着津津有味地说，"这种鸟是宝贝，蒸它，炒它，煲一煲最补啦！"

2002年，一场强台风过后，冼铨辉从工地赶回竹林，正碰上父亲和师傅的岳父两个老人，从林子里担出一大筐被风雨打落在地的鸟。他一向尊重长辈，这回真急了眼，板起脸抢过筐，又放回竹林。狂风肆虐后，竹林被吹得不成样子，七零八落，鸟巢摔在地上，鸟死了一大批。他在林子里挖坑埋葬死鸟，忍不住掉眼泪。

这一年，他向父亲说了一个大胆的想法：他打算挖一条"护城河"，围护竹林。父亲吃了一惊——本来就没什么本钱，整天守着鸟就算了，还要再花这么多钱和工夫。但冼铨辉显然不是开玩笑，他很坚定。最后，父亲告诫他："你要想清楚，真下决定就不能半途而废，要全心全意用力做到底。不要做得不三不四，遭人笑话。"

2003年，冼铨辉绕竹林挖了一圈河道。小河隔开了鸟栖息的林子和人活动的区域，无论外人、亲戚朋友，还是园子里总是左奔右突惊吓鹭鸟的狗，都无法再任意踏足竹林。这片生活着上万只鸟的绿林成了真正清静、隐秘的世外桃源。

四

2016年央视纪录片频道播出了一部呈现顺德饮食文化的美食纪录片《寻味顺德》。冼铨辉在第一集末尾出现。他说："很多人都说我怪。有鸟都不吃，有家都不回。我们小时候在楼顶上睡觉，都看得到鸟，在夜空里像流星。"

纪录片导演组找到冼铨辉时，把他视为迅猛城市化进程中守护乡土之源的顺德人代表。他们说，顺德美食天下有名，顺德人什么刁钻食材都能做菜，只要是动的都拿来吃，但我们还是应该告诉大家，有些动物不仅不能吃，还要保护，比如你竹林里的鸟。冼铨辉认为说得很对。

打鸟行径困扰了他很多年，即使修了"护城河"，依然无法杜绝蹲守在外打出林鸟的捕猎者。有段时间他做噩梦。在梦里，城市开发步步逼近，最终把竹林紧紧箍住。河道的水被排干，好人、坏人、开车的、骑单车的、走路的，统统闯进竹林，打他的鸟，抓他的鱼。坏人还一把火烧了整片竹子。

直到这些年，社会治安执法力度加强，对非法猎杀野生动物的惩治严格了很多。城市覆盖在视频监控网络之下，鹭园边公路上的交通监控头也对打鸟人起到了一定的威慑作用。冼铨辉很久没再听到枪响，心里卸下一个重担。

现在，没人再嘲笑他保护鸟的行为了。顺德经过二三十年的工业化发展和城镇化转型，人们发现环境变坏了，城市里的绿植和生物都变少了。政府开始提倡环保，投入资金和人力修建公园，电视里放着"青山、碧水、蓝天"工程宣传广告。鹭园得到了很多关注和认可。陆续有环保组织、基金会、生态学者和观鸟、摄影兴趣组织前来参观拜访，中小学校也找他合作，把这儿设为生物环境户外教学点。他们称赞冼铨辉，说他多年前就展开的绿化和鸟类保护工作，与如今政府倡导的理念完全契合，觉得他很有远见，想法超前。

他说不是，他只是意外做出这么一件事。但仔细一想，好像也不意外。

他获得了一些官方荣誉，"环保市民""感动佛山环保公益人物"之类的。几年前，顺德区政府给他颁发了"顺德好人"证书。如果不是别人告知，冼铨辉脑子里没有"环保""公益"这些大词，但有"好"和"坏"的判断。在他眼里，打鸟的就是坏人。

以前，鹭园隔壁鱼塘家的女婿老过来打鸟。村里不兴打村头鸟，他妈和亲戚骂他不多行好事，他偏不听。有一天傍晚，他带人来打鸟，一枪击中夜鹭的翅膀。夜鹭受了惊，扑腾乱撞，突然朝着他的方向猛冲过去，戳伤他一只眼。老人们说，这就是做坏事的报应。

冼铨辉有时候想，我应该算是个有善心的好人吧？

有个跟了他二十多年的老工人说："老板，你是个很好的人。你种树保护鸟这么长时间，前人种树后人得福。"冼铨辉有点歉疚，十多年了，工人的工钱也没涨多少。他往鹭园投了太多钱，这两三年工程接得少，收支失衡了。按惯例，每月一号发工资，现在常常周转不过来，只好先发个几百，等工程款到账再陆续补齐，有时还得问朋友借点。他笑自己："工资都开不出，当什么老板。"现在,施工队里剩下的都是四五十岁的老工人,年轻些的都离开了。他也不留,怕自己拖累人家。

他有两个儿子,大的上大学,小的刚高考完。2010年,他又从福利院收养了一个小女孩,今年读一年级了。老婆管家事,今天交水电费,明天交学费,用钱拮据了难免有怨言。他就哄她:"你别生气了。你看我养的两个儿子,一个97年一个99年。我这个竹林,98年的,我当它是二儿子。老大老三会生我气、顶我嘴,看到爸爸都不叫。这个老二,给我一大块地活动,也不搞到我生气。那些鸟我一走过去,它们'哇哇'叫,我就以为在叫我。"

但更大的忧虑还在后头。二十年土地合约2018年即将到期,地的产权属于股份社,合约到期后的处理办法,需要村里90多位股东代表开会商议。如果他提出续租,需要70%代表到场投票且赞成票超过70%,续租的提案才能通过。这并不容易,二十年间,顺德土地价格已经翻了好几番。不久前他还听说,隔壁镇的一块地拍了20亿。

鹭园是城市里的"天然氧吧",把周边楼盘房价提了不少,而这170亩地自身却在二十年间毫无经济产出。政府认可这片竹林的生态价值和社会意义,有几回,一些机构组织让冼铨辉填表提交申请,以便获得帮助和保护,他不知道怎么写好,他文化水平不高,有点为难。更何况,能否续租尚不一定。

冼铨辉对老婆说:"两个儿子都比我高了,还天天花我的钱,以后养不养我都不知道。这个老二也花我很多钱,不过马上就满二十年了,它听不听我话,马上就知道啦。"

五

6月底,我去鹭园拜访冼铨辉。

进门处是宽敞、结构复杂的四层露天棚架,底层有三大间:一间是厨房;一间有长条桌和塑料椅,两侧靠着鸟类科普宣传板;另一间摆着几张大圆桌,算是客厅。冼铨辉麻利地烧水泡茶,我在木头椅子上坐下来,不停地挠被蚊虫咬出的大包。他立刻站起来点了一盘蚊香放到我脚边,又掏出一瓶本地烧酒,倒了一瓶盖递给我,"你擦这个,"他看着我笑,"我那两个儿子不喜欢来,来了就坐这里玩手机,这里又没有空调,像你一样被咬得很痒,他们还骂我。"烧酒抹上去凉凉的,倒真管用。

鹭园客厅布置得整洁简朴,桌上摆着报纸、茶具和大大小小的茶罐,四周挂着中国地图和摄影、书法爱好者送的照片和字画,几盏红灯笼吊在屋檐四周,桌角和架子上的空酒瓶里种着绿植,木柱子上插着路边摊几块钱一只的彩色纸风车。棚外全是树木和盆栽,满眼绿色。摇头风扇吹走暑意,四五条丑丑的土狗瘫在地上打呼噜。我靠在圈椅里,听蝉叫和风吹树叶哗哗响,优哉得昏昏欲睡。

冼铨辉坐不住,见活就上手。一下擦桌子,一下往地上洒水降温,一下帮工人洗菜;一会儿引导带小学生来参观的家长停车,一会又追过去叮嘱小朋友小心蚂蚁和树上的毛毛虫。陀螺似的团团转。"急不来啦,"冼铨辉忙道了一圈,坐下来喝口茶,很爽朗地笑了,"今年一定要搞一个二十周年的(活动)。合同给我的话,搞一个庆祝的。不给我,搞一个告别的。一定要搞一个!"

我跟着他走了一圈竹林。

他走路飞快,园里的土狗欢快地跑在前方开路。他说,狗在前边,有时候可以赶蛇。竹林外围是一条小路,沿路密集地种着树木,芭蕉、九里香、罗汉松、桂花和香樟,枝叶繁密,筑成了一道天然屏障。走到小径,植物更浓密了,他停下来示意我听,"'咕咕咕咕'的是噪鹃,'咕——咕——'这个叫红嘴蓝鹊"。走着走着,他忽然右拐,拨开树枝,掀起一块掩藏在绿叶后的编织布,穿过去,我看到另一片天地。

面前是一道窄河,河对岸是郁郁葱葱的密林。我们乘一条瘦长的独木舟。临近中午,天已经很热了,但两岸倾斜的树木在水面投下浓荫,阳光从绿叶的缝隙里零碎地漏下来,在河面上闪光。木筏平稳前行,推开浮在水面的落叶,穿过一束束阳光,我的眼前忽亮忽暗。持续的虫鸣灌注双耳,四周不时传来一串鸟叫。前方三五只白鹭在水上扑扇开洁白的翅膀,倏地钻进竹林。

木筏拐过几个弯,停靠在内侧岸边,我们登上竹林。冼铨辉指着沿岸密集的树,"当时一挖河,两边就很空,我赶紧种树,想马上给它种满。后来生物专家来,说不能这么密,会互相抢营养,长不高大,"他又指向河道,"你看这个水,原来两米深,二十年的树叶落进去没有清,都淤积了,现在变这么浅。当初没做好,留下后患啦,"他叹了口气,"当初我们不懂啊,都是很粗地搞,现在觉得很多都不完美。要是之后定下来还可以续租,我真的要找一些人,水利专家、树木专家、鸟专家,让他们来帮助一下。哎呀这个水,我现在看到都很烦。"

林子呈现出未经雕琢的野生状态。竹子大丛大丛生长得密

[春秋]

而旺盛，许多歪斜着倾倒下来，交错得杂乱无章。一只杂毛小狗从林中蹿出来，冲冼铨辉摇尾巴。这是几年前一只跑进来的怀孕母狗生的，它在林子里长大，自由自在，四处刨窝。中午，鸟大多正休憩，一片静谧。冼铨辉踏着落叶，不时指点枝杈间黑色的鸟巢。鸟很聪明，竹子顶部遭遇大风时摇晃剧烈，它们都把巢都筑在竹干中部，下方枝干密布，万一小鸟落巢也有保护。又走几步，他示意我停下，指了指斜前方一只站在巢边的白鹭，轻声说："你看它，看到人就定住了，因为这是它的家，它想飞走又不想飞走，在犹豫。我们慢慢走，要是惊动它，它脚蹬蹬蹬，那个鸟窝会给它蹬下来。"

林地边缘有几座棚架，钢管外覆盖着绿色迷彩布，粗糙简陋，但很结实，登上可以看到林子的顶部。那是为配合纪录片拍摄而搭建的，平时也用于观测林区情况。我随他爬上顶层，迷彩布上剪开了两个口子，我把头从口子探出去，下方树梢上密密地栖息着白色的鹭鸟。鸟叔兴奋地说："是不是很好玩？你看它们，它们也会看你！"那一刻，鸟儿们像通人意懂了人言，全都扭过脑袋，好奇地望着我。

穿云箭上的手工耿

文_张莹莹

一

手工对应时间。一个拨浪鼓,一人一天半;一个脑瓜崩,一人一天。这是做熟了的,做新的要更久,像棒球帽上钉俩小镜子的"美女偷瞄帽",一人半个下午加半个早上。这些计算好了,就是整块时间的规划,加上没有情绪的执行。

秋天的下午,耿帅和耿达各自面对工具,没有话。耿达在院内,蹲坐在浅绿色塑料小凳子上,用一个多小时打磨四个拨浪鼓,而后关掉机器,伸胳膊伸腰摸烟打火呼出烟气,烟头抛在地上,踩着拧几下,再蹲坐小凳子上,继续。耿帅在工作室内,坐在盖了紫红软垫的黄椅子上,把一个拨浪鼓的曲面和平面焊接在一起,"嗒"一声,灼目的白光闪一下。有时他戴护目镜,有时不戴。光亮与声响匀速向前,嗒,嗒,嗒,读秒一样。

耿帅和耿达是兄弟,相差三岁,爷爷和父亲是焊工,他们也是焊工。"少说话,不惹事,多干活"是家庭长年的训诫,耐心和沉默被磨出来，耐不住也没办法，总归是盯牢一根管子，一毫米一毫米焊完。电焊讲究技术，温度和电流的控制，手法的选择，好的焊工焊的管子绝不漏水，看上去规矩平整，特别漂亮。手上留下疤痕，焊的时候烫的，切不锈钢的时候刮的。

院门临街，院子狭长。相邻的人家为了遮挡，都做了影壁，瓷砖是龙凤呈祥或者日出大海的纹样。独耿帅家的影壁是铁皮做的，涂了大红漆，中间鼓起一块，金色蓝色三层圆圈围着一颗金色的五角星，旁边是耿帅的大字，"盾"，"美国队长在此"。水泥地上摊着三四把电钻，立着两台打磨机、两台冲铣床，电线交织在一起，和"盾"一起示意这是个钢铁之家。院门外有时经过一辆家电下乡的车，播着敲锣打鼓的音乐，有时是扩音器里嗡嗡的人声，"收长头发——"

在耿帅和耿达出生的河北保定定兴县农村，女人们在家接服装活，男人们在外安装消防器材，给初中毕业年轻人的选择不多。无非学门手艺，找份工作，攒出房子，娶个媳妇。

耿达说话，常以"我们村里"开头，他留着短发，眼睛细长，说话慢条斯理，显得顺遂、平和，得到母亲偏爱。耿帅大脸，大眼，大身板，一说话就像带着隆隆的回声。他不甘愿接受平庸与困苦，总在渴望更好的、尚未发生的生活。16岁之后，他们跟着父亲到处打工，经常是北京，偶尔也去得更远，譬如甘肃。焊管道，装壁挂炉，工作之余就是玩手机。

2012年，耿帅注册了个微博，名叫"闲扯里跟儿愣"，他常想逗乐，譬如那些"坐拥千万住宅"的客户，和他接触，"短短时间总会拜他为师"，"师傅，这壁挂炉是原装进口的吗？"小段子稀稀落落发了一年，粉丝百十个，有个演员给他点过赞。

穿云箭上的手工耿

他常觉压抑,"马上就要到而立之年了,还能改变人生吗?"

2017年6月,耿帅开始玩快手。第一个视频是个用管钳搭起来的蚂蚱。接下来他发布了140条视频,展示了自己手工做的几十种设计,大部分是不锈钢材质,都很重,闪着金属打磨多遍后的冷光,它们使耿帅的粉丝越来越多。

2018年5月后,耿帅"红"的速度加快。5月26日,他上了快手的公号,标题是"世上怎么会有这么荒谬的人啊哈哈哈"。9月8日,他作为"发明界的泥石流",上了微博热搜榜42位。10天后,他的"脑瓜崩辅助器"上了热搜榜16位。那几天,他的微博粉丝从两万增加到三十多万。

9月22日,中秋节假期,他参加了快手举办的乡村市集,在北京朝阳大悦城地下一层摆摊。他的摊儿夹在几家卖饭的、一家卖酒的还有一个摆满粉红铁椅子的演出场地中间,没什么人。他在快手和微博上都发了条视频,"还没开张,有点尴尬了",也就一两个小时,微博上千次转发,人涌过去,跟他打招呼,都是头一回见面,却像老朋友那样亲热地喊,耿哥!耿哥!有人从上海和西安飞到北京,和他说几句话、合了张影又飞回去;他像个吉祥物一样被团团围住。晚上,他和耿达住进了快手安排的酒店,觉得酒店"干净,奢华,打滚都行",他一边吃打包回来的卤煮一边直播,粉丝说,耿哥飘了飘了!他笑着,飘了吗?脸红红的。他真没想到自己弄出这么大阵仗,那几天,连和他合影的视频都上了快手热门。

耿帅一直不太自信,接到快手邀请时他有点犹豫,还是耿达劝他"见见城市"。上一回他到朝阳大悦城时还是一名焊工,这一次,他是个明星。三天摆摊结束,耿帅在朋友圈里发了几张和粉丝的合影,都是洋气的城市年轻人,皮肤白净,顶着精心打理的发型,男孩子都穿着富于设计感的衣服,女孩子都涂着口红。

又过了几天,9月29日,他上了腾讯新闻头条,这使他穿越短视频的"次元壁",变成全网意义上的广为人知。当天发布的视频,"地震吃面神器",拥有至今最高的播放量,超过1100万。立刻,全中国数得着的直播平台、大大小小的MCN(Muti-Channel Network)、各种各样的综艺节目,带着合同,都来找他。

耿帅红了。用他的话说,"终于站起来了"。疲倦与兴奋,茫然与希望,交替缠绕着他。这一个多月,他的眼睛都红红的。他的生活变了,又好像没变。还是在自家临街的小房子里干活,从早上8点到晚上7点。电焊的气味,弥漫在空中的金属烟尘,打磨时喷溅的火花,1.5毫米厚的不锈钢板切割时的声音。

二

想比做花费的时间更久,只不过有时候看起来像是在无所事事地刷手机。各处刷国内外的视频,不一定哪个就给了他启发。母亲说他,怎么老玩手机不干活?耿帅不说话,一直干活的耿达说,别看我哥好像这会儿没干活,其实比我还累呢。

做比想琐碎。拿"偷瞄帽"举例,动手前好几天,两个白色小圆镜已经快递到家了。耿帅把拨浪鼓焊完,交给耿达打磨,开始在小圆镜框上钻眼儿。先试手钻,不动,又用电钻。细长的螺丝穿过小洞,在另一侧以螺母固定。那是个很小的缝隙,螺母固定上，差不多花了20分钟。支撑杆与螺丝接触面很小，掉了一回，焊接两次。外面的套杆两端切割时有毛刺，打磨三次。回复微信略分了神，两个垫片的位置焊错了，再做一根。

10月23日上午10点多，耿帅做好了"偷瞄帽"。他到几十米外的十字街，花十块钱买了六串糖葫芦，山楂的、西红柿的、山药的，他喜欢吃甜的。这是短暂的休息，然后，他拿起三脚架放在房间中心，对着手机镜头，寻找与镜头的合适距离、谈论帽子的合适姿势。

当初上快手，是基于理性的考虑。推荐这款软件的朋友告诉耿帅，别的软件里都是明星，快手不一样，都是平民，只要你拍得有意思，也能上热门。最初的作品也都是理性的产物。材质、做工、原料，方方面面耿帅都考虑得很清楚。用不锈钢而不用更便宜的铁，是因为人工贵，不锈钢持久、漂亮，与人工更匹配。用螺母而不用整块不锈钢，因为螺母像积木，个头均衡，可变性高，拼接起来比用整块不锈钢板更显层次。而后是品类，得实用。

耿帅做了螺母拖鞋、不锈钢钱包、螺母弹弓、螺母手链、螺母指尖陀螺。螺母拖鞋一些细小部件的设计比较复杂，暂时搁置；后面四样——"实用四件套"，他觉得一定很有市场：指尖陀螺正在流行，再说，哪个大老爷们儿不喜欢弹弓和炫酷的手链呢？至于钱包，更是实用性十足、人人需要的东西了。他觉得这些一定能卖很多很多。他把它们拍成视频，发上快手。

视频播放量挺高，评论都觉得这些不锈钢小物件很好玩，但和耿帅的预期不同，没人觉得它们"实用"，也没有人买。

做东西、拍视频都要投入，包括一台三千多块的新手机。

最初他有两万八千块，到2018年春节，就剩下一万。他很少有顾客，每月十来个订单，大多是单价六十元的弹弓和手链，还有人嫌贵，"一把螺母顶多十块，你焊焊，给你二十总行了吧？"偶尔有人买上千元的加特林（一种旋转机关枪）模型，几百个螺母焊成，做一个要三天，算是难得的大单。

2017年夏天，他做了个切西瓜拍，双手高举狠狠拍下去，切成八块的西瓜剩下四块，另四块都掉地上了，他伸手挽救，也没有用。这个徒劳的视频上了热门，许多人评论，"哈哈哈哈哈"。耿帅发现，视频要幽默，要让人看了开心。

耿帅逐渐触摸到新媒体传播的门道，也不断获得粉丝的反馈。因为粉丝建议，他做过一个"护腔神器"（牛皮和铆钉组成的裤衩），还有一个不锈钢"黄瓜定型器"，样子很像安全套——纯粹搞笑，一点用没有。

粉丝逐渐增多，但耿帅感到迷茫，粉丝三万时他想，到七万就能赚钱了，没有；十万，没有；三十万，没有。粉丝到五十万时，他想，是不是到了一百万还这样？还是没有人买他的钱包和弹弓，只有些人付两三百块找他发朋友圈广告，卖玉，卖烟，卖小饰品，出于慎重，他都没接。

今年（2018）5月，耿帅的粉丝达到了130万。直播的收入比较稳定了，差不多够他养家。产品不卖就不卖吧，因为粉丝不断地催更，他做了一些知道无用但好玩的东西，譬如不锈钢"纸飞机"，不锈钢大风车，不锈钢拨浪鼓，统称"童年三件套"，还有菜刀梳子，更长的砍刀梳子，菜刀手机壳，"让人变聪明"的金字塔形不锈钢头盔……上万评论称它们是"无用良品"。这些东西带着超脱于生活的浪漫气息，令人印象深刻。连县城里开滴滴的年轻人，村里开饭店的大姐，都知道耿帅做的是"没用的东西"。

其实他也想"有用"，像"便携小板凳"，能让人在等车的时候坐在自己脚上；"吃西瓜神器"，能接住西瓜流下的汁水，还有地方让人吐瓜子，这两个东西没准还能量产，耿帅想，但反响平平。反而是他"随便想想"的"脑瓜崩辅助器"——戴在中指上的不锈钢套，能把玻璃杯弹碎——去大悦城看他摆摊的人十个有八个都想要。

耿帅觉得，至今他也没摸清楚他的粉丝喜欢什么、会买什么。但拍了140多段视频，他积累了很多经验。"偷瞄帽"其实是帽子上加了后视镜，但耿帅赋予了它更具噱头的功能：偷瞄美女，满足性格内敛的男生的需要。

开拍前的重要步骤是打理发型，手将额头右上角的头发往后梳，又摆了摆脸旁的那一缕。明星身旁总有造型师跟随，面对镜头的耿帅却只有他自己。

"爱美之心人皆有之"，他这么开头，声音诚恳，俨然这是个严肃的发明。介绍部分拍完了，他从角落里拿来补光灯，就是个照灯，焊了个不锈钢架子，又让耿达拿来拖把，拖把架在画上眼睛口鼻的灯上，几乎是瞬间的决定，视频中的灯"成了"美女。他调整小圆镜的角度，拖把照灯美女小小地出现在画面中。

"又琢磨呢"，耿达小声说，他走出房间，轻声关上了门。耿帅习惯了一个人拍视频，到今年年初才不得不让耿达帮忙，对着镜头和弟弟，他总不太自然。

视频长1分多钟，拍摄用了50分钟。耿帅先趴在院子里的一张大桌子上,又在台阶上坐了一会儿,重播,挑选,剪辑,37分钟后,这段视频发布在快手和微博上。19分钟后,快手播放量超过20万次。他对这个数字并不满意。

五天后,他的"搓澡剑"视频又迎来一次小高潮。

三

一进大厨饭店他就被注意了。饭店刚装修过,白瓷砖白墙面,在村子里显得出众。中间一桌六个人围坐,青灰色的烟雾在半空里飘。耿帅坐下,要了一盘拔丝地瓜。他握着手机双手打字,一瓶白酒撂在他桌上。"意思一点!"原本六人中的一个招呼着。

耿帅赶紧站起来,"我不喝酒我不喝酒",但酒已经倒上了,他只好喝下,又笑着敷衍几声。一个包间敞着门,门后的俩人轮番转过身来看他。

又有人来打招呼:"一米几?"

耿帅又赶忙站起来:"一米八几。"

来人说,在耿帅"这么"高的时候就见过他了,右手比划着记忆中的高度,到胸,到腰,"那时你还是个小孩!"

耿帅脸上含着一个笑容,露出他有点乱的牙(红了之后,总有人在评论或者直播里建议他整整牙)。他不善寒暄,但努力周全。用在村里跑车的王师傅的话说,耿帅是个"特别特别老实"的人。他从小就压力重重,因为母亲要他考上县城的初中,果然去县城上了初中,母亲又要他考上高中。中考前夕,他扁桃体发炎三天没吃东西,折腾到输液,觉得要死了。他决定辍学。

钱被偷，他从县城走了十几公里回到家，在日记里写道，以后没上学也别后悔，因为此时此刻你非如此不可。

找不到工作，着急；挣钱不多，着急；找不到对象，着急。谁都想往高处走，但他在父母期望的压力下却找不到往上的出口。当地的风俗是本命年不结婚，他记得23岁那年他还没对象，家里急得好像没有了明天。终究他在23岁结了婚，仓促地。一天在网上看到个问卷，长这么大你觉得最对不起谁？他想了想，谁都对得起，就对不起自己。太听话了。

耿达结婚、兄弟分家后，耿帅有了更急迫的动力：弟弟的生活条件比他好，出于当哥哥的强烈自尊，他渴望追上兄弟。门脸房改成工作室，做些市面上见不到的东西，他下了很大决心。他不想再当一个"听话的老大"了。

"谁也管不到我了。我谁也不听，我想搞铁就搞铁，搞不好以后再去搬砖，反正怎么也是穷，再穷再苦也经历过。"

那时他留着中长头发。他喜欢长发，又知道村里家里很难接受，中长是个妥协。后来粉丝越来越多，他再没有剪短。到头发长到肩头，他红了，各种各样的人来找他。有电视台找他上节目，他觉得还得答题，学历也不是那么高，算了；有公司要为他写歌，他说自己唱得不好，对方说，我们有修音师！还有人要找他拍电影，他一想，录个视频说几句话都要20遍，算了吧。

记者来了好几拨，还有《华盛顿邮报》的记者。他以为会是个中国人，结果来了个外国人，带着个翻译。外国人先看了他的视频，看得哈哈大笑，又问了他一些类似怎么喜欢发明的、喜欢的发明家是谁之类的问题。耿帅说，他不觉得自己是发明家,"发明家"得是特别伟大的,像袁隆平那种,像他这样的,顶多是设计。

他发现中外记者关注的点有微妙的不同,最明显的是美颜,外国记者问他,怎么看拍视频和直播都要开美颜。中国记者没有人问这个。好像这是普遍的、约定俗成的事情。

耿帅回答,他觉得开美颜很正常,就像明星们出来都要化妆一样。

也是那几天,耿帅发现,村里的人对他改换了眼光:小伙子不错,他就是跟别人不一样。

四

那个直播平台的人从广州来到保定,在晚上 11 点给耿帅打电话,你现在有时间吗?耿帅想了想,"有"。那人打了辆车,预计在午夜 12 点到达耿帅的家。但到了 12 点,他告诉耿帅,车在黑暗中走反了方向,此时掉头,到他家得凌晨 2 点,只好作罢。

他们在第二天中午见面,耿帅把那个年轻的男孩招呼进斜对门的大厨饭店,要了一盘果仁菠菜,一盘京酱肉丝,一道干锅牛杂配饼,他们喝着凉啤酒,谈论了一会儿著名的主播们。

2015 年后,直播从一种消磨时间的娱乐方式,变成一种影响广泛的社会生态,一些人因为直播一夜爆红,赚到了传统行业想都想不到的钱。2018 年 4 月,相关部门对直播进行了前所未有的严格管束,一些人倏忽消失,用从业者的话说,"凉了""凉透了"。

穿云箭上的手工耿

快手粉丝达到两万时，耿帅开了直播，挺长一段时间，他的直播间里只有几十个人，收到一两百块的礼物就很开心。那也是他的迷茫期，手工作品卖不出去，琢磨着靠直播贴补点家用。每次直播前他都要纠结一会儿，不想按下按钮，但那一阵过去了也就好了。对着镜头，面对粉丝的提问，有时他会结巴，或者陷入找词儿的停顿，但他逐渐找到一种独具风格的聊天方式：一本正经地讲话，听着听着，又觉得哪里不对，终于确定，这是个笑话——而后屏幕上会出现一堆"哈哈哈哈"。礼物常常在这样的时刻到来，收到穿云箭（一枚2888快币，相当于人民币288.8元，主播与平台五五分成）这样的厚礼，耿帅会放"硬曲儿"来烘托气氛，最常用的一首，是"五条人"的《阿珍爱上了阿强》。

阿珍爱上了阿强，
在一个有星星的夜晚。
飞机从头顶飞过，
流星也划过那夜空。

耿达说，直播得放得开，有些事别看得太重要，说白了，就是台上做戏，台下做人，直播时是一个人，日常生活是另一个人，这才行。他觉得哥哥最近有进步，但台上台下还是没分开。前阵子有个大哥，刷了不少礼物，耿帅想谢谢他，蹦出一句"祝你健康"。耿达见过别的主播，能说一长串吉祥话。

耿帅尽力了，虽然直播依然是他的短板。在快手上他有两百万粉丝，但直播间的人数除了上腾讯头条那天到了一万，其他时候总在一千到三千之间徘徊。和他拥有差不多粉丝数的女主播,直播间里能有三四万人,唱唱歌,喊几声"家人们",就能收到比他多得多的礼物。他自然有点羡慕,但直播时,面对那些刷礼物的"大哥",他又总是说,够了够了,别送了。他觉得"礼物"是平白来的,有点虚。

他知道那些直播间里要礼物的方式,号称要扎爆一个气球,礼物刷到多少就扎,其实直到下播也没扎;或者叫爸爸。有主播劝过他,能捞赶紧捞,不知道哪天就捞不着了。他觉得眼光还是要放长远,拒绝了。耿帅有一种朴素的交易观:双方对等。他三千块的国产手机直播总卡,有个粉丝送了一部苹果7,他收了。儿子出生,对方发来两千八百元红包,他不要,一千八,不要,后来人家生气了,耿帅收了两百。双十二,天猫打算拍卖一些他的手工产品,钱的去向给了他两个选择:收下或者捐出。耿帅说,那就捐出去吧。

耿达说,你图什么呢?你很有钱吗?

耿帅说,应该回报社会。也许是"装大方"。他愿意自己姿态好看。

耿帅和直播平台的人谈过知名的主播,也谈到广告。他得知一些主播做广告,就说饮料广告吧,就是直播时拿起来喝一口,一小时喝三回,钱就到账了。

"就这么简单?"耿帅说,一脸惊讶。

过往他总为钱发愁。在焊工的世界里,钱以时间计算,16岁他刚开始工作时,一天十块,这些年经济环境改变,人工费高企,渐渐变成一天一百块,近两三年达到一天一百五十到一百八十块。耿帅的父亲50多岁了,还在北京工作,一个月做满了,也就是五千块左右。终究是有数的。

现在,不一样了。对"红了"的耿帅来说,钱不再以时间度量,而是以"影响力",只要他继续红下去。

耿帅说,还有一些短视频平台想签他,独家发布他的短视频作品。

直播平台的年轻人说,那是耿帅最值钱的部分,条件达不到,免谈。他说了一个巨大的数字。

"是吗?"耿帅又惊讶了,"我的视频那么值钱吗?"得到肯定的回答,他又问了第三遍。

上腾讯新闻头条后,国内数得着的直播平台、短视频平台和MCN都来找他,有的开出的条件称得上诱惑,有的则令他恼火。

他正在这些高高低低的数字里摸索自己适当的价格,身边没有人可以商量。有个粉丝的父亲是律师,帮他看了看一些平台发来的合同,明确了一些他实际上已经知道的事情:四五年的长约最好别签,一手要包下你的约也不靠谱。耿帅今年30岁,从16岁起,他从不偷懒,从不游手好闲,每年只在春节休息一个月,终于出了头,发光发热就在这几年,他很清楚这分量,又多少觉得惶惑。

饭吃得差不多了,那位直播平台的工作人员建议耿帅看看天才小熊猫,觉得他可以向那个方向发展。耿帅去看了天才小熊猫的微博,最初几分钟,他甚至不太看得懂那些长图文是在做什么广告。

五天后,耿帅在直播中谈起天才小熊猫。他在微博上关注了小熊猫,后者也回关了他。他们聊了几句,耿帅向这位前辈、成名多年的大V，请教每个刚刚尝到成名滋味的人都会遇到的问题。前辈告诉他，要保持自我。

五

耿帅穿上牛仔背带裤，套上黑外套，戴上墨镜，骑着电动车出门。不远处一家电器店成天放着《卡路里》，旁边有几家卖火烧的，卖糖葫芦的。有天他去买糖葫芦时被人拍了视频传到快手，成了当天热门。他真的红了。风把他的长发往后使劲儿地吹。腾起的属于村庄的泥土紧紧跟随着他。那个瞬间他是个显而易见的、特别的人。

5月，他的第二个孩子出生，是个男孩。晚上，耿帅会抱着孩子溜达一会儿，"又是个老憨"，他说。孩子不怎么哭，也很少笑，总是睁着圆眼睛看来看去，像他们家的男人，不说话，心里很会琢磨。耿帅给儿子取名"浩特"，"浩"是补一点五行中的水，"特"，他希望他特别、独特、不一样。

那天晚上，我们在大厨饭店吃了最后一顿饭。耿帅的妻子是个小巧安静的女人。我问她喜不喜欢耿帅做的东西。

她停住了筷子，抬起头，"一……"又顿住，改了口，"有的喜欢，有的不喜欢"。

"那你喜欢哪个？"

她愣了，很快地笑了一下。

创造是愉快的，也是难以交流的。耿帅喜欢一个人静静待着，他觉得创作就像做饭，如果在一个干净整齐的厨房，这是锅这是勺这是调料，做饭是享受。可是现在不一样，各种事，各种人，各种头绪，不断上涨的名气不给他休息的时间了。

他有了一些选择，目前想的还是先维持，不要动。任何改变都有许多不确定性，他想缓缓，小心地把主动权握在自己手中。还有，要低调。这一年，太多主播起来又凉掉，那是他的前辈，都是历史，都是经验。他打电话把正在北京干活的父亲叫回家，父子三人会成为一个小团队，开个淘宝店，接些手工作品的订单。"虚"的、更大数目的钱还在向他挥手，但具有实体的东西更能令他安心。

三个晚上里有两个，8点半左右，耿帅按下直播，最初的那阵纠结过后，进入了另一个状态也就好了。10点左右直播结束前，他会挨个感谢刷礼物最多的榜一榜二和榜三，"差不多该下班了"，他常这么说。其实"红"是一份时时无休的工作。直播的一个半小时里，他尽量让气氛热络、愉悦，时不时，《阿珍爱上了阿强》响起。直播间里有人建议他把这首歌换掉，用得太多了。耿帅说，他很喜欢，第一次听就喜欢。有时他会等到歌词唱完再按停止键。

> 虽然说人生并没有什么意义，
> 但是爱情确实让生活更加美丽。

我总恐惧自己不够深刻：记者手记

文 _ 张莹莹

　　手工耿没有再回复我的微信，两天后，我从北京出发，坐高铁到高碑店站，打车到"杨村"，滴滴定位是"杨村乡"，但下车后打听了两个人，都不认识姓耿的人家。那是个临近堤坝的小小村落，有人建议我往河道那边走，就是扬起手的方向。我顺路走去，只有漆成黄色的天然气管道一直同行。过了一个稀稀落落的村子，又是一个，但建筑与灯牌渐渐多起来，饭店，菜店，化妆品店，我忽然有种预感，往左看向一个胡同，画面和我在手工耿的视频中看到的背景一模一样。走进去十几米，我听到了刺耳的金属切割声，一扇门开着，看得到铁皮做的、涂了红漆的屏风。那正是手工耿的家，他的弟弟耿达坐在院里切不锈钢板，他在室内电焊，刺眼的光在白墙上忽闪忽闪。

　　那是耿帅在媒体上频频露面的一段时间。他并不喜欢媒体前来，原因很简单：耽误干活。他朴素地工作，不需要动用"耐心"，毫不拖延。把工作换算成时间的长度，可能开始得会更轻松一些，"反正就是这么多，干就完了"，这是我在与手工耿共度的三天里学到的经验。他手脚不停地忙活着,我在旁边抱着笔记本看着、写着,那是属于我的"忙活"。那时候我感到自己是个"记者",观察者,记录者,同时也是一个务虚者。

耿帅是"实"的。电焊时,他有时戴墨镜,大部分时候不戴,一只手拿焊枪,另一只手在脸和焊点中间一晃,再一晃。好把式干活有美感,耿帅一定是个好把式,他沉浸于手上的物件,沉默,带着掌控全局的那种自得。看好把式干活是舒服的,就像有一年在贵州出差,我看一个木匠干活,足看了一下午,太好看了。但电焊不容易看,过不了几分钟我眼泪直流,只好躲开,也因此更觉出对耿帅的尊重,像电影《钢的琴》里曾经的工人,驯顺机器,驯顺钢铁,驯顺噪音、强光与划伤,也试图驯顺自己不如意的境遇。

午饭时分他会把我赶走,我就在村子里晃悠。从他家往外走十几米,路口有两家卖火烧的,圆圆的小火烧,夹肉,两块五一个。我买了两个,在尘土飞扬、石子紧着电动车后蹦跶的路上走来走去。秋天的太阳暖洋洋的,我想到这是北方,离北京不过两百公里,却像两个世界。有人翻转火烧,有人踩着电动缝纫机,旁边堆着一捆一捆做好的衣服,不过在那个姿态下,你只会觉得那是一堆布,一堆要换成钱的、必需的劳作。在那样的道路上看耿帅,穿牛仔背带裤,戴墨镜,长发在电动车的速度里飞,一定是惊异的。又想到耿帅在这种惊异的眼光里生活了若干年,小心翼翼地既保持自我又不冒犯他人(两者中间本该有充足的空间,但在中国,尤其是小地方,这个空间太小了),他尖锐,又有一种钝感。

火烧并不好吃,烤得太硬,里头的肉太肥,需要用牙齿撕磨很久。我寻找到歪斜的垃圾桶,把剩下的一个多火烧扔了进去,继续游逛。墙上写着掏下水道、烫屋顶的广告,院门上的瓷砖多是"家和万事兴",一棵柿子树高出墙头,顶上挂的几个金柿子被蓝天映衬得很美。我在道路的尽头站了一会儿,突然觉得散步的这一个小时是偷来的。

过了四个月,在2019年2月回顾这篇稿子,想起来的居然只剩这些。当然还有别的。譬如那时在网上流传的一些观点,"新一代农村青年的回乡创业""短视频带给农村改变""真实的农村故事"……见到耿帅后,我觉得这些观点是对的——坐在北京朝阳区办公室里思考的那种"对",有让人钦佩的聪明,却少了点人味儿。

我总恐惧自己不够深刻,采访耿帅时,我正经历这种恐惧,一时不见答案。稿子完成后,恐惧多少减弱了些。毕竟我见到了人,触及了机器与亮光,触及了他人生活的一个碎片。

那三天,我住在定兴"四季经典国际酒店",房费一晚248元。杨村司机都知道它,国道旁边,定兴最贵。有位司机问我是不是做建材生意的,好像只有做建材这种"硬"生意才能住在那里。下车后,我总要穿过马路,到另一边的小卖部里买点橘子。夜晚,酒店静悄悄的。我继续刷快手,发现了一个美妆博主叫川大发,两个月后我采访了他,然后是别的、试图成名和得利的年轻人。我感到自己窥见了新的时代、新的逻辑,更为纷繁芜杂也更为割裂的世界,一段奇妙旅程——很高兴,以手工耿为起点。

东北农民彼得洛夫的幸福生活

文_黄昕宇

一

黑龙江是条界河。中国北部边陲县城逊克县在黑龙江中游南岸,隔江能望见俄罗斯。黑龙江一年里封冻小半年,4月气温回暖,冰面才化开,两岸的积雪也渐渐消融。江边有大片肥沃的土地,种植黄豆和苞米,还有低山丘陵,产榛蘑、蕨菜和各类药材。

逊克县下道干村的农民董德升在黑龙江边生活了近四十年,后来搬到县城。董德升今年44岁,个儿不高,胖而敦实。他有一双深眼窝,眼珠湛蓝,鼻子挺而大。

9月中旬,秋收的日子快到了,他从县城回到下道干村。这天晚上,他跟屯里的弟兄几个吃了一顿好的,饭桌上有年初从俄罗斯扛回来的鹿肉罐头和熏鲑鱼,上月在宜昌买的土猪肉肠和即食长江鱼,还有家里刚收的鲜蘑菇和大苞米。几个东北大老爷们儿造了许多酒,好一顿白话,屋里弥漫着一团热乎乎的烟味儿和酒气。

酒足饭饱,董德升打开快手直播,唠了唠野猪和黑瞎子。

19岁那年,他砍死了一头野猪。那天他和同村梁哥一起去江边溜网背鱼,两条狗在前头开路,梁哥扛铁锹,董德升揣着斧子和片儿刀,本打算顺道掏貉子洞,卖貉子皮挣一笔。在山里正走着,两条狗突然全速折回来,并排坐下,扭头冲山下看。他们顺着狗的目光瞅,树影间黢黑的一个东西。哥俩对视一眼。

"咱干不干?"

"一辈子能经历几回啊?磕!"

董德升喊:"上!"两条狗箭一样蹿出去,人紧随其后冲下山。跑到距离十几米的地方,他才看清,狗正缠斗的大野猪,少说有一米高。他一惊,把手握的片儿刀换了斧子。两条狗首尾夹击,一条在猪跟前一米处叫嚣,伺机进攻,另一条在后头咬屁股掐尾。野猪猛地掉头,两条狗立刻调换角色。只见野猪气急败坏地转着圈,突然一拧身子,看到了人。野猪一个定眼,抛下狗,直奔人来。

董德升原地愣了半秒,脑子里闪过三个念头:来了!这么大!不能跑!

人地势高,野猪一个飞扑落在他脚下,他顺势抡起斧头,照着猪脑袋狠狠一砸。野猪没头没脑地跑开,梁哥抄起铁锹一路拦截。那一砸把它干蒙了,野猪跑得直腿软。两人两狗把它从半山腰赶下沟塘,一斧一锹生生打死。

30岁那年,董德升撞见了黑瞎子。那时天还亮着,他在江边蹲着穿钩,突然身后"嗷"的一声恶嚎。他全身一软,感觉自己后背的汗毛全部立起来了。回头一看,一头狗熊从对岸正游过来,还离着小100米。他立刻从背包里掏出长匕首,站起来。狗熊远远瞅见他起身,转了方向,斜着朝下游游去。

董德升见它游开,不知怎么,突然胆肥了,冒出很多想法。干不干呢?他在脑子里算计,它一定是在俄罗斯找不着食物,饿坏了,这才千辛万苦上这头找吃的,又游了这1500米,肯定没劲。他瞅那颗脑袋的大小,约莫是200斤上下的熊,不算大。而且在水里搏斗,人立熊趴,高度上也有优势。不过,手头只有一把刀,就算砍条狗,即使能弄死,也免不了被咬两口,更何况这么大一头熊。他这么想着,熊上了岸,钻进山林。

他继续下完甩线,到山林里的屋棚过夜,第二天、第三天,照旧穿山路来钓鱼,就跟什么都没发生似的。三天后,他在每天往来的路上看到了狗熊脚印子,一下回过神来,吓出一身冷汗。

"哎我去,其实这三天,我跟那儿钓鱼的时候它就在半山腰看着我,"他在直播里说,瞪大眼,还沉浸在当时惊觉的情绪里,"它估计饿得走不动道了,不够凶猛,不然我穿树林的时候,它突然蹿出来就能把我弄死。"

一个小时的直播时间里,粉丝给他刷了快两千块钱礼物,主播抽成一半,他挣了九百多块钱。董德升的快手账号有60多万粉丝,是逊克县第一名。粉丝叫他"彼得大叔"。

"都是亲身经历,如果我撒一句谎,你们就别相信彼得这个人!"手机屏幕里,他络腮胡拉碴的脸泛红,睁大的蓝眼睛里透着一股直愣愣的诚实。

屏幕下方,粉丝评论刷得飞快。有人说:"黑瞎子怕俄罗斯人,没毛病!"

二

董德升的俄罗斯姓氏是彼得洛夫,据说祖上也算是贵族。

1920年前后,苏俄内战,死了几百万人。冬天黑龙江封冻,许多俄罗斯人走江面,逃难到中国东北。人生地不熟的,大伙儿就抱团在逊克小丁子村定居下来。小丁子村也就是现在的边疆俄罗斯民族村。这不是第一批来到中国的俄罗斯人。中俄毗邻,历史上陆续有俄罗斯人迁徙而来,建国后,中国籍的俄罗斯人及后裔,就成了中国的俄罗斯族。

董德升听他爷爷说,他的曾爷爷是俄罗斯帝国末代皇帝尼古拉二世的骑兵团团长。十月革命时,尼古拉二世一家都被杀了,革命党接着又追杀原先的保皇派。老彼得洛夫一家四口赶着马爬犁逃到东北,曾爷爷谋了个给地主养马的营生。逃了这么些年,可算安定下来,老彼得恢复了俄罗斯人嗜酒的性子,喝起来不顾孩子不顾家。媳妇于是带着两个儿子改嫁了地主家另一个长工,姓董,是闯关东过来的山东人,孩子们也就跟着改姓董。一家子离开地主家,从边疆迁到下道干村。

中苏友好时,黑龙江上往来热络,1960年两国关系交恶后,两岸就彻底隔开了。因为董德升的爷爷吃过亏,遭过罪,小辈的从小就被教育,长大要找汉族对象,把子孙血统一点一点改过来。

董德升1974年出生,一张标准俄罗斯脸,俄语一句不会,张口一股大碴子味儿。曾奶奶去世后,家里几乎一点俄罗斯习俗都不剩了。他好玩,不爱念书,读到初中不念了,跟师傅学种地。东北农村地太广,使用大型机械耕作。他刚做学徒时瞎操作，切掉了一根小指头。不过，学会之后，董德升是很出色的农民，拖拉机在地里开得相当娴熟，农机维修也不在话下。他是小儿子，有三个姐姐，9岁时，他爸就给他盖好了房子。他娶了个山东梁山县的汉族媳妇。1999年他当了爹，儿子董新阳出生，过了九年，又添了个姑娘，取名董新月。

东北农村生活太清闲了。每年就赶开春时用播种机翻地播种，一个星期工夫完事。之后只需打一次草，打一次药，就等着秋天收割机下地收粮食了。一年劳作的时间，往多了说不过两个月，剩下大把时间，能闲出屁来。每天屯里兄弟谁招呼一声，就聚到家里抽烟打牌，扯着嗓门吹牛唠嗑。柴火烧得屋里暖烘烘的，酒喝得人浑身热乎乎的。

董德升成家之后，精壮的身板迅速发福，腆起肚子，原本挺英俊、棱角分明的脸，日益宽厚。他也不甚在意，一天天过得舒坦又乐呵。

媳妇瞅着他就寻思，这人可真是俄罗斯性格，怎么啥事不愁呢？儿子都七八岁了，他还只顾自己开心，一个电话就出去赌一宿，家里孩子闹不闹，老婆累不累，他都不管。他们家最穷的时候，一年的收入还完债分就文不剩了，又得借钱过日子，就这样他也不急。她拧着他上山采蘑菇和蕨菜挣外快，他一百个不乐意。采着采着，媳妇一回头，人不见了。媳妇找半天，见他正躺树荫里串毛毛虫呢。

三

2009年快开春了，董德升在家修农具，意外接到表弟的电话，说哈尔滨于哥要攒一帮俄罗斯长相的群演，上黑龙江雪乡拍半个月戏，吃住路费全管，一天给两百。他一算日子，出去半月回来春播正好赶趟，出去玩还有人出钱，去！

董德升和俄罗斯族兄弟们演的是关外土匪。现场导演跟他们强调："不许笑！不许瞅镜头！"他在脑子里默念一遍，可第一次被几个摄像机对着，眼神真是控制不了，忍不住就要瞄镜头。有一场戏，20个土匪从雪地里冲出来，突然有人摔了个大跟头。他看着就乐，果然导演喊了声"卡"，把"哈哈"出来的几个人骂了一顿。

第二天，导演要从土匪里挑三个人，演一场摁住男女主角的戏。执行导演说他太胖，他一看没自己事儿了，到一旁坐下，脱了马靴拧被雪水浸透的袜子和鞋垫。这时导游又折回来，把他叫去，把摁住女主角的角色交给他了。他手都没来得及洗，一只手拿刀，一只手一把捂住女演员的嘴，喝一声"不许喊！"，心里怪不好意思的。女演员瘦瘦小小，奋力挣扎，死命抠他的手，他费了些劲才又捂严实了。只见她咳了一声，鼻涕眼泪"刷"地下来了。这说哭就哭的专业能力，董德升心里佩服得不得了。

但有一点让他很不舒服——有些个导演演员，人前人后地喊他们"毛子"。有一天，他终于找到个机会，叫住一位女演员。"老师，我跟你说件事。你们见多识广，以后看到我们这样的，别叫'老毛子'"，他先是客客气气的，突然撂了句狠话，"我们不愿意听！"

在剧组，董德升能觉察到，他们这帮俄罗斯族乡下群演地位不高。等戏时，主角导演坐椅子，他们在边上站着。组里的人也记不住他们名字,按职业给他们起了外号,"打更的""打鱼的"……听起来都很不像那么回事儿。尤其是那个执行导演,总是对他们呼来喝去,当面就喊"毛子"。

有一天下大雨,全剧组都躲进一间小屋避雨。董德升心里盘算,播种的时间快到了,就念叨起来:"哎呀快点儿停啊,赶紧拍完回家种地。"执行导演听到了,就问:"你家几亩地啊?"那语气特别轻蔑,意思是,你一农民能有什么着急事儿。董德升心里来气——你当我们图你这一天两百来的啊?他说:"我们不说亩,我们说垧,我给你算算合多少亩……500多亩吧。""多少?""500多亩!""你家这么多地你来这儿干吗?""玩儿啊,管吃管住管路费,白玩儿!"

那天起,他在剧组有了一个外号,叫"小地主"。所有人看他的眼光都不一样了。

那次之后,董德升常在农闲时外出拍戏,演的都是土匪、兵痞一类的路人角色。当群演也挣不了多少钱,不过,凭着拍戏的机会,他去了好多地方免费旅游。

媳妇特烦他出去拍戏,不挣钱不说,有时还瞎买东西霍霍钱。他说:"你不懂,起码我认识了好多人,见了好多世面。"他确实涨了很多见识,外面的人际关系比村里复杂多了。他亲眼见到自己特喜欢的老牌二人转演员,到剧组里巴着导演套近乎,热脸贴了冷屁股。后来他跑组的经验多了,又出了名,很多人劝他去演艺圈闯荡。他不,他老早就告诉自己:玩儿就是了,永远不要拿演员当主业,否则你的心就会变。

四

董德升爱玩，媳妇性格跟他正相反，心思重，想着孩子上学、老人养老，想着家里怎么过得更好。两口子在家时不时拌嘴。

董德升劝媳妇："别老瞎操心，你这样人爱生病，活不大岁数。"

她反过来教育他："都像你这样，光有饭吃就得了，社会就停在那儿不进步。人不能只求生存，还要求发展。"

他就不愿意听了："哎呀哎呀又来了！"

媳妇务实、勤劳、有主见，也执拗。早些年有一回粮价高，收秋之后，家里还完债还剩了七千多块钱。董德升喜滋滋地跟她商量，"媳妇，存银行吧"。"存啥存，"她说，"多包几块地扩大生产。"他一听就不干了。媳妇不管他意见，托老公公找到村里劳动力弱的几户人家，高价承包了他们的土地。董德升嘴上拧，干活勤恳，多少地都侍弄得好好的。这年之后，国家减免农业税，粮价也涨了，家里收入一年比一年多。媳妇继续包地，他老老实实地种，两人配合挺好，家里积蓄逐年涨起来。到 2010 年左右，村里很多人在县城买房，董德升家也买了一套 30 多万的宽敞两居室。

2013 年初，还有两三天就要过年了，两口子正忙着准备年菜，在隔壁宏僵村当书记的表弟来了个电话，说有三个小记者想上他家采访。

上门的是三个大学生，来逊克拍一个俄罗斯族主题的纪录片。他们原本和边疆一个老爷子说好了，临到头，他家人不同意，反悔了。见到董德升，导演小李特别惊喜。他不仅长相纯正，还能说会道，更何况演过戏，面对镜头很自然。董德升想，三个学生大过年的跑这么老远，挺不容易，不忍心看他们白跑，就答应了拍摄。

媳妇不大乐意，大过年一家人忙忙乱乱的，来几个外人杵个摄像机在这儿，算怎么回事儿呢。董德升就问她，你还记得你十年前的年咋过的不？她摇头。他说，今年这个年我让你记一辈子！

这是董德升一家的生活面临转折的一年。女儿马上要上小学了，这一年，村里的小学关了。为了孩子的教育，他们决定搬到县里。2013年春节，是他们在农村过的最后一个年。

大学生的镜头记录了一家五口贴春联、放鞭炮、包饺子、走亲访友的热闹画面，也捕捉了两口子忙活、斗嘴的琐碎日常，董德升还对着镜头讲述了家族历史。片名最后定为《彼得洛夫的春节》。小李和董德升都没有想到，这部时长不到半小时的小纪录片上线后，反响很好。后来，但凡提及俄罗斯族的新闻或是宣传片，总会截取影片中的画面，董德升的形象仿佛成了民族代表，一再出现。

小李凭借片子得了几个奖，他对董德升说，你是我的贵人。董德升说，就因为这个片儿，好多人认识了我和我的民族，你也是我的贵人。

董德升过去很少用"彼得洛夫"。这只是个姓氏，他本想再起个俄文名，又觉得光四个字就老长了，不需要名。他越来越常称自己为"彼得"。

五

2015年夏天,又是漫长的农闲。彼得在家玩电脑,屏幕右下角弹出一个小框——素人真人秀节目《我们15个》宣传视频。这档节目周期长达一年,节目组包下杭州附近一座小山头,称为"平顶",十五位素人作为居民入住,共同生活。每月有一人淘汰,并有新人补位进入。平顶之上遍布摄像头,24小时直播,居民们全天的一举一动都暴露在互联网上。

彼得饶有兴致地追起直播。平顶有一块很荒的地,一个空空的大谷仓,没有网络,大家都灰头土脸的。这特别像他小时候生活的环境,真有意思。他寻思,连那几个大城市的小年轻都能适应,自己简直不在话下。

报名后,他果然被选上了。他想得挺美,冬天去,待满一百天出来,正好赶上开春种地。节目组通知他到北京签合同。为了方便与编导联系,也为了在出门时继续追直播,他买了一部智能手机,装了微信和视频软件。节目合同有一大叠,他掂了掂那沓纸,太厚了。他想,别人都签了,我一个老农民差个啥?看都没看就一通签名。进去以后才发现,除非被淘汰,不能随意退出。

12月17日,彼得扛着箱子推开平顶大木门。老居民们见他这副面孔,热情又好奇地把他迎进去,以为来了个国际友人。接着他解释,自己是纯正东北人,俄罗斯族。有人问:"那你能歌善舞吧?""不会,"他挺了挺肚子,"就我这身材,跳舞能看么?"大家都笑趴在桌上。

那时他有180多斤,他一直没被淘汰,在平顶待到最后,第二年6月23日下山时,他只剩150多斤了。平顶半年是他人生中从未有过的体验，条件辛苦倒不算什么，主要是心累。人与人的关系太复杂，居民们拉帮结派，没人能置身事外，他也加入了其中一派"联盟"。越到节目尾声，彼得越觉得闹心，饭都吃不下。一想到离别在即，他就掉眼泪。

从节目组出来回到逊克，家人兄弟觉得他像换了一个人。他很低落，好像有些无法抽离，有时候很恍惚，分不清什么是现实。最终是闺女董新月治愈了他。董新月是个开朗的小姑娘，爱笑爱闹，声音又亮又脆，"爸爸爸爸"地缠着他撒娇。

彼得觉得在平顶上结交的朋友们，是他交过的感情最深的朋友。比如，性格温和的画家訾鹏，画出来的油画有玉一样的质地，一幅画能卖 5 万块钱；曾经当过超模的琳达，特别爽快的大高个儿，会好几国语言，家在非洲岛国塞舌尔；搞独立音乐的守望，说话慢腾腾的，有时候憨得跟个傻子似的，有时候又滔滔不绝，想法跟正常人不一样。

他去看守望乐队的演出，在黑咕隆咚的一个酒吧。那音乐听得耳朵都要炸了，相当刺耳，还有老多人喜欢。屋子里一个凳子都没有，姑娘小伙全挤在舞台前面，一通乱蹦，汗流得跟洗澡似的。最后的压轴曲目是《中南海》，守望一唱，底下的人往台上"哗哗"扔"中南海"香烟，有一根两根的，也有整盒半包的，跟疯了似的。彼得从没看过这种音乐会，特别新奇，虽然听不明白，还是非常兴奋。

他们在北京聚会。五个人一块儿去蹦迪。酒吧很神秘，在一个居民楼楼底，有人专门领进去，路上不能大声说话。彼得喝了酒啥都不怕，迅速融入时髦人群，蹦得比谁都欢。蹦着蹦着，差点踩着别人脚。

六

因为参加节目,彼得连春播这么重要的事都落下了。但这回,媳妇没埋怨他。

自从搬到逊克县城,她不用照看自家菜园子了,也没法进山采药材和蘑菇。白天两个孩子上学去,她闲了下来。她想出去找个工作,可逊克县城就这么点大,打工的机会也不多。彼得不让媳妇去商店餐馆打工,又累又挣不了多少钱,还得看人脸色。她在家无所事事,浑身不得劲儿。

有一天媳妇在家看《15个》直播。屏幕里,彼得吃饱唠闲磕,他说起在农村时两口子一起上山采蘑菇的经历,"东北榛蘑,你们不知道吗?味道老好了,又营养"。别人问,你们在家种什么庄稼?"东北大豆啊。""是转基因的不?""啥转基因,我们那儿没有转基因的。"

看到这一幕,媳妇脑子里灵光一闪,觉得眼前一片光明——多好的广告啊,打完他自个儿都不知道。那会儿她看大家都在网上卖东西,觉得自己也可以试试,卖逊克特产。这下好了,还没开始卖,彼得无意间把广告都打了。

节目结束后,每个参加节目的居民都在微信建了自己的粉丝群,他们帮彼得也建了个群。媳妇在粉丝群里遇到一个在电商平台培训学员的河南粉丝,主动教她如何开设网店。这个粉丝用自己的手机登录她的账号后,把一切设置好,让她重新登录,并叮嘱一定要马上改密码。她很感动,一个素未谋面的人愿意这么帮忙。她让粉丝给个地址,打算寄点特产过去。粉丝说,不用,我啥都有。

一离开平顶，訾鹏就帮彼得下载了微博，刚发一条微博，一下子就涌进了三四千个粉丝。那段时间，彼得发照片和小视频，每条阅读量都有好几万。

媳妇给自己售卖的榛子和蘑菇拍摄了产品图，叫彼得用微博帮他发广告。彼得没睬她，径自出门跟兄弟喝酒去了。媳妇气得够呛，一个电话追过去，把人喊回家，用彼得的手机发了广告。微博一发出去，几笔订单就来了，十分钟内挣到80块钱。她很振奋，心想，即使挣不到多么可观的收入，至少每天会有进账。县城生活消费不高，一天50块足够把买菜钱抵了，日子就能过得很轻松。

偏偏彼得在一旁冷言冷语："你消费我粉丝！小心哪天我喝多了上群里说，我媳妇挣你们钱呢！"

媳妇白了他一眼，"这个家如果听你的，咱们连县城都来不了"。她心里有谱，凭良心做生意才能长久。她卖的东西都是自家农村出的天然山货。她也很注意细节，收来的蘑菇打包之前先手工挑拣一遍，剪去蘑菇根。干木耳得喷上水，湿润后再打包，避免运输途中破碎，当然，喷水前先称重，保证足斤足两。

渐渐地，节目热度过去了，微博粉丝每天只涨三五个。微信群的粉丝数也不怎么增加了。彼得媳妇想了很多办法增加粉丝数量。有一段时间，她甚至在各个群里主动添加陌生好友。但这些方法都不得要领。后来，一个粉丝告诉她，可以通过快手直播吸引粉丝。这个粉丝打了一下午字，苦口婆心地劝她，先注册一个id，占据一席之地，哪怕不马上发视频也没事，可以看看别人发的学习学习……"这个以后有可能给你们带来财富。"话都说到这份上了，彼得媳妇觉得必须试一试。

可彼得对直播有阴影。刚从平顶下山,几个要好的居民一起吃饭,訾鹏、守望他们都开直播跟粉丝互动,有时,他们把手机递给彼得,让他也播一会儿。彼得眯着眼看屏幕上滚动的留言,惊呆了。节目刚结束,许多平顶上另一派居民的粉丝进直播间,连篇累牍、指名道姓地叫骂,多难听的话都有。他越看心越沉,这时他才知道,他们在节目里的生活,引发的舆论是这副模样。几个朋友说,彼得,你也直播吧。他直摇头,真不想再看这种话了。

因此,当媳妇提出在快手做直播时,立刻遭到了彼得的坚决反对。媳妇就找儿子帮忙:"别管你爸,咱俩弄,名字就起彼得,就霍霍他。"

七

今年过年,彼得第一次来到俄罗斯,拍电影。一共就两天戏。待了17天,走走玩玩好不快活。俄罗斯列巴酸不拉唧的,就粥不错,街上土炉烤饼香,都是带肉馅儿的。俄罗斯打车太贵了,出租车也少,彼得坐公交,车牌也看不懂,瞎坐。上车前他把站名拍下来,记着车号,要真丢了就让剧组翻译救他。听说街上的俄罗斯警察爱查中国人护照,他就故意往警察跟前走,眼神乱瞅,只可惜人家没睬他。

刚开始,他快手账号上的段子都是媳妇发的。她发一些配音乐的照片,或者拍拍彼得,评论不多,但都挺友好。彼得看了觉得不错,有时候也用自己手机的摄像功能自拍一些段子,发给媳妇作为快手素材。去俄罗斯之前,彼得的账号有

130多个粉丝，媳妇让他装快手，随拍随发，免得麻烦。

到了那儿，一切都很新鲜，他站在电线杆前掏出手机，一手举起手机，一手指指杆上的小广告，"你看俄罗斯的电线杆子上也有小广告，不过他们小广告都是胶带勒的。俄罗斯的电线杆子还是方儿方的，"他挥挥手，"再见！"这个段子突然上了热门，那几天每次打开快手，底部提醒的红字儿都是几十几百，他相当兴奋，总忍不住点开看。从俄罗斯回来，他的粉丝数变成了5200多。

又过了两个月，彼得回到农村，耕种的时候到了。他在土地上拍了个小段子。他一边开着拖拉机，一边对着手机说，"正式下地干活了……哎完了，跑舵了"，镜头往窗外转，彼得家的小白狗正跟着拖拉机跑呢，"小白始终跟着我。再见！"地里信号不好，晚上回家连上网，他才把段子发出去，发完就睡着了。第二天，他正在另一片地里干活，突然接到媳妇电话："你粉丝两万多了！"

彼得的快手段子全都是实打实的生活，媳妇、儿子、女儿，家里的两只猫，农村的土地和狗，他的东北腔碎嘴子具有天然的喜感。彼得发段子很有仪式感，每次几十秒的视频快要到头了，他就忙不迭地挥手，一定要说"再见"。

有5000多粉时，彼得有开通直播的资格了。他对直播有要求，得有内容、有主题唠才行，因此播得不大勤。随着粉丝越来越多，彼得直播的收入也一点点往上涨。有一回他直播时，两个粉丝刷礼物较劲，288的穿云剑一个接一个"唰唰"飞，把他惊着了。他说："你俩钱是大风刮来的啊？你俩这么磕我不播了。"那回他才直播了一会儿就关了。

东北农民彼得洛夫的幸福生活

彼得整不明白到底什么样的段子受欢迎，热门上得非常随机。5月中旬种黄豆，农用车坏了，他修了一天，累得够呛，也忘了录段子。晚上翻手机，对付着发了一条之前和表弟喝俄罗斯大白熊啤酒的段子。结果这条成了大热门，点击量将近400万，粉丝直接从六万三冲到13万多。视频里，彼得举着1.5升的大塑料绿瓶仰头"咕嘟咕嘟"灌，完事蓝眼睛放光，"爽！"接着几天，逊克县两个俄罗斯进口商店的大白熊都卖断货了。之后，他的段子就老上热门，涨粉涨得快时，一天加一万粉都不稀奇了。

彼得出名了，在外总被人认出来。他们一家去外地旅游，粉丝排队要请吃饭。媳妇很感动，总说，"一个农民，何德何能啊。"过去拍戏时遇到的一个小经纪人也通过微信找过来，托他帮忙卖胶原蛋白肽。她噼里啪啦打了一大堆字，彼得也没细看，回复她："我不在快手做广告，那样会掉粉的。"

有个千万粉丝数级别的大主播，专程来逊克县找彼得合作，他说，可以借给彼得300万元刷粉买粉，把快手号养成500万大号。彼得客客气气地拒绝了。他陪大主播在逊克县的景区玩，大主播又提出现场做直播，帮他刷刷粉。彼得就打马虎眼，说信号不好。他看过那位大主播的评论，骂声一片，觉得实在不是一个路线的人，自己还是想踏踏实实、干干净净的好。大主播说，你这个号不好好养，即使现在势头不错，之后热度也会过的，到时候，号就废了。彼得说，废了就废了，至少我曾经辉煌过。

儿子董新阳今年夏天考上了三峡大学。彼得送儿子去湖北上大学，顺便上峨眉山旅游了一趟。他回家还没来得及冲个澡，立刻被媳妇抓着剪了两天蘑菇根。家里乱七八糟的,打包带、胶带铺得到处都是,地上摆着分装好的蘑菇,还没挑拣的榛蘑堆了一茶几。媳妇在快手上直播在家挑蘑菇的过程,第二天立刻来了十几笔订单。彼得"刺啦刺啦"利索地扯胶带打包,一边碎碎叨叨地抱怨,"叫你别播蘑菇别播蘑菇,你不听,你看这活,忙死你!不紧不慢地一天三四个单子多好,不累还能挣点。忙忙乎乎的你还直播个啥?"

帮媳妇忙完这阵,他就要回农村了。菜园里的土豆成熟了,彼得妈妈喊他回家挖土豆。丰收的季节到了,先收院子里的土豆、豆角和柿子,再过一个月,就该下地收黄豆、苞米了。在县城住了五年,彼得还是喜欢农村,他计划,要是这个快手号能一直玩个八年十年,等闺女长到十八九岁,就把粉丝慢慢转给她,移交账号。自己呢,回到农村生活,抽烟喝酒玩儿。

吴宇清的决定

文 _ 李纯

一

谁都没想到吴宇清决定去死。他们以为他开了一个玩笑，或者是一个恶作剧，就像这么多年他所展露的玩世不恭的做派。

消息很快证明属实。2017 年 9 月 26 日下午 3 点，吴宇清离开家，拖着一条瘸了的右腿，可能上了一辆出租车，也可能步行。他在丹凤街停了下来，走进唱经楼小区，小区里耸立了三幢矩形的高楼。2005 年，他在其中的一幢租了一套房子。地方是早就选好的。楼梯的门禁是坏的，以便他能畅通无阻地抵达最高的地方，第 28 层。越过生锈肮脏的窗棂，天空阴沉，尖顶建筑物隐没在巨大的灰色中。

警察赶到现场后，首先通知了他的单位。他是南京市国税局的一名基层科员。P.K.14 乐队主唱杨海崧的姐夫是吴宇清的同事，姐夫问杨海崧，知不知道吴宇清跳楼了？杨海崧说，不可能。姐夫说，你赶紧查一查，确定一下。杨海崧开始四处询问，没人知道，也没人相信。

他给吴宇清的朋友杨子馥打电话，在吴宇清生命的最后半年，杨子馥和他的联系最多。"吴宇清的事你知道吗？"

"知道，待会儿下了班我就去找他。"

"不是这个事。"

"你们都没有我清楚，昨天晚上我们通过电话，下了班我就去。"

"不是，他跳楼了。"

那天下午，诗人刘立杆在歌德学院参加诗歌活动，他也接到电话："吴宇清跳楼了。"之后的两个小时，电话不停地涌进来，持续到半夜。六天前，吴宇清对他说，他觉得冷，当时刘立杆很奇怪，9月怎么冷了？"光膀子都行啊"，他回答。

南京"七八点"乐队的海洋也知道了。五个月前，他在一家酒吧和吴宇清偶遇。

酒吧是以前海洋唱歌的地方。那天他带了一个香港女孩，听见有人大喊大叫地在旁边喝酒，辨别出是吴宇清，两人都高兴坏了。吴宇清对香港女孩也很热情，三人度过了一个愉快的夜晚。海洋当然不相信吴宇清死了，他不停地打吴宇清的电话，打不通，再打，还是不通。

吴宇清的学生王飞飞正在西班牙的圣塞巴斯蒂安。他刚参加完电影节的欢迎酒会，三个小时后是《何日君再来》的全球首映。那是他的第一部电影。吴宇清是这部电影的文学顾问。从电影院出来，他准备去海边走走，收到消息，"吴老师出事了，下午跳楼身亡，抑郁症"。他浑身发抖，不相信是真的。

之后，陆续有人在网络上悼念吴宇清，称他为"南京地下音乐教父",同时他也是一名笔名外外的诗人。音乐人左小祖咒说,"一个好人,一个好诗人,一个绝对的人,我的朋友从南京新街口28层楼飞下,离开了我们"。民谣歌手周云蓬说,"每次路过南京都会想到外外,他的诗歌越读越好,还有,没人组织酒局并且买单了!"

诗人韩东第一次读到了吴宇清的诗。他们是多年的朋友,但韩东从没见过他的诗。他先是震惊,而后愧疚——一位诗人对另一位诗人的"视而不见"可能是诗人所能犯下的最不能弥补的错误之一。他说,"一个人的天才直到死时才被人发现,尽管是身边的人,惭愧,不安"。

吴宇清最后一个电话打给了新街口派出所的警察,警察是他的朋友。他说:"我要跳了,可能很狼藉,麻烦你帮我收拾一下。"然后,他探出身体,像收起翅膀的鸟一样摔到地上。

二

2017年5月,吴宇清的双腿又不怎么灵便了。年轻时他就有痛风的毛病,小时候在凉水里游泳落下的,这是个秘密。他讨厌向外人展示虚弱,况且这病不足以带来困扰——只要控制饮食就行了。他爱好踢足球和打乒乓球,尤其是乒乓球,技术高超,参加过省机关单位组织的比赛,名列前茅。总体来说,他表现得像个身体不错的小伙子。但这次他去外地出差,吃了海鲜,喝了啤酒,回来后打了一次乒乓球,脚趾和膝盖就肿了。病痛来得迅猛,半夜疼得他在床上大叫,尤其是右腿,不能打弯,像一根筷子。

吴宇清个子挺高,年轻时留一头披肩发,长得干净清秀。

后来年纪大了，头发变少了，有一阵子南京作家流行剃光头，一桌子坐下来十个有八个是光头，他也索性剃光。因为有打乒乓球的习惯，他的身材几乎没有变化，最近反而越来越瘦。

这一天，吴宇清出了一趟远门，找他的哥们儿刘立杆。刘立杆是南京的诗人。2002年，两人在"他们"诗歌论坛相识，很快成为要好的朋友。

刘立杆与吴宇清同龄，两人大学毕业后都在国家单位工作，吴宇清在国税局，刘立杆在规划局。两人都是白天上班，晚上泡酒吧，半夜回家写作。一度，这让刘立杆觉得分裂，好像一个人同时过着两种生活，自己是具有双重身份的间谍。时间久了，就习以为常了。

他俩的家庭背景也差不多，父母都在大学任教，父亲都是古板的工科知识分子，在他们看来其实是对社会一无所知的"假知识分子"。两人的反抗一度都非常激烈。

有一次过年，刘立杆回家，进门后，他直接把脚架在饭桌上，点了一支烟看着他爸。刘立杆的爸爸一辈子不抽烟不喝酒。那天，他默默地拿了一瓶酒，给儿子倒了一杯，说，现在我也管不了你了，你干你想干的事情吧。

出了鼓楼区，骑自行车到不了的，在吴宇清看来就是远门。吴宇清住在东南大学的家属楼，是个老小区。街道在闹市，却是副旧模样。树比楼高，下了场雨，树叶就落下来，把路遮住了。电动车像兔子一样乱窜，总有狗趴在路边，一动不动。住习惯了，他觉得新城虽然整齐干净，但没了人味，反而无趣。几年前刘立杆搬到建邺区，坐公交车需要一个小时，直接导致两人见面次数从一周两到三次，变成一个月一到两次。

吴宇清的决定

吴宇清给刘立杆带了几部国内最近的独立电影。谈起电影，他一如既往地喋喋不休，重点推荐了法国电影《路易十四的死亡纪事》，说的是国王外出散步，感觉腿有些痛，接下来难以入眠，发起高烧，身体迅速衰弱，然后死了。他抱了抱刘立杆家的猫，说"小猫挺可爱的，等它生了给我一只"。会面结束后，刘立杆用滴滴帮他叫了一辆车，吴宇清不会，他的华为手机是单位发的，只用于收听和拨打电话。他挺感慨，"很方便啊"。那时刘立杆觉得他腿脚虽然不便，但看上去很健康。

6月9日，P.K.14来南京欧拉艺术空间演出。P.K.14成立于1997年，是南京的一支态度激进的后朋克乐队，对很多年轻的独立乐队产生过影响，被奉为标杆。主唱杨海崧是南京人，上大学时，他认识了吴宇清。那时，杨海崧是个留长发、无比热爱鲍勃·迪伦的摇滚青年。

吴宇清坐刘立杆的车去的欧拉。开场前，老朋友们聚在门口抽烟。杨海崧44岁，现在生活在北京，他留着寸头，戴眼镜，穿简单的衬衫和球鞋。吴宇清站在他的左边，头戴毛线帽，胡须杂乱不堪，杨海崧突然察觉，他一直崇拜的生气蓬勃的"台长"怎么开始衰老了？

这次巡演，P.K.14演奏了新歌。吴宇清站在人群末尾，坚持看完一小时四十五分钟的演出，"双腿酸麻"，疼痛让他几乎没有挪动位置，但是，他激动地对每一个身边可以咬耳朵的朋友说，"他们找到了新的核！"后来实在撑不住了，他给杨海崧发了短信，说"腿不好先撤了，新歌极好，有的地方很像2000年后的齐柏林（Led Zeppelin），有的地方是一种新的吉他恐怖主义"。杨海崧叫他好好保养，以后再聚。他完全想象不到,那是他们最后一次见面。

> 夏天
> 蒸腾不止
> 遥远梦想中的徒步
> 我想象我是一架锈机床
> 感觉漏油
> 时刻摩擦出
> 伤感的老骨头节拍

(吴宇清的诗《关节》)

"台长",他们称呼他。1994年,吴宇清主持了两档和摇滚乐有关的电台节目,时间是周六和周日晚上9点。一个叫"摇滚殿堂",向乐迷系统性地介绍摇滚乐,开场是 Mr. Big 的 To Be With You,随后是开场白:"感知的大门打开了,欢迎走进摇滚殿堂",带有普及性质。另一个叫"新乐天书",专门介绍一张唱片。歌是他选的。当时没有网络,普通人不知道该听什么,也不知道在哪儿听。他的节目成了一个窗口、一个通道,有的人一边聆听,一边记录乐队和歌曲名称。在南京,年轻人是通过吴宇清干净清脆的声音抵达摇滚乐的。

每周末,吴宇清会采购一些打口磁带,后来是打口碟,最常去山西路的军人俱乐部。

军人俱乐部有一座宽敞的大院子、一家电影院、一个溜冰场和很多商铺。那里聚集了五六家打口门面。就在那儿,吴宇清认识了很多音乐上的朋友,除了他出生在1967年,其余这伙人均出生于70年代。

杨海崧第一次见到吴宇清时,吴宇清在唱片店坐着和老板聊天,长头发,肩挎一只斜挎包,"太帅了""说话的方式和手势非常自然"。他向杨海崧推荐唱片,两人就成了好朋友。

围绕军人俱乐部,吴宇清的朋友圈从两三人扩展到十多人。军人俱乐部有一家四海音像,老板家在市中心,那里成了据点,一群人买点啤酒、快餐面,在他家听音乐,看录像带,一直待到半夜。大家在一块儿像兄弟一样放松。吴宇清性格最外向,有着和战士一样充沛的精力。他的朋友最多,原因之一是他总掏钱请大家吃饭,像个热心的大哥。大家当然还传播最新的乐队——他总是听得最多的那个。

有一次,南京电台举办原创歌曲的录制和征集比赛,吴宇清收到一个高三学生寄来的样带,他问那人,"歌你写的?""我写的。""词你写的?""我写的。""写得可以啊。""你谁啊?""你听听我的节目。"

那人叫海洋,后来是"七八点"乐队的主唱。"七八点"是一支南京乐队,活跃于1997年到2001年,随后销声匿迹。

那年海洋不到20岁,正在野心勃勃地阅读和写诗,参加了一个名叫"对话"的诗社,成员多是江沪一带朦胧诗派的诗人,整天看油墨印的诗刊。他写了三十几首诗,找了一家出版社,编辑讽刺他,这东西你花钱印出来给自己看啊?不过,他听了崔健,也听了张楚,张楚的形式启发了他,把诗歌和音乐配在一起,他想他也能做。当时摇滚乐风头大,新乐队有人关注,不等于出版了嘛,他想。

吴宇清非常喜欢海洋写的歌,确切地说是歌词,那些儿歌似的音乐搭配文学性很强的歌词，吸引了他。他对这个戴眼镜、整天穿花格衬衫、知识分子模样的少年充满了好奇。两人理所应当地成了朋友。吴宇清比海洋大10岁，海洋听他的。

一天晚上，他打电话给海洋："你的歌好听，我要在节目里面放。"

"你放呗。"

"你乐队叫什么名字？"

"没名字，还没想好呢。"接下来，他想了一堆奇怪的名字，全部取自波德莱尔和兰波的诗作，你能想象有多古怪，自然被否决了。吴宇清逼迫他，"我今天晚上就要放"。

"我真没名字，你别逼我。"他看了看墙上的钟，停在7点40分左右，"叫七八点吧"。

"太牛了。"

后来吴宇清告诉海洋，他俩有缘分，他的生日是7月8号，他出生在"嬉皮年，爱之夏"。

90年代后期，南京出现了一批摇滚乐队，以重金属、朋克居多，包括"痊愈者十八"，贝司手是吴维，后来在武汉成立了"生命之饼"——中国最老牌的朋克乐队。P.K.14是一支后朋克乐队，词曲尖锐，最引人注目的是杨海崧刻意造成的刺耳、不协调的声音。和前两者不同，"七八点"青春，诗意，充满幻想，旋律悦耳，"像原始的石头一样稀少"，吴宇清写道。

"七八点"和P.K.14都在五台山下的防空洞排练。那个洞很深很深，打开门是一间又黑又潮湿的房间，日光灯垂在中间，里面堆积了鼓和音箱，回声极大。排练完出来，两耳轰鸣，什么也听不见了。经常有坏人把铁锁砸开，偷走贫穷乐手的吉他。

吴宇清觉得几支乐队各有特色,他想记录下来。他把海洋和杨海崧拉到栖霞山脚的小木屋,小木屋是南京炼油厂的工人搞的乐队录音室,有一个八轨调音台。海洋不想去,他想他吉他弹得很差,唱歌也不会唱,总之是个业余,"这算什么呢?"

"你就当记录嘛。"吴宇清怂恿他,热心地帮他和音、编曲,指挥他们排练,好像经验很足。乐队的人都听他的。但他们技术太烂,不是吉他错了就是鼓不对,一首歌唱了二十遍。

录好以后,吴宇清拿着母带(就是一盒磁带),导录到电台使用的数码录音带上,再把这盒数码录音带一盒一盒翻录到空白的磁带里,取名《南京地下音乐记录97—98》。封面是蒙克的《呐喊》,背面印了一个logo,吊盐水瓶的小孩躺在婴儿车里,意思是虽然成年了,但和现实社会相比,这些人还像生病的、格格不入的小孩。磁带在南京大学门口的唱片屋售卖,一盒5元,吴宇清写道,"不为赚钱,只是想让诚心要听的人,花这5块钱买回家去"。

"他是摇滚乐非常坚定的支持者和参与者,只要有演出都会到场,在电台做节目,大力传播本地的乐队,联络本地乐队和其他地方的乐队,他在非常坚定地做件事。"童玮亮说。1998年,童玮亮在江苏省电子厅工作,做了"暗地病孩子"——中国第一个亚文化网站。网站被雅虎放在首页的文学栏目,迅速吸引了一批趣味相同的年轻人。网站颓废压抑,内容包括音乐、诗歌、小说和漫画。对每个发来邮件的人,童玮亮统一回复,"紧握你同志般的双手"。

那时,南京的文艺氛围单纯,或许是身处城市的原因,人们都敏感多思。他们在潮湿的街道行走、聆听、思考,渴望交流,渴望同类,因为共同的爱好走在一起。

当时吴宇清30岁,正式工作是国税局的网络管理员,兼职电台DJ。朋友们跟他认识久了才发现,"原来他是个公务员啊"。另一个发现是,他很早便结了婚,妻子是教师,美丽端庄,为他生了女儿。他是那种有理想、有激情,同时追求生活安稳的南京人。音乐是他的寄托,在那个理想的、纯粹的世界中,人们永远年轻,永不妥协。吴宇清把那个世界放在了心里。

三

1999年,杨海崧离开南京,去北京发展。海洋遇到喜欢的女孩,女孩去了澳大利亚,他想,摇滚乐的尽头就是一段阳光普照的爱情,也去了澳大利亚。其他人或者离开,或者开始工作,回到正常的生活中。

新世纪来了。吴宇清继续做电台DJ,但他的兴趣发生了转移,从音乐转移到文学,主要是诗歌。

以前吴宇清也看文学书籍,但只对表面的、光鲜的东西感兴趣,没有展开深入的研究。比如他喜欢村上春树,因为书中写到了爵士乐。与此同时,论坛时代来临,出现了"诗生活""诗江湖""橡皮"等专门为诗歌而设的论坛。各地的诗人,以年轻诗人为主,踊跃地在论坛上发表自己的诗。

2002年,南京本地也有了诗歌论坛——"他们",版主是韩东。每隔一段时间,论坛出版一份网刊,内容有小说和诗歌,数量和质量都很高。吴宇清也写,最开始在"西祠胡同",然后是"他们"。他还起了一个亲切有趣的网名,做主持说话前习惯敲话筒,"喂喂",谐音"外外"。

  2000年,海洋和女朋友谈崩了,又和学校的老师打了一架,于是退学回国。他回到南京,打算继续搞乐队。他回来后,吴宇清开始更多地找他聊诗,而不是音乐。两人的口味大相径庭。海洋的阅读体系是顾城、艾米莉·狄金森、阿赫玛托娃,喜欢有仪式感和象征性的诗。吴宇清喜欢清新简单的口语诗。他给海洋推荐了许多"第三代"诗人。海洋还发现,他不仅阅读他们的诗,更重要的是和诗人成为了朋友,或许正是在诗人的影响下,他开始写诗了。"我明显感觉到他的向往,他发现诗人有点像潇洒自由的侠客,他向往江湖的感觉,而且最重要的是,他和那些诗人年纪差不多大,摇滚乐是小孩玩的事情。"海洋说,吴宇清被诗歌迷住了。

    他的诗真好
    真他妈的好极了
    我要拼命地吹捧
    不为名不为利
    要把这些诗
    捧到天上去
    像一朵白云
    顺便自己
    也蹿上去
    瞧一瞧

(吴宇清的诗《诗歌》)

2003年,吴宇清突然决定离婚,一眼看到头的中年生活让他害怕,婚姻仿佛是一头猛兽,要吞噬他。这个决定让所有人感到震惊,在别人看来,他的婚姻堪称楷模,但对他来说却是束缚。骨子里,他或多或少崇尚西方式的独立平等的婚姻关系,等他进入婚姻才知道,那太理想化了。作为缓和,他借口电台忙碌,搬到了电台的同事家。

同事也热爱摇滚乐,关注诗歌。同事有套两室一厅的房子,他住主卧,吴宇清住北边的次卧,屋里有一张床和一个书架。两人经常在一块儿谈诗,有时买两瓶可乐坐在超市门口讨论,有时在房间,一边抽烟一边聊天,聊到天亮。吴宇清就在那时学会了抽烟。

两年后,同事辞职去了北京。吴宇清也向往北京,主要向往那里的艺术氛围,"北京是旧金山啊",他说。但他没去。

2005年,吴宇清搬到珠江路附近,就是他跳楼的那座楼。那时他不到40岁,刚刚开始独居,他期待迎接单身汉的崭新生活。

差不多同时,刘立杆也离婚了。

夜晚,为了打发无聊的时光,吴宇清带刘立杆去一家老式的、可以给女孩递纸条的酒吧,看到两个女孩在聊天,主动走过去说,"我们拼个桌子吧"。他什么都敢干。有一次,为了追求一个女孩,女孩喜欢某支乐队,他就把那支乐队请过来,自己掏钱,联系场地,在南京办了一场演出。

网络普及了,年轻人更愿意上网听音乐而不是收听广播。他辞掉了电台DJ。做了十一年,自己也觉得索然,有几次干脆叫了写作的朋友,歌曲间隙聊起了文学,"XX,文学界最近有什么新动向?"

2006年,南艺的影视专业成立不久,师资不足,一个老师带八门课,学生不满,整天嚷嚷着要退学。系主任只好把吴宇清搬来救急,说:"给你们请了一个特别好的老师,南京摇滚教父,搞影展,也参与过演出,李红旗的片子他都演过。"

从那年起到2016年年末,约有十年,吴宇清在南艺代课,教影视赏析和剧本创作。代课费很低,每节课上四个课时,一个课时50元。但是在那里,他找到了新的舞台和一个公务员以外的身份——继DJ之后,又一个能带给他刺激和欢乐的身份。好像只有这样,生活才值得过下去。

新学期开学,吴宇清过来了。他掏出一张碟,打开光驱,开始放P.K.14的歌,自己出去抽烟了。上完课,他问底下的人,"谁没事去吃饭啊?找地方吃饭"。他喜欢艺术的、小众的电影,比如杜蒙,比如贾木许。他带学生去看演出,有一次甚至租了一辆大巴专门去上海看舌头乐队。有老师看不惯他的作风,给校领导打报告,说吴宇清靠传播亚文化俘获学生的芳心,最主要的罪证是晚上带着学生出去喝酒,而且有男有女。好在系主任和吴宇清关系不赖,事情没闹大。

吴宇清和他的学生建立了深厚的感情,三年后,在毕业的临别赠言中,吴宇清写了一段话:"我们有缘分相处了三年多,有时我奢望我们的关系能更近一步,我不是说出于惧怕孤独而必须抱成一团的那种密切。我暗自希望能从与你们的交往中,发现一些生活的信念。同时,这种信念也能转而影响到你们。在此时此刻,我理解,这是一个非常软弱和扯淡的念头,要往前走,我就得把它干掉。就像你们会把我干掉,事实是,我会死于你们之前。这既不悲伤也不幽默,这应该只是需要从容面对。没有什么信念,除了这一个:最大程度地相信你们自己。"

王飞飞是南艺2004级的学生,他没上过吴宇清的课,但私下经常和吴宇清走动,他开玩笑说自己是吴老师的"干学生"。他是河北人,样貌粗犷,爱打抱不平。他第一次谈恋爱,失恋了,特别痛苦,同学叫他找吴老师聊聊。吴老师开导他,要多谈,然后迅速忘掉,"你现在觉得这个最重要,独一无二,你谈多了就知道,都一样",然后开始传授他恋爱经验。之后,他常找吴老师吃饭,吴老师带他去自己新发现的餐厅和酒吧,和他聊文学、电影、音乐。令他惊奇的是,"这些人吴老师你都认识啊"。这样的交往给王飞飞留下一个印象,"吴老师是一个什么都可以摆平的人"。

2009年,王飞飞毕业了,和吴宇清说想拍电影,大致聊了电影的构思。2012年之前,南京每年举办一场独立影像展,是民间办的三大影展之一。吴宇清是南京影展的初创成员之一,参与选片和主持放映。2014年秋天,王飞飞全职在家写剧本,每个月和吴宇清见面三到四次。吴宇清一场戏一场戏地帮他梳理,提出自己的意见。2016年夏天,电影拍完了,在北京做后期。第一版剪辑用的是非线性的叙事结构。王飞飞报了柏林电影节,选片人没要,他有点慌,担心电影结构过于复杂,又换了线性的剪辑方式。

冬天,吴宇清来北京看片,晚上王飞飞陪吴宇清回酒店。因为抽烟,他们打开了窗户,拿一个杯子当烟灰缸,房间很冷。吴宇清说:"胖子,不能怂啊。我们应该是和杜蒙、塞德尔、杨恒这样的导演站在一起。老韩(韩东)、朱文他们当年为什么要断裂？就是要跟那帮傻子划清界限。你不能去取悦他们啊。"

2017年7月，王飞飞的电影《何日君再来》入围西班牙的圣塞巴斯蒂安电影节，是唯一入围的华语电影。媒体陆续找到他，在采访中，他提到吴宇清对电影的帮助，有人看到转告给了吴宇清。吴宇清特意给王飞飞打了个电话，说"谢谢你，你提到我，我很开心"。那是9月，他即将从28楼跳下。

四

2008年，杨海崧找了一家出版社，想把自己的小说印出来。前两年他写了一些短篇小说。吴宇清说他正好也想出一本诗集。他才知道"台长"也写诗啊。杨海崧说，那就一起印吧。

离开南京后，杨海崧和吴宇清每年见面三到四次。一般约在酒吧，谈论彼此的近况，也谈论和音乐、文学相关的话题，主要是吴宇清说，他听。有一次，他和吴宇清聊起音乐上的困惑，他发现做乐队不仅牵涉到创作，还牵涉到乐队成员之间的关系，目标不一样，分歧越来越明显。吴宇清问他："你为什么要做乐队？你当时放弃了所有东西，想要做一个好乐队的出发点是什么？"他建议杨海崧回到最根源的地方。

吴宇清的诗集叫《洞》，封面是一部墨西哥恐怖电影的剧照，一个躺在病床上被电击治疗的女人，托朋友设计的。他说在某段时间内，他的状态很像这个女人。

诗集印了500册，一部分赠送朋友和学生，通常在饭桌上赠送，说辞是"出了本诗集，随便看看"，朋友便收下，像接过他递来的烟。另外留了一箱在先锋书店。卖得很便宜，定价10

元。卖了一年还剩一箱,他只好把它们搬回家。几天后,他又把诗集寄放在开淘宝店的朋友家,托朋友在网上送人,没怎么送出去。后来,放在床底的诗集受潮,朋友就扔了。

在诗集的自序,吴宇清写道:"把这些诗集中起来,最初的想法,是为了告别。等它们在一起了,看着又像是一支吵闹不堪的杂牌军,并没有什么可以攻打的。能留下的,只是寂静。有时候,我体会到它们给我的快活、刺激、痛苦、彷徨。或者,它们只是下酒菜,能让深夜显得更深一些的话题。如果我贪心,想得到生命的神奇,一定有很多洞穴在等着。就这样吧,我喜欢这个诗集。无论如何,生活才刚刚开始。"那年他41岁。

吴宇清也想拍电影。2008年,他和杨海崧策划、制作了"七八点"的唱片。自1997年成立以来,"七八点"一直没有一张完整的唱片。海洋不肯录。吴宇清不停地和他讲,"我现在把全国的唱片公司寄来的乐队样带都听过了,还没你好呢,你不做你傻啊,你跨时代了你牛了,你就保持这个状态就行了,还像以前一样,回来继续玩,我来帮你弄"。说来说去,海洋都不肯。吴宇清说:"你那么牛啊。"海洋说:"真的不能玩了,玩不动了我。"

最后,吴宇清虚构了一部名叫《屋顶上的猫》的电影,专辑以电影原声的方式发行。他把手边保留的九首"七八点"的样带混在影片中,隐去乐队名称。他一直想把这部不存在的电影拍出来。

那时,他阅读了很多小说,拉片(要备课嘛),在豆瓣写了很多简短的、提纲性的故事。读到好的作家,比如波拉尼奥,会突然给刘立杆打电话,"老刘,《2666》很好看,太好看了,买一本啊买一本"。说完就挂。那时,刘立杆又结婚了,他仍然活跃在南京的诗歌圈,但是刻意和某种群体生活保持距离,不再依赖它。他的生活和写作平缓而稳定。

吴宇清反复向刘立杆推荐各种小说和电影,说《屋顶上的猫》的计划,说了四五年,把刘立杆都说烦了。有一次,刘立杆失去耐心,骂了他,"吴宇清,你做音乐没做出什么名堂,写诗也没写出个名堂,当然你教书教得好,是个很好的老师,但是你满足于做一个老师吗?你说拍电影你拍啊,你梳理一下你这辈子到底做了什么?"

吴宇清不知道该说什么好了。"当年我写过歌啊,得了二等奖,汪峰跟我住一个房间。汪峰站在窗户边上看着外面说,哥们儿你觉得我们以后能成吗?"

"我们觉得他是个玩票的,非专业的,没有在正式场合发过什么东西。他对待文学是孩子式的,你们写诗,我也写,希望你们喜欢,特别孩子气。"吴宇清死后,刘立杆这样说。

本来,吴宇清打算在今年(2018)申请提前退休,在家专注写作。2017年年初他写了一篇剧本大纲,故事主要描述了两个寻求自由生活的女孩,偶然地,分别来到南京,一个留了下来,一个带着一些经历离开,"以此来见证某种在我们的精神生活中都飘荡过的信念:自由、天真,寻找令人激动的心灵碰撞……好像这个故事一直在等待着我们"。他在作者阐释中写道。

吴宇清死后,海洋说:"他是个五颜六色、丰富多彩的人,有很多朋友围着他。可惜的是任何圈子都没有给他足够的归属感和成就感,他对自己自信又不自信。他一直有落差,别人把他当成了一个组织者,没把他当成艺术家,但他在参与这件事情的时候,有自己的观点和标准。去年他自杀了,我才意识到,我记忆中的南京是他张罗组织起来的艺术化、理想化的南京。我们都太不珍惜了。"

海洋经常记起年轻时,他去吴宇清家听音乐,吴宇清家有大音箱,在那时是种仪式上的享受。吴宇清给他放了伍佰的《再度重相逢》,一边听一边手舞足蹈,兴奋地说,这歌好。当时他很纳闷,觉得"人生如梦"这类歌词太直白,有什么好听的?

2003年,海洋离开南京,先是在麦德龙工作,辗转去过沈阳、青岛、上海、成都、厦门。2010年,苹果公司看中"七八点"的歌,邀请他去苹果工作。他在重庆待了四年,成为一名成功的经理人。期间他学了佛。做乐队的时候,他状态不好,经常打架,故意从楼梯上摔下来,有段时间,完全不能和人说话。后来,他想离音乐远一点。

海洋想,如果不是吴宇清的坚持,他早就放弃音乐了,也不会有人听到他的唱片。去年,他在出租车上突然听到伍佰那首歌,一下子被歌曲中质朴的情感打动了,他觉得这一切是吴宇清送给他的礼物。

五

吴宇清和父亲唯一的共同点可能就在体格上。

父亲是东南大学的领导,身材高大。和儿子爱好文艺、自由不羁的个性截然不同,父亲传统刻板。这样一来,母亲在家庭中的重要性就显露出来了。吴宇清回家,妈妈说,老头子,宇清回来了。爸爸才开口,怎么样,最近有没有认真工作?等儿子要走了,妈妈又叫儿子,去跟你爸说再见。好的,儿子说,爸,我走了,再见。

2017年年初,吴宇清的母亲骤然离世,对父子俩的打击都很大。父亲认为是医院治疗不当导致的,在家痛骂庸医,没想到后来儿子又进了医院。

杨海崧的演唱会过后没多久,吴宇清住了一次院,治疗痛风。他请了病假,没告诉其他人。80多岁的父亲照看他,每天给他送饭。

睁开眼便是病床。住院第二天,吴宇清情绪低落,打电话给杨子馥。那是2017年的6月,杨子馥和男朋友的感情出现问题,状态消沉,说想离开南京。"你特别不容易,不要离开南京,"吴宇清给她讲萨特和波伏娃,"爱情是锦上添花",反过来劝她珍惜现在已经建立的世界,说"你和杨海崧是我特别认的两个朋友,你们都靠自己打拼,很坚韧很执着。"说着说着,他哭了,"我觉得自己特别没用,我这个年纪还要我爸爸一个80多岁的人来照顾我,我妈妈刚去世他能扛过来很不容易"。

杨子馥是成都人,2005年来南京,两年后组了一支后摇乐队,她是键盘手。2005年到2008年,杨子馥和其他搞乐队的女孩和吴宇清走得很近。他们每个星期一起看两三场演出,最常去的酒吧是新街口的"极地77"、成贤街的"红色气球"和鼓楼钟楼旁边的"古堡"。女孩们是八零后,吴宇清最年长,但不严肃,喜欢开玩笑,看完演出请大家吃饭,就算提前走,也会悄悄把单买了。

2008年,杨子馥一个人生活,吴宇清就把单位发的柴米油盐给她送过去,放下就走。有次天热,送了一床凉席,说:"正好路过，夏天铺席子睡得舒服。"他对朋友总是很慷慨，几乎所有朋友都收过他的礼物，皮靴、牛仔裤、乐器、唱片、影碟等等，好像这是他应该做的。

在医院待了一个星期，吴宇清的双腿恢复了一些，能走路了。7月又出现了波动。他患了前列腺炎，症状是尿频，他抱怨尿意总是大于睡意，隔半个小时就要起夜，加上腿脚不便，非常苦恼。去医院排队也苦恼，专家门诊像菜市场，人群急不可耐，他总想上厕所，但上厕所就会被插队，他只能忍。等终于见到医生，医生听了个大概，就匆匆开了药，加上母亲的事故，他想医生是不能信任的。

他跑了好几家医院。一位医生的药吃一个星期不见疗效，就换另一位。后来，在和朋友的交谈中，他说："我现在脑子里面全是七八张医生的脸，他们说的话互相矛盾，比如关于要不要通过射精来缓解病情，非常可笑。我觉得自己也很可笑……我现在到哪里，就到离厕所不远的地方，所以最好发明一种移动厕所。"

吴宇清死后，杨子馥找她和吴宇清共同的朋友聊天，发现每个人对他的了解都不全面，每个人都只能站在自己的角度认识他，"一对起来，发现他很分裂"。

平常，吴宇清只在市区活动，以鼓楼转盘为中心，向四周最多发散五公里，最常去的地方是咖啡馆和酒馆，像活在南京的纽约客。他对升官发财毫无兴趣，在单位三十多年，职位一直停留在科员，他拒绝买房，连车也不买，坚持骑二八自行车。他对新生的事物缺乏信任，不用支付宝和微信，使用的最前卫的互联网产品是豆瓣。

大约从2008年开始,吴宇清爱上了买衣服,他买了很多皮衣、M65的夹克,养成了收藏皮靴和牛仔裤的嗜好,在豆瓣上传了很多靴子照片,积极地逛牛仔裤论坛,然后把购买链接以豆瓣豆邮的方式发送给朋友,请朋友支付,再找时间把钱给朋友送过去。不知道什么时候,他蓄起了胡子,热衷于戴帽子,尤其是毛线帽,再没见摘下来。他极力避免自己像个昏聩的中年人,不管是心灵还是外表。

"他的青春期特别长,甚至持续到50岁,同龄人经历的人到中年的槛他全部规避了。"杨子馥说。生病前,朋友总调侃他,"你无论穿着打扮、做派、心理,一直是年轻人的那套,但你知道吗,你现在已经年过半百,你没有中年,但不可能不面对老年。难道你是想直接从青年时代一脚踏入广场舞吗?"

自从6月通过电话,杨子馥开始刻意和吴宇清保持联系,下班后就去看望他。有一天,杨子馥和他说:"有一次在家里我自己昏倒了,不知道过了多久醒过来了,我怕自己出事,就写了一份遗嘱,放在小盒子里,钥匙交给了同事。"吴宇清回答说:"我早就想死了,我连楼都看好了。"

以前,吴宇清经常和朋友聊死亡,在他看来,死亡不是了不起的事,他说,"搞摇滚的人,30岁死了算了,再往后等于多活了"。

到了2017年8月,事情便往不可逆转的方向发展了。由于病症,睡觉很费劲,吴宇清失眠的情况越来越严重。不能久坐,沙发也不能坐,只能坐靠在板凳上。他总感觉尿液排不干净,就用纸巾不停地擦拭,垃圾桶内满满的纸巾,却都是干的。

期间,王飞飞回南京约吴宇清见面。电影拍完后,他就在北京和南京两地奔波。每次回南京，他给吴老师发个短信，"吴老师，我回来了"，吴老师再回电话，和他敲定见面时间，成了固定的习惯。但是，那次见面，吴老师说膝盖肿了不能弯，就不出来了，王飞飞便去他家看望他。到了他家，发现冰箱里只有两瓶碳酸饮料，厨房的柜子里有几碗过期的方便面。他问，吴老师你吃饭怎么办？吴宇清说，叫楼下小饭店的伙计送餐。王飞飞借口出去办事，去对面商场的面包店买了400块钱的面包。

回到北京后，王飞飞和他的女朋友感慨，"吴老师一直是我人生的灯塔，但是我忽然觉得好像身边还是得有人啊"。

8月24日，吴宇清约刘立杆见面，莫名其妙地说："哥们好久没见了，万一哪天死掉总要见上一面哦。"两人在吴宇清家楼下碰面，准备去一家酒吧坐坐。但打了二十分钟打不到车，就改在家里。刘立杆觉得他家气味不好，说，你房间一股霉味。他说，哪有？没有啊，不可能有。刘立杆说，你闻不到吗？他说，我闻不到。刘立杆说，霉得一塌糊涂。他打电话叫餐，给刘立杆要了炒饭，自己要了粥。他说，痛风不能吃荤的。接下来，谈起前列腺炎的事情，他说天天睡不着，很痛苦，说上百度贴吧，有人得了十年还没好。刘立杆感觉他非常焦虑，坐立不安，他很诧异，"一个满不在乎的人怎么会被前列腺炎搞得这么焦虑？对一个小毛病过于夸张地重视，恨不得一次性有个神仙把这个事情了掉，马上恢复正常"。

那是他们最后一次见面。刘立杆劝他开微信，便于和朋友联络，"这种外在的坚持和抵抗是没有意义的，这个时代就是这样的，你不用微信不上朋友圈，过于姿态化了"。

那天,吴宇清收到杨海崧寄来的《呕吐袋之歌》,作者是Nick Cave,杨海崧翻译的。他转手送了刘立杆,说最近看不动,你先拿去看吧。除了书,还送了一双靴子,借口是"买小了,你穿正好",二人分别。回到家,刘立杆发现靴子很旧,不止穿过一次,恐怕穿了十几次,有的地方发霉了,后来他想,这是朋友的告别。

9月初,朋友们陆续接到吴宇清的电话。其中,他和杨海崧通了次话,由头是女儿要去日本留学,到北京来办签证,问他认不认识大使馆的人。杨海崧不认识,回答说,这事儿没什么能帮的。他没挂电话,开始讲身体,讲自己的病,讲得很清晰,"说话方式和以前一模一样,一点感觉不出来糊涂、异样、自怨自艾"。他也和韩东说了生病的情况,听上去不是重病,却说"不行就挂掉算了"。韩东说,"你怎么可能这么想呢?"最后,他和韩东说了声:"谢谢。"挂了电话。

自杀前一个礼拜,父亲觉得他不太对,把他拉到医院。医生说,你应该去看心理医生。心理医生诊断他是重度抑郁,得吃药。他吃了一次,反应很大,很难受,杨子馥劝他,起码先保证睡眠,他说,吃完更想死了。

9月19日,吴宇清开了微信,打趣说,看看你们这帮人说我什么坏话了。头像是卧室的窗户,应该是坐在窗前的书桌边拍的,拍照的人看着窗外,窗外有树,树叶是绿色的。微信上,朋友问起近况,他发来六个字,"自由梦碎一地"。

没有人知道独自待着的时候,吴宇清在干什么。2005年之后,所有人都以为吴宇清是个单身汉,直到他死了才发现,"他没离婚啊"。他可能和妻子达成了某种协议,没有正式结束夫妻关系。可是,他虽然伪装成一个单身汉,但有过很多女人,曾经,女人都想和他睡觉,好像他活在另一个世界,大家都想接近那个世界。但他和女人的关系到了某一个地步,便会止步不前。多年来,吴宇清没有稳定的伴侣。而他单纯地怀念着的、90年代的南京早已不在了。朋友们都在各自既定的轨道上走着。

2017年9月,吴宇清50岁,孑然一身。而且,这个身体也开始衰老了,甚至不得不接受年迈的父亲的照料。他再也不能像以前那样随心所欲——他所蔑视和逃避的生活,正像报复的潮水一样向他扑过来。

没有人知道吴宇清何时做出了决定。

吴宇清的葬礼简单迅速。他的父亲拒绝了一切吊唁和法事,好像儿子的突然死亡是一块不可示人的伤痕,只要遮住,生活就和以前一样。

六

吴宇清去世一年了。

在南京羲和广场的一家咖啡馆,我见到了杨子馥。她个子高挑,穿着得体,她的鼻翼和嘴唇都穿孔,但一点儿不突兀,是那类让人眼前一亮的女孩。我们找了个可以抽烟的位置。2010年,杨子馥开了一家文身店,现在是南京有名的文身师。当初一起玩音乐的女孩各自工作、结婚,见面的机会变得很少。

吴宇清跳楼的地方就在咖啡馆的斜对面。杨子馥说,跳楼前一天,吴宇清和她说,准备去上海看病,"后天一大早就去上海,已经预定了周四的专家门诊,碰碰运气",并向她汇报了病情,"这病天冷发作得更厉害了,这两天只睡了三个小时,精神还行"。不忘叮嘱她:"保重身体。"

吴宇清死后,朋友们才注意起他的病。哪怕他提过自己的病,都是以沉着、与己无关的口吻提到的,好像他在描述小说或者电影中的一段情节,让人以为只是身体自然出现的现象,尽管是坏的,但马上会好的。

10月,我和王飞飞在上海路见面。上海路是南京的文艺地标,有别致的咖啡馆和酒吧,是吴宇清喜欢的地方。那几天都是晴天,难得没有下雨。在南京,雨水好像从来不曾停止。我们在咖啡馆的门口闲坐。不时有年轻男女经过,迎着太阳走,头顶的树叶轻轻摆动。楼房很旧,上了年份,看不出墙壁的颜色。往前走两百米,有一个施工队,在街边竖起黄色的遮板,人群便绕开。走着走着,街道分了岔,拐弯处是一家面馆,锅炉摆在外边,冒着热气。再远是摊位,修车的男人双腿翘在桌沿,津津有味地看电视。南京太老啦,像老电影。没有任何吴宇清的踪影了。

为了办追悼会,王飞飞联系了很多吴宇清的朋友,发现范围太广太杂,音乐、诗歌、小说、电影他都有所涉及,似乎哪儿都沾一点,但并不处于旋涡的中心。吴宇清口才好,好到能连续说四个小时不卡壳。他对艺术的各个领域比较了解,和朋友们私下又都要好,所以主持了各种作家的新书发布、诗歌朗诵会、影展的开幕式,诸如此类。朋友婚礼也请他主持。韩东说,外界对他的普遍印象是,"一个带引号的发言人或者活动家"。

吴宇清死后,朋友们整理了他的诗,跨度从2001年到

2017年，一共511首，最后一首写给去世的母亲。他的诗开始出现在各种各样的纪念文章中，好像直到这时，人们才注意到，吴宇清一直在写诗啊。吴宇清的诗写得很诚实，很伤感，但不够极端，缺乏某种独创性，在诗歌大量涌现的论坛时代，被遮蔽淹没，就不足为奇了。但是，他依然是个好诗人。这倒是次要的。最让朋友们感到意外的是，他们很难把吴宇清的诗和他本人联系起来。吴宇清健谈，和他见面，与其说聊天，不如说是听他的独白，不是兴奋地、得意忘形地，也不是沮丧地，而是平静地叙述，完全是旁观者、观察者的角色。

韩东也在这时读到了他的诗，他既意外又愧疚，要为外外"正名"，"外外是一个有诗歌成就的诗人"，"外外训练有素，自成一统，只是始终隐而未现而已"。

韩东说："平时在写作上大家是闭口不谈的，可能他谈我们的写作，我们不谈他的写作，他自己也从来不谈他的写作。大家都没当回事儿，看到他的诗，大家普遍非常震惊，不知道他在正儿八经地、认真地写，也不知道他写得如此之好。我们的忽视、心不在焉是个问题，他本身肯定也有问题，平常他喋喋不休谈的都是别人，他有一种伪装，这两件事放在一起是个很强烈的反差——他怎么可能写出这样的东西？"

几天后，王飞飞带我去拜访吴宇清3月刚刚迁来的墓地。墓地在一片低矮的山坡上，穿过干净的林荫道，眼前是一座座整齐排布的墓碑，那是黑色的丛林。墓地安详肃穆，平时白天有看守墓地的工人收取小费，不知为何，那天空无一人。王飞飞从包里掏出一瓶矿泉水和一条毛巾，浸湿毛巾，拭去碑上的灰尘。随后拆开一条中南海香烟，自己点了一支，为吴宇清点了一支。墓碑很新,落款是鲜红色,照片上的人是青年模样,一头黑发,脸庞俊秀。有蝴蝶飞来,围着墓碑打转,不一会儿又飞去别的地方。人死了,岁月却倒流了。

  DJ、VJ、写诗的
  流行歌的、搞IT的、父亲、儿子、情人、丈夫、铁哥们
  他有这么多不同的身份
  他身份的party里有这么多美好的女人
  他身份的衣橱里有这么多
  可以在不同场合不同时间里替换的衣服
  有时他在回忆中对它们爱不释手
  把它们都裹在身上
  虽然很重,但很满足很安全

(吴宇清的诗《身份》)

  2018年9月25日,王飞飞在南京的卢米埃影城办了一场追思会,一场属于吴宇清的朋友们的聚会。他想吴宇清愿意朋友们谈论他,不是悲伤而是充满欢乐地回忆,好像他依然活着,只是短暂地离开了宴席。因为他是一个慷慨热情的好人,一个流连聚会和交谈,朋友们以为永远不会失去的人。

  那天晚上,放映厅里坐满了吴宇清的朋友和学生,王飞飞放映了《何日君再来》。他想吴老师如果还活着,一定会请他的朋友来看。王飞飞、杨海崧、刘立杆手持话筒,站在台上,感

觉奇怪,"拿话筒的应该是吴宇清啊"。

刘立杆说:"吴宇清的生活比他的诗更像一个诗人,他很自由地过着他的生活,最后照着自己的意愿去死。"杨海崧想,他再也不能把录好的新唱片给"台长"听了,他说:"对于他的死、他一生做的最后的决定,我非常尊重。其实这个决定跟他太像了。他从听摇滚乐开始,最喜欢的乐队就是 The Who,The Who 有句歌词是,让我在变老之前死去。这才是摇滚乐的生活,他内心一直相信这个东西。我不敢妄自揣测他的动机和用意,我也快要到他的年纪,一旦你面对不一样的自己,你的身体无法承载你的思想,无法承载你的心灵的时候,你真的到了一个做决定的时候。这是他做的最后决定,这个决定在我看来,是个特别特别漂亮的决定。"

看守所里的精神病人

文_黄昕宇

一

麦金在路边下车,对方也到了,在两棵行道树之间站着。一袋米坠在裤兜里,沉甸甸的,是抽真空的200克小包装。准确称量应该是210克,多出来的10克是大麻,封装在透明塑料袋里。此前,麦金把它埋进米中,重新塑封米袋。马路上陆续有车过,他把手揣进兜里,冲对方走去,迎面的车灯让他眯起眼。不用招呼,他掏出米袋,交到对方手里。就是这时,两辆车一前一后把他夹在中间,瞬间钻出几个人,摁住了他。人赃俱获。

麦金每次想起那个时刻,画面毛毛的,像突然回忆起很多年前看过的电影。被抓的时候他飞得太大了。他只记得路灯明明挺亮,那两辆车不知是从哪儿冒出来的,车是私家车,警察都是便衣。然后就是24小时审讯,手机没收,腰带抽走,裤头的金属拉链也被拆下来,一下子人就到了看守所监室。他走进去，小二十人抬起眼睛看他。

坐牢的时候没事干，麦金把自己进来的过程回想了很多遍，觉得不真实。他又把自己出生以来的二十八年复盘了好几回。

麦金很早就想去其他国家看看。这需要钱。家里条件还行，收入不错。读大学时他想出国，父母不肯给他花这个钱，他们买了一套房子。麦金于是在国内读了财务，自己选的专业，奔着做老板去的。毕业以后他想做生意，问家里要一笔本金，又被拒绝了。他们说，你做生意有风险，失败的话我们用什么钱养老？话都说到这份上了，他也不再问家里要钱了，进公司做了审计。上班真的非常无聊，他看了很多公司的账，看了无数人的工资，得出一个结论：想靠上班发大财是不可能的。那年父亲50岁，退休不干了。麦金想，这么任性啊，那你也别管我了。于是从公司辞职。

他开始卖大麻挣钱。其实也不只是为了钱。感到特别热爱这行时，甚至可以说，干这个主要不是为了钱，大麻让他感觉活着没那么难受。他干了大概八个月，收入逐月增长时，折进来了。什么都完了，有一扇门"砰"地关上了。

他没有配合警察审讯，拒绝联系家里。他跟父母的关系本来就不大好。但金属框眼镜在进看守所时被收走了，也没人往他账上打钱。一段时间后，他撑不住，给家里去了封信，很久没有回音，一直过了三个月才收到回信。家里寄来一副眼镜，塑料框的。

二

监室是长条形的,40多平方,一头悬着电视,角落有一间厕所。靠里位置摆着一条很长的木板。睡觉的时候,犯人在板上挤挨着躺成一排,翻身比较困难。没有枕头,有人用束面包袋的那块薄薄的金属片磨了根针,把衣服叠成包袱,缝出枕头用。

吃饭也在板上,所有人在木板边并排坐。"传碗",一叠碗勺从排头依次传递下来,在板上摆成一条直线。饭从门口送进来,总是吃带皮的萝卜,偶尔有豆芽。有定量的袋装辣酱,很容易洒,磨针那哥们儿又用针在塑料瓶身上戳了一圈洞,掰开瓶子做了个盛辣酱的容器。一星期有三顿能吃上大排,他们叫"大肉"。住进看守所之后,麦金每一天每个钟头都感到饥饿,吃完一顿就开始等下顿。所有人都如此,有人为了一块肉打架。米饭按块发,另一个哥们儿一顿能吃四块饭。那哥们儿溜冰,原本瘦骨伶仃,在看守所里迅速胖了起来。

所谓坐牢,原来真的是"坐"牢。坐矮矮的塑料板凳,一上午,一下午,加一晚上。凳子很硬而且表面有颗粒,坐久了屁股疼。有人磨出血,站起身来裤子上能看见点血渍。晚上洗冷水澡,犯人挨个进厕所,一人五分钟。麦金在厕所里扭头一看,屁股上都是颗粒印子。有无聊的犯人连洗澡都在边上指挥,"哎到你了","下一个下一个"。

看守所采取积分制,积分关乎减刑,犯人们得在争取不被扣分的基础上努力加分。怎么加分呢?积极配合管理,跟管教搞好关系。更高明的管理手段是连坐,一旦有人造次,全监室扣分。因此总有些热衷指手画脚的。麦金最恨的就是出卖——如果不是那个人出卖,他又怎么会沦落到这里?

他从来没有认罪,也没有供出任何一个同行。在审讯室里他就一直嘴硬,他说,"我有精神病",拒不配合讯问。现在,他摆出了一副顽抗的姿态,一个人待着,不跟任何人说话,也不肯配合任何规定。不过,很快就被监室里的老大制住了。

监室里,穿黄衣服的两个人是老大和老二。正式职称应该是值日生,管教任命的。这个任命很难说有什么标准,也许是有关系,也许是在外头背景强大,也许是马屁精。那个成天指挥别人洗澡的就排到了编号三。

老大是经济犯,非常有钱,请了最好的律师,一次见面费就是一万。他每周要见两次律师,也不太谈案子,就让律师讲讲外面近况。老二是组织卖淫罪进来的,大家叫他龙二。他们在监室犯人的编号里分列一号和二号,权力在握。

坐板凳的时候,老大坐在最后,点他,"坐直了""叫你呢,凳子上别垫衣服"。麦金说自己不识字,背不了监规。老大就说:"行,那你也别看书了,文盲看什么书。"放风时间做广播体操,他觉得一群人整齐划一地伸胳膊踢腿,看上去实在非常愚蠢,就瞎糊弄。老大就留他一个人,"再做一遍""不行,再做""再来"。麦金不记得一共做了多少遍,反正最终伸直了胳膊和腿。老大看他很不顺眼,每次劳动都安排他刷厕所。

三

有一天吃完饭,有个刺头把剩饭剩菜桶推给麦金,让他倒。

麦金一动不动，瞪他。那家伙开始叽叽歪歪，指责他不干活。麦金脑子里嗡嗡响，脱口就骂："有种过来打架。"那人立刻撞过来，麦金挥拳打回去。

这一架没有人受伤。犯人们每天练的"三定位"派上了用场。一定位，前方两人定点蹲下；二定位，离出事点最近的人迅速贴近挑事犯人；三定位，摁住挑事者——他们迅速被其他犯人控制了，接着被铐上了手铐，戴了两个星期。除了他们俩，还有一个人受到惩罚，他在出事时冲过来，帮麦金揍了那个刺头，为此戴了两星期脚铐。

出手的哥们儿叫程立，是故意杀人罪进来的，听说他捅了一个女人，没捅死。

程立出手相助也许是因为，他和麦金一样，都是这间监室里被孤立的人。麦金觉得所有人看向自己的眼神，都和刚踏进这间屋子时齐刷刷射过来的眼光一样，是冰冷的，有点警惕。尤其是龙二，龙二偶尔看程立一眼，眼睛里包着一团敌意。麦金和程立熟起来之后，龙二也这么看他。

被排挤是很不好过的，麦金不知道自己还要在这里待多久，他不能再忍受没人说话和四处冷眼了。他不再摆出又臭又硬的样子，也试着主动跟人搭几句茬。他和一个年纪相仿的台湾诈骗犯交上了朋友。台湾人挺单纯，他哥哥混竹联帮，他帮着洗钱。他是少数民族，常和麦金讲当地的风土人情。有一回，他们聊到动漫，程立也凑过来，说，他特别喜欢一部日本动漫，叫《日在校园》，片子里的男主角人渣诚被女主桂言叶用美工刀杀了。"我特别喜欢桂言叶，我还在我的被子上写下了她的名字"，程立笑着说。

[春 秋]

程立第一次跟麦金搭话时,翻出一本讲精神病的书递给他,那会儿麦金总宣称自己有精神病,以此逃避劳动。他觉得程立有点怪,但说不上来怪在哪儿。程立长得高大,毛发旺盛,连背上都长毛,但说话时伸手指和眨眼睛的动作显得特别娘炮。他有一个小本子,经常趴在木板上写诗。他时不时开玩笑,都很不好笑。麦金也不知道为什么所有人都孤立他。他犯了很重的罪,但在这儿,又有哪个人干净?

又过了一段时间,麦金和大家混熟了,程立依然被排挤。有一天闲聊,龙二突然冲麦金冷笑:"你去问问那小子,记不记得402房间?"

程立对麦金来说是个谜团,几个月后,他决定一探究竟。那天麦金值夜班,他和一同值班的人说好,这个晚上,他要把程立的判决书偷来看看。判决书就在抽屉里,所有人都睡着后,麦金拉开程立的抽屉,看完吓了一大跳。

程立用"桂言叶"做QQ名,在网上约了个妓女。在酒店干完事,程立掏出美工刀,戳进了妓女的脖子。他以为人死了,就进卫生间洗澡。没想到妓女没死,爬起来就往外跑。程立光着身子冲出去,在电梯里抓到妓女,掐着她的脖子拖回房间。妓女倒地装死,伺机再次逃跑,正好被看到电梯监控的保安救了。第二天警察就通过手机定位,在一家餐厅逮捕了程立。审理案件时,警察恢复了程立手机里已删除的日志,尽是些诗歌和七零八碎的句子。他写道:"如果明天就死,我必须完成使命。"

因为这起杀人案,警察端了那个妓女所在的卖淫团伙——正是龙二的组织。而程立嫖娼杀人的房间号,是402。

四

麦金在看守所的第八个月,天气转冷,他花了80块钱添置了一条被子。

他看了很多书。监室里大部分书是玄幻小说,此外还有不少成功学畅销书。以前,他对成功学嗤之以鼻,这会儿读进去了,感到确实受到了鼓舞,获得了一股坚持下去的力量。深点儿的书也有,可以申请购买。他读完了孟德斯鸠的《论法的精神》。麦金文笔还不错,写了一些读后感,刊登在监狱内刊上。他背了几千个英语单词,刻苦程度超过高考。此外,他会在每天睡前悄悄做卷腹,练出了六块腹肌。时间太多了,很难打发,总得不停地给自己找事做,他矫正了自己的坐姿和走路姿势,甚至开始练习用左手吃饭写字。

每天坐板凳的时间都在看电视,通常是婆婆妈妈、正室小三的狗血剧,以及抗日片和伟人传记。晚上的电视稍微有点意思,有综艺节目。综艺的乐趣在于打赌,赌今晚会不会出现范冰冰或者是黄晓明。看《中国新歌声》,就赌哪个选手能赢,麦金音乐鉴赏力不错,猜这个特准。这帮人最热衷的娱乐项目就是赌博,什么都可以拿来赌,比如,赌夜里会有几个人起来尿尿。筹码是火腿肠或泡面。

人情世故麦金也不是不会,他跟大家聊开了,偶尔也给老大做做按摩,以获得读书和锻炼的许可。他的监室编号提到8号,劳动时只负责擦擦床板。老大允许他坐板凳时闭上眼睛。他申请睡在地上,老大也批准了。地上宽敞,睡觉终于可以翻身了。日子渐渐好过了点。

这里有诈骗犯、毒贩，有卖了十万条个人信息进来的，有偷电动车的小偷。麦金想，这所有人，包括他自己，不管犯了什么罪，都是急躁又贪婪的人，因此注定要干出那玩完的最后一票。但没有一个人认为自己是坏人。即使罪行最重的人也会说，我至少是个孝子。

麦金装了八个月精神病，死不交代。警察把他带去做鉴定。在戒毒所旁边的一间屋子里，医生问了他一系列逻辑题来测试智商，他全部往错里答。最后不知是医生还是警察给出了结果：正常。警察叹了口气："就你这样的最多判个半年，你自己瞎搞。"麦金已经彻底没脾气了。

第九个月，麦金终于等到了开庭。法官问："是否认罪？"他说："嗯，认罪。"最终判了十个月。也就是说，只剩一个月，他就可以出去了。

这消息突然来了，麦金有点不知该如何面对。他努力设想出去以后的日子，发现脑子里一片空白。出去之后该做什么呢？他想起家人，觉得愧疚，大麻是无论如何不会再碰了，但上班还是坚决不可能的，也许可以试试摆摊卖烧烤？背了这么一个记录，以后会遇上多少麻烦？坐火车、住酒店总要查身份证，没准时不时就要被抓去验尿。麦金总在想这些，想得非常焦躁。坐牢以来，他第一次陷入茫然无措的状态里，就像真的得了精神病。

最后一个月很快过去。出狱那天，有六七个人给他留了联系方式，写在一张纸上，麦金偷偷藏在行李中。但警察搜到了那张纸，没收了。收走就收走吧，他没感到遗憾。他们的交集只留在身后那间监室里就够了，那可不是什么珍贵的记忆。麦金走出了看守所，没有人来接，他走到路边的小卖部，买了包烟。

看守所里的精神病人

海外买房记

文_杨语

一

2015年,永强由于工作太累,大病了一场。病好之后,他萌生退意:"还是得要命,不能光要钱了。"他从公司辞职,卖掉了手里持有的公司股票——那时公司的股票总在同一个价位徘徊。

到海外买房子这事,是永强对未来的规划之一。那时他结婚了,开始考虑未来孩子的教育问题。他在北京工作读书了十几年,有房有车,但是没能办下户口。没有北京户口,意味着以后孩子不大可能在北京接受优质的教育。就算有户口,也未必轻松。他看到身边的同龄人,有户口的也在为孩子上学的事焦头烂额。2014年,北京东西城区的学区房价格已经涨到将近10万元一平方。有的朋友受不了这个高价,带着家庭回到二三线城市,但也得为孩子上学的事找人托关系。

永强不是没有选择,但他不愿意为这样的教育付出太多金钱和精力。他希望孩子能在学校里学到良好的生活习惯，学习如何与人相处，成为一个"真正的人"，培养好品格之后，再选择自己的专业好好学习。他感觉，那些朋友们为之奔忙的学校里，似乎没有这样的教育。定下学校，还得选补习班，家长之间也免不了攀比。他不想给孩子太大压力，也不喜欢攀比，但风气如此，等孩子真上了学，他恐怕也没法置身其外。永强决定，等有孩子之后，干脆送孩子出国读书。

做好决定，永强再到海外旅游，总会看看当地的学校，观察当地居民的生活。欧洲的生活成本太高，而泰国是个折中的选择，生活成本低，有不少收费相对低廉的国际学校，空气好，食品安全，社会上不太见得到戾气。而且，他常去东南亚，那边天空蔚蓝。

2013年，他先在泰国买了套小公寓。那时他没想太多，只是手边有些闲钱，就买了，去泰国玩就住在自己的房子里。到2016年初，他用卖掉公司股票的钱，在泰国芭提雅买了十几套公寓，来支撑自己的"退休生活"。这仍然是一笔投资，永强说，芭提雅是个旅游区，就算以后房子不涨价，把房子租出去也有收入。

二

在中国人之前，泰国房地产市场的主要外国投资者是俄罗斯人和日本人。从2013年起，他们的地位就逐渐被中国人取代了。

Starry见证了这个过程。Starry原本在广州做媒体运营的工作，2013年初，他工作的媒体集团到泰国开辟市场，他被外派到曼谷。到了曼谷，当地地产商的推广合作纷纷而来。那时候面向中国人的房地产中介不多，泰国的地产商想开辟中国市场，Starry这样的中文媒体运营商就成了他们的合作对象。2014年，他第一次跟泰国的地产商合作，到中国的房展会上设立泰国馆，就卖出了十几套房子。过了一段时间，他又和开发商一起到深圳的房产会做推广，也卖出不少房子。当时，中国的几家银行提供了针对泰国房地产投资的贷款项目，这或许也是当时泰国房地产在中国火爆的原因之一。

看到中国市场的商机，泰国的房地产商都开始设立中国事业部。Starry建议老板设立一个房地产部门，趁竞争还不激烈先入为主。"但是当时我们那个老板就没有太大的远见"，老板只想专心办好纸媒。2015年，公司撤回国内，Starry便辞职留在泰国，全职当房地产中介，成立自己的中介公司。

Starry留在泰国，不只因为这边的商机。他到泰国的第二年就把自己租的房子买了下来。在曼谷住得久了，他很喜欢那里。曼谷是个国际化的大都市，开放包容，又有热带城市特有的慵懒。Starry不懂泰语，跟当地人说英语，也没甚障碍。当地也有不少中餐馆能满足他这个广东人的胃。泰国人是轻松而欢乐的。当地有传统，一个男性一生中总要出家修行一段时间，为家人祈福，出家时会有家人欢送到寺庙。Starry的朋友出家，他受邀一同欢送，看到朋友的家人穿得像是化装舞会，载歌载舞地把朋友送到寺庙。这场景后来他还见过不少。2014年，泰国发生军事政变，他去看游行，看到人们身穿色彩鲜艳的奇装异服在街上走，沿路有摊贩卖小吃，仿佛一个嘉年华现场。这些生活经验在介绍泰国房产时都被派上了用场。

来咨询的顾客里,有一些是准备50岁后申请养老签证到泰国去养老的,年轻的顾客,都会打听泰国的国际学校,找国际学校边上的房子。更多的,是投资买房的人。他们买下100多万元人民币一套的小公寓,交给当地民宿公司管理,赚房租。Starry房子卖得多了,也顺便做起民宿管理的生意。

三

永强在泰国买房子的资金,来自他过去十年在国内"努力工作,熬过那些扛房贷的日子"带来的资金积累。

这个世纪初,永强还在上大学,从没想过有一天自己能到海外投资房地产。那时他在亚运村的一家小公司实习,住在北清路,月租100元,每天上下班要在路上花五个小时。他对未来的期待是在北京买一套房,再买辆车,可以载着父母开过长安街。这个愿望实现得比他想的要快。开始工作后,他有2000元的固定工资,再加上接的私活,每个月能拿到6000元左右的收入,多的时候,也有一万。工作一年后,他攒了两万块钱,又问家里借了几万,在左安门附近买了套40平米左右的房子,首付六万。

他买房的前一年,18号文件刚刚发出,房地产被定为拉动国民经济发展的支柱产业之一,开始了狂飙突进的激情岁月。永强算是上了车。那时朝阳区的平均房价是4000元左右一平米,只不过是他两个月的工资。他当时买房子,只是想在北京安个家。没想到后来房地产成了他在国内的主要投资,用他自己的话说，是以前穷怕了，才会喜欢买房子。

2007年，永强把左安门的小房子卖了，换了套二三环之间的房子，比原来那间大些。这次换房让他意识到房地产是个不错的投资。他那间40平米的小开间两年时间里涨了10万元，差不多是一个月薪4000的人两年的工资。而4000元的收入在当时并不算低。从那之后，永强开始琢磨如何从房地产投资中获利。在北京的十多年时间里，在他手上提留过的房本有十一本。

房地产不是永强唯一的收入来源。2005年，他创业开了家公司。原来那些软件开发之类的私活现在成了正职工作。创业第一年，公司收入不高，每月还要还1000多元的贷款。后来公司被一家更大的互联网公司收购，他有了些资金积累。但是更大笔的资金积累来自2008年的投资。为了应对当时席卷全球的金融危机，政府决定投资四万亿元人民币救市。忽然之间，贷款变得十分容易，贷款利率下降不少，房屋的首付从三成降到两成。永强瞄准时机，卖掉市区的房子，付了通州两套房子的首付。买的时候，房价是每平方9000元,第二年,涨到两万。

尽管如此，还贷款的压力还在。永强又买了几套房。最多的时候，每个月房贷占到他收入的三分之二。

凭借这些年在国内投资房地产积累的资金和经验，永强开始了在海外的房地产投资。

四

2012年，毕业两年的张乐乐搬到北京。她也在互联网行业里工作。她不喜欢大公司的工作环境，辞职出来开了家淘宝店，闲时接些私活，帮朋友做些项目，也能生活，交了不少朋友。那时她要结婚了，准备在北京买套房。比起永强第一次买房时的 2003 年，北京的房价已经翻了好几倍。

她看房子的时候正是秋天。她看中了左安门一套 40 平方左右的开间，在一栋老楼里，一共 136 万元。其实可以买更好的，但当时她和丈夫都不想背上太大的还贷压力，凑了些钱，又贷款 50 万，买下房子。买房的时候，张乐乐的朋友劝她，现在北京的房价已经"上天了"，一定会有调控政策出来，压下房价。那时的人们似乎都有这个预测。带她看房的中介说，这个夏天生意惨淡，因为顾客们都预测会有调控房价的政策出来，看中房子的也暂时收手。中介夸她，不受影响，该买还是买。

2013 年，张乐乐的预测被证实。乐乐说，南方的年轻人，大学毕业如果不想回家，还有上海、广州、深圳、杭州、厦门这些城市可以选，"但你说全北方的年轻人但凡有点心气，他除了来北京没有别的选择。这么多年轻人要来，他自己就是要工作要挣钱的，他最后在这儿落户，他会把两家在三线城市全家的资产都带过来，这个地方怎么可能不涨？"

那时的北京，创业公司遍地开花。张乐乐观察，身边的年轻人都在努力工作，跳槽的机会多，每次跳槽，工资总能涨个几层，甚至翻一番。比起同时期的东京，北京的房价虽然高，看起来也还算合理。

在 2013 年的那轮上涨中，永强陆续把自己手头的房子出手，只留下一套自住的房子。后来这些钱被他拿到泰国去投资。他其实有些后悔，太早离开国内的房地产市场，错过 2016 年到 2017 年的那轮大涨。

在2016年那轮涨价开始之前，张乐乐原本想换套大房子，她看中了一套在望京的公寓，100多平方。她不是为投资买的，她做好了安心当房奴的准备："你就踏实过日子了嘛，也就不想折腾了，这辈子就经营这个资产就可以了，你要能把它还得差不多了，在北京就算过得不错的了。"2016年5月底，张乐乐卖掉自己那套破旧的一居室，签下新房的合同，手续才办了不到一半，房价就开始"疯涨"，一直涨到2017年的春天，涨幅堪比2009年。房价如果没这么火爆，张乐乐或许还能办完过户手续，也就不会有后来到大阪买房的事。

房价上涨之后，房东想取消合同。可能是舍不得付违约金，房东找了许多理由试图证明是张乐乐违约。9月份，张乐乐跟房东谈不拢，只好到法院起诉。照理说，这样的民事案件应该半年内出判决，但朝阳区法院的案子实在太多了。张乐乐到法院网站上查，看到许多明星的官司也在朝阳区法院打。她也没办法，"这东西就像快递爆仓一样，只能让时间来解决"。

官司还在打着，"3·17"新政就开始实施了。房价上涨是放缓了，但张乐乐成了"二套房"买主。如果再买房，她得交60%的首付，贷款年限只有二十五年。这套已经签了合同的房子，房东不配合，贷款办不下来，她只能申请最多117万元的违约金，可是当时房子已经涨了250万元，怎么算都亏。总之，这房子是买不了了，老房子也已经卖出去，别的房子已经涨价到她买不起的地步，她又成了个租房族。

五

如果这个房子交易成功，张乐乐在北京就算安下了家："在北京我就是永远安全的那拨人了，我不见得有多高的收益，但是我后半辈子有保了，差距就是这么大的。实在是没有办法。"房子没了，变成了手上的一大笔现金，她得琢磨给钱保值。

一开始琢磨，便发现身边的朋友都在研究海外投资。就算不投资，也都把钱换成外汇。她也把钱换成外汇，继续琢磨。炒美股吧，占用的时间精力太多。她在日本做房屋中介生意的朋友，建议她在大阪投资一套房子。一聊起日本的房子，张乐乐又发现不少朋友都在日本置业。从2016年下半年到2017年的这轮房价大涨，让北京的房价超过了东京。许多像张乐乐一样手头有钱又买不起北京房子的人，就去了日本和泰国投资房地产。

张乐乐的朋友在大阪帮她精挑细选了一套小公寓，20平方米左右，五脏俱全，房价加上税费大约40万元人民币。张乐乐信得过那位朋友，甚至没有亲自去一趟大阪，就把房子买下来了，"一顿饭就买完了"。房子又被托付给朋友管理,长租出去，除去火灾保险一类的费用，每年的收益率大约6%，其实不比在国内投资高多少，但是多少安心了一点。

李宝玖是张乐乐的朋友，他是个当代艺术家，2014年7月，大三的他高调宣布从美院退学，并把自己对艺术教育的批判拍成了短片《走进天津美术学院》。这个短片给他带来了一笔收入。后来，他的作品陆续被收藏家看中，有了一些收入。

2018年初，李宝玖开车回家，发现进不了村，连路都被房子挤住了。因为那段时间,许多人离开了北京,涌入他的老家,河北沧州的一个农村。乡亲们发现财路,就在自家宅基地上、耕地上,盖起密密麻麻的房子。农民不再种地,坐收房租。村庄一夜间变成一个县城不像县城,农村不像农村的地方。"我的童年没了。"李宝玖很难过。

在他的劝阻下,家里人没有跟风盖房。李宝玖估计这些人不会在沧州待多久,最多三五年,"然后就一家三口守着3000平的大房子过吧,他们一定会明白,当时的冲动都会付出代价的。我觉得会有人自杀的,耕地也没了,也没有人租,也不会拆迁,就守着住吧,都不知道该干吗,一定会这样"。

这年初,他跟在日本做房屋中介的朋友喝酒,说起自己的担忧,喝大了,决定在大阪买个小公寓,17.5平方米。朋友收到钱,帮他把手续办完,把公寓租出去,他就在日本有了房。今年(2018)9月底,他第一次去大阪,考虑要不要去看看自己的房子。但那房子已经被租出去,他想想,日本人重隐私,还是不要去打搅了。

六

"跟买白菜似的。"永强这么形容张乐乐和李宝玖的投资。这两年,这样的中国买家在泰国和日本日渐增多。2017年的某个月,在泰国,光是一个楼盘,Starry就卖出了十几套公寓。收到佣金,他想,我今年又不用干活了。Starry常劝自己的顾客:在泰国投资房地产不像中国,没有那么多人接你的盘,所以房价不会有太大涨幅,最好专心收房租。但是到泰国买房的中国人太多，有些地方的房价确实涨了。比如在芭提雅，2015年被永强用50万元人民币买下的公寓涨到80万一套。

泰国的房子涨价幅度不大，外国人买房必须全款，投资回报率也不高。永强的眼光转向日本，他看重的是，在那里买房可以贷款。凭借多年在北京炒房的经验，他在日本看了三四个月的房子，最后选中东京。东京是日本为数不多的人口净流入的城市，正规公司又多会给全职员工租房补贴，还有，留学生多，游客也多。于是，2018年，永强用一笔"北京蜗居的首付"在日本淘了栋楼。

小楼在东京江户川区，离地铁站只有四分钟。楼有两层，使用面积大概是171平方米，被划成十套五脏俱全的开间。收房的时候，开发商送来一套房子的原本资料，用绒的和皮的本子装，给他一种"当了楼主的尊贵感"。"咱中国人买房，需要这种拥有感！"这栋楼总价680万人民币，首付240万，剩下的贷款，他用房租来还。他把房子托管给当地的物业公司，开发商交房的时候，已经把开间全租了出去。他现在后悔没在日本通过杠杆买个更大的楼。不过那时他刚到日本，也贷不到什么钱。

在日本有了被动收入，获得了日本的长期签证，永强在日本生活的时间就多起来。获得长期签证意味着他可以享受日本国民享有的所有福利，只是没有选举权。但他觉得，这也没有什么差别。他的太太也喜欢日本，日本人开车不按喇叭，并道温和，没有丝毫戾气。所以他在日本待的时间就多起来。辞职两年之后，他闲不住，准备在民宿市场里创业。一开始筹备创业，以前繁忙的工作状态又恢复了，他在日本也有事业了。

在国外的生活自然也有弊端,比如,他不喜欢泰国和日本的食物,想回北京喝豆汁。他不会说日语,在日本,还是跟人用英语沟通。说起来,他到日本定居,还是出于担忧。担忧他50后的父母打拼积累的财富,担忧他"辛苦扛房贷"和"拿命换来的"资金。然而到了海外,他的创业也是同中国人合作,在中国和日本的民宿市场之间架桥梁。

至于张乐乐和李宝玖,他们不是没有想过到国外生活。然而张乐乐孤身一人,没有家庭,朋友都在国内,集中在北京。真到日本定居,幸福感也无从谈起。李宝玖想去意大利,但他的作品,面对的还是中国观众和收藏家,脱离了中国的语境,谁能懂呢?

他们继续在北京生活,从社交媒体上看,过得不错。

乞丐的歌单

文 _ 黄昕宇

不久前，我的朋友 SHUO 在地铁十号线遇到一个双手残疾的乞丐，放着佛经乞讨。他觉得很难听，心想，换个音乐说不定还能多挣点。他给了那大哥十块钱，对他说："师傅，你看你老放这歌大家都不爱听啊。这样吧，我回头给你找点好听的歌，你试试。"大哥说，行。他们加了微信。

乞丐的微信名叫"利生"。SHUO 打算整理出一份歌单给他，然后跟着他在地铁上拍几天，剪一段视频，再写一篇文章，记录这件事。有个晚上他来酒馆找我，请我来写这篇文章。

我认识 SHUO 大概一年多了。三年前我做一篇关于北京涂鸦的选题，认识了几个玩涂鸦的朋友，他们偶尔会带一些圈里的朋友来酒馆喝酒。SHUO 是其中之一，还有漆伯、时间和 ASKO。

我第一次见到 SHUO 的时候，他拿了本薄册子，歌词本大小，封面是个穿比基尼的女孩。我翻开来看，里面全是这女孩的照片，在草坪、沙滩、健身房，有比 V 的活动合影，还有大量不同表情的自拍，一看就是个生机勃勃的姑娘。SHUO说，女孩是他一个算不上特熟的朋友，有一天他发现这姑娘微信头像换得格外勤，突然觉得她就是个头像设计师，每个新头像都像是一段生活的缩影，它们其实是她自己都没意识到的作品。于是SHUO悄悄存下了女孩每次新换的头像，集结成册。他觉得头像集也许会在未来成为一种新的文化产品。他在女孩生日那天把头像集当面送给她，并拍下了她接到小册子时惊讶又激动的反应，和照片一起剪成一段视频。那段视频我看了好多遍，每次都不禁微笑。

　　SHUO好像是个策划或者设计师，有个工作室。这几个哥们儿的具体工作我总记不住，反正不是什么开心的话题，不常提。SHUO是这圈朋友里唯一做纸膜涂鸦和街头艺术的，来酒馆的大部分时候，都在说他的各种奇奇怪怪的点子和正在做的项目。

　　比如，有一次，他在隆福寺附近看到隆福大厦的一块广告布，画面里是一间前卫敞阔的商务空间，中央有一块几何风格的沙发区，坐着两三个打领带穿衬衫的商务精英。SHUO量好尺寸，按比例打印了一幅自己的照片。照片里的他留着圆寸，戴一副墨镜，踩着人字拖，大黑西装敞着，像港片里的地痞头子。他把人像剪下来，粘在广告里那条空着的长沙发上。画面变成了一个大佬叉开腿坐在沙发上，一手支开肘撑着大腿，另一只手指指点点，好像在向坐在对面那个长发披肩的职业女性发表高谈阔论。

　　那天晚上，SHUO和漆伯你一言我一语地计划着做歌单的事。SHUO说，选歌还是不能太小众，得照顾大部分人，上下兼容点儿。漆伯说,理想中的情况是,你先听到音乐就吃了一惊,诶?怎么会放这个歌,接着就看到一个乞丐款款而来。

SHUO说:"这事其实有点那种感觉,就是让上层……这么说不太好,咳,姑且这么说吧,让上面的东西往下落。"

我认为他说得对。尤其是音乐,音乐是直通感受的,能抓人心,我觉得这是普适的。我想象了一下自己在地铁上突然听到好音乐的情景,入伙了。

4月下旬酒馆开趴,SHUO、漆伯和他们的朋友麦总来了。麦总是玩乐队的,他为每天的歌单定了情绪基调。在院子里的屋檐下,他向我做了详细的讲解。

"周一的歌比较杂,以 Beatles 的 Imagine 开场。你想,一个乞丐在 'Imagine there's no heaven, imagine no possessions' 的歌声里走来,画面感很强;周二距离周末太远了,比较伤感,听有点忧郁的爵士;周三曙光出现了,稍微轻松一点;周四是电子,偏先锋,但不过激;周五以 Don't worry, Be happy 结尾,很轻快,这周就这么过去了,你会觉得,啊,一切都没什么。"

选歌可费劲了。当天,他们把自己关在屋里,不停地听歌,讨论,筛选,从下午2点直到将近10点,终于排好了歌单。SHUO说,麦总挑歌太艺术,他则考虑现实,往回拉,最终挑出的,是不那么主流的歌里旋律感比较强的。

那天夜里下雨,有点凉,我们在屋檐下抽烟,烟雾一团一团散进雨帘去。大家都在笑,带着点儿大功告成后的满意和轻松,还有点儿兴奋,开玩笑说,乞丐大哥做完这事儿要改行搞音乐去了。

隆福大厦广告布

SHUO 在隆福大厦广告布上

4月22日,九号线

利生师傅山东人,平头,四五十岁的样子。他穿一件蓝条纹长袖POLO衫,黑色长裤和运动鞋,长袖直挽到上臂中间。衣服很旧了,但挺整洁。他背着双肩包,挎一个方方的音箱抱在身前,音箱连着耳麦卡在皮肤松弛的面颊上。

下午3点,我们在白石桥南站碰头。地铁到站,他从门口的人缝里侧身钻出来,看到我们,点了点头。"歇一下歇一下",他喘着气走到站台的尾端,把装零钱的布口袋放在地上,先卸下双肩包,又卸下音箱,靠墙坐下来。

"今儿怎么样?"SHUO问他。

"唉,就那样",他抓起搭在音箱背带上的毛巾擦汗。他的两只手烧伤严重,五指萎缩蜷曲,伤疤一直蔓延上去,从被汗水浸湿的翻领下露出来,覆盖下巴。"刚才有个女的要给我钱,她妈不让她给。现在很难啊,有的人觉得在那儿掏半天麻烦。"

"现在好多人不带现金的,您得弄一个二维码吧",我在他旁边蹲下。

"我有,我就放包里面,有人问我就拿出来给他扫一下,不说我就不拿出来了。人家要给就给,我也不会跟人家说啊求啊。咱真的是残疾人,又不是假的。"

利生师傅住在昌平,每天早上7点多出门,坐两个小时地铁,从八号线转十号线,再转四号线到九号线,10点左右开始上班。他从白石桥南站上车,一边放歌一边沿着过道慢慢往前走,有时跟音乐唱两句,有时低声念叨。他有几句念白:"谢谢好心人,行行好吧献点爱心。家中发生火灾严重烧伤,大家看到伤势这么惨烈。"列车到站,他会停下脚步,把音量调小,启动时再拧大。到六里桥东他就下车,换反方向列车回来。这段路程经过北京西站,车里人多,他就在这几站来回倒。

"哎呀我要是会唱十几首歌,我就往那儿一站,那不比这个好啊?好多朋友都跟我说去干那个,我就是不会唱歌,嗓子也不行。"他正说着,车上下来一男一女,"他会唱歌,"利生师傅指指他们,站起来招呼,"来来来,这个兄弟要给我弄一堆歌。"女的是个扎马尾的年轻姑娘,男的是个中年盲人,背着音箱碎步跟在女的身后。马尾姑娘冲我们笑了笑,眼神却没有笑意,直勾勾盯一眼就避开了。

SHUO问他们,唱的是什么歌?她没回答,反问,"你们选的什么?"SHUO想了想,挑出歌单里最耳熟能详的名字,说:"有林忆莲的"。"他唱奇龙(音)",见我们愣着,她突然抬手一敲盲人的下巴,"唱两句"。盲人大哥张嘴就唱,挺响亮的大白嗓子。唱了几句,马尾姑娘就打断他,问我们:"你觉得这个怎样?"我和SHUO对视了一眼,不知怎么回答好,我只好说,"可能不是坐地铁的人喜欢听的"。

对话非常尴尬,她先是掏出一块Iwatch,问我们怎么用,又拿出一张印着"某网络商务电子有限公司"的名片,问我们这公司是干吗的,能挣多少钱。在发现我们毫无帮助后,她就扯着盲人上了车。

这两人和利生师傅常走同一条线,但会前后错开,不乘同一列,这是地铁里默认的秩序。他来北京两年多了,认识很多同行,哪条线查得严了,互相也会通通气。有的人会做个巨大的牌子,写上自己遭遇不幸的经历,贴上残疾证之类的各种证明。他不搞那些，他说："你是残疾就是残疾，不是就不是，要那些证干吗？"他只有一个人，一个音箱，一首歌循环播。

那首歌叫《放下》，是首通俗佛教歌曲。"这个活太枯燥了，"他抱怨起来，"这一首歌天天听，我都听两年了。"

"该换了，"SHUO说，"我们给你换一批歌单，你在地铁上放，就变成是输出的感觉——你有好听的音乐，人家给你钱，都有付出。"

利生师傅没说话，好像在琢磨，然后笑一笑说："挺好的，明天试试吧。"

4月23日，十号线

SHUO准备五个优盘，分别存上每天的五首歌，标注了周一到周五。他掂了掂手里的一把优盘，说："会不会过几十年，这五个盘成了丐帮传世之宝。"

我接茬："散落在江湖，人人都在寻找"。

"集齐这五个就能获得神秘的发财力量。"

"哈哈哈，挺牛的。"

这天又换到了十号线。3点多，我们在下车的人流里看到了利生师傅。我们在换乘台阶一旁的墙角坐下，SHUO掏出周一的优盘递给他："插一下试试。"

他用两根蜷曲的手指夹住，插进音箱顶端的USB插口，拧开音量。钢琴前奏响起："Imagine there's no heaven, it's easy if you try……"他目光平直地看向前方，听得很认真，然后露出了微笑。很长一段时间，我们都没有说话。台阶下的通道人流量不大,零零散散的换乘乘客每隔一阵出现,匆匆走过。列侬的歌声在砖面光洁的空阔通道里回荡,甚至有轻微的回响。有那么几秒,我感觉仿佛置身某个电影场景,不大真实,好像有点感动。

"啥歌啊这是",利生师傅扭头问。

"Imagine。甲壳虫,听说过吗?您觉着好听不?"

"我听不出来,"他笑起来,"英文歌啊?"

"对,试一下呗,这里面好多都是英文歌,但好多都是特有名的,都是大家一听就觉着听过的。"

"这不行,还是得中文的,这他们欣赏不了,听不懂的",他直摇头。

"他们不用听懂。地铁里那么嘈杂,词不抓人,旋律抓人",我们有一点急。第二首歌 What a wonderful world 开始了,中间有一小段《小星星》的旋律,SHUO 赶紧说:"这段你肯定听过,是吧?"接着到了林忆莲的《摇摆口红》——"林忆莲知道吧,粤语,中文的!"到了 Radiohead 的 Creep——"这首也是世界金曲!"可电吉他"沙沙"的失真音色响起时,我们都不说话了,有点心虚。等有点躁的副歌过去,SHUO 才说:"到这首歌高潮可以调小声点儿……"

利生师傅只是摇头笑,嘴里小声念叨:"不行不行……"

耐心听完五首歌,他站起身背上家伙:"走走走,试试。"

我们从他上车的前两节车厢钻进车门。车上人不少,过道里也站满了人,但还没到拥挤的程度,人与人之间隔出了空隙,曲折穿插是能通行的。我们站在门口的位置,朝后一个车厢看。大约过了十几秒,列车行驶的噪音里隐隐约约出现了音乐声,他的平头慢慢移动过来,音乐声越来越清晰。他拎着开口的零钱口袋,朝边上的乘客轻微转身,一边小幅度地点头,吞吞吐吐地说:"行行好吧献点爱心,家中发生严重火灾……"没有人有反应,有人扭了个角度背过他。从我身旁经过时,他转向我,一个对视,继续向前走。那眼神很深,像地下工作者接头。

只走了五站,利生师傅冲我们使了个眼神,我们在太阳宫站下车。

"不行,"他摇头,"他们听了不适应,你看就一个小孩给了一块钱。"

"不是,不能着急,你多做几天对比一下,肯定不比原来挣得少。这歌至少比'阿弥陀佛'好听嘛",SHUO说。

"我那个一放人家就知道了。这个不行,他们都没有反应,没有那种听了一下特别惊喜的感觉。"

"那您得走慢点儿让他们注意到歌对吧?您要想要那种一下吸引注意力的效果,在地铁里除非拉警报才行啊。而且现在人都很淡漠的,他可能听到了也不表露出来,又不是演戏那么夸张,对吧?"

他听着"呵呵"笑,还是摇头。

我赶紧说:"您要想吸引注意力真的可以改改说法,就自信点儿,说'给大家分享一首好听的歌'。"

"对!上来先亮一嗓子。"

"哎呀,像我们这种人,做这种事……",他有点不好意思。

"不是不是,这个想法您要转变过来。"

"你们这个歌不适合你知道吧。我们地铁上都放那种有点小悲伤的那种,他们一看你,'哎哟这个人怎么怎么……'对吧?

就是要那种同情心，是那种心情。"

SHUO反驳他："现在谁想在地铁上听悲伤的歌啊，对不对？其实您说同情心那种，大家也都知道那个套路了，也不一定给钱。还不如换成大家更愿意听的。"

"哈哈哈咱们可能达不成一个共识，"他还是摇头，"就是要博取同情心，听了想掏钱那个意思。分享歌还来要钱，人家就不干了。"

"这就不是要钱了，您得换个方式想。您给人家提供音乐，人家付您钱。这意思就是我们是一样的，平等的。就像您买一包子，一手给钱一手给包子。对吧？"

我和SHUO一人一句跟他解释，跟传销组织洗脑似的。他只是笑，也不说话了。

那天晚上我有点沮丧。利生师傅跟我们的想法存在分歧。虽然费尽口舌地劝说，可我们都能看出他放歌时的浑身不自在。更何况，我们自己都没有底气，毕竟现实情况就像他说的，地铁上的人毫无反应，就跟聋了似的。

我和SHUO在微信商量，他打算给利生师傅五十块钱误工费，让他玩起来没压力。此外，他开始整理一份新的歌单，加入一批中文歌，包括大家耳熟能详的赵雷、李志等等——虽然很不甘心。

说到一半，SHUO突然发来一句："突然觉得……好无聊了……"

紧接着是下一句："不行！自己不能输！"

[春 秋]

4月24日,九号线

今天ASKO来了,在白石桥南站,SHUO把和利生师傅昨天的对话念给我们听:"改改歌今天,英文歌粤语歌都不行,不适合我们,真的找不到感觉。你们认为的好歌曲,不一定适合我们,明天要试还是中文歌多一些。"他没有收SHUO转给他的误工费。

我们沉默了几秒,觉得之前想的真是太天真了。"哈哈哈"地自嘲了一阵,SHUO又冒出个点子:可以做个点歌APP,集合全北京地铁里的乞丐放歌,不同音箱设不同价位,跟打车软件似的。连产品介绍的视频都想出来了。"在一个悠闲的下午,'地铁几号线有十个乞丐正游手好闲'。你就可以坐在花园里,给十号线的乘客点一首爵士。然后画面转到十号线,一个乞丐走来,爵士乐响起,车厢里的每个人同时拿起一杯咖啡,抿一口。或者点一首电子,所有人站起来在车厢里蹦迪。"

正说得漫无边际,利生师傅来了条信息,他到了。我们往车门走去,不知谁说了一句,"撕开理想主义面纱的时刻到啦"。

他还是气喘吁吁的样子,但看起来心情不错。

"今天怎样?"

"四百多块了,还是放我自己那首歌",他笑容满面。

"牛!"

SHUO带了一个新优盘,存了一份40首歌的新歌单,中英文交替,加入了李宗盛、邓丽君、万晓利、赵雷、马頔等等,他说给利生师傅听,问他:"这些你听过的吧?"

"有的我知道,但是地铁上也不一定。"大概是因为挣得好,他今天说话很有底气。

SHUO把优盘插进插口，居然接触不良。几个人蹲在墙边捣鼓了半天还是播不出来，只好换回先前的优盘。

"那英文歌不行兄弟，他们不听"，利生师傅又浇了盆冷水。

"没事儿，不用行，"SHUO也不管了，"甭管他们听不听，咱自己玩。您也好好听听呗，咱今儿就是享受音乐。"

我们照样在他前面车厢上车。今天的列车比昨天拥挤，人挨着人。但利生师傅经过时，人堆总会自动裂开条道。他依然点着头，垂着眼，喃喃念叨，缓慢地向前走。他一走到下一个车厢，我们就下车，往车头方向赶。车门里泻出人流，我们闪躲着快步向前走，赶在关门前冲上他前面的车厢。这样跑了一轮又一轮，ASKO被挤下了车。

车上有塞着耳机的年轻人，有小孩，有老外，有人护着行李箱，有人抱着包，在狭小的空间里挤在一起。音乐由远及近，逐渐清晰，又逐渐模糊。人们像被车厢里凝滞的热空气和列车运行持续的轰鸣糊住了，一动不动，面无表情。从白石桥南坐到六里桥东，又倒回来，五六站里只有零星一两人掏钱。利生师傅经过时，只有我们转向他，他再次抬眼看过来，摇了摇头，眼神里就写着两个字——"不行"。

军事博物馆站下了很多人，车厢一下子空了，除了坐满的座椅，只有三五个人抓着扶手站在过道。我发现耳朵里听到的音乐突然变了——他切回了《放下》。我扭头和SHUO对看了一眼，一起望向下一节车厢里的利生师傅。他转向左侧座位，有一个女人掏包了。"谢谢谢谢"他慢慢地转向右侧座位，两个，三个，左边又来了第四个。

[春秋]

一下车，他就冲我们笑，同时抖了抖零钱口袋。他知道刚才的效果我们都看在眼里。他这一站就挣了三十多块钱。"怎么着，再玩一圈啊？"他主动问。

SHUO皱了皱眉："不了不了，主要是我新的优盘不能用，这些都是原来的歌，都不行，明天再换个新的盘试一下。"

"我说不行吧。那你们回去啦？要不我请你们吃个饭？"他很开心，赌赢了似的。

SHUO马上表示应该由他请客。

"你们请我就不去了。那明天再说吧，多弄点那种经典的歌曲，旋律好的，大家一听都熟悉的歌。"利生师傅特爽快地朝我们扬扬手，转身走了。

我们俩呆在原地面面相觑。

"这么多？！"

"不是，这太诡异了，无法解释。不对，不是音乐的问题，就是环境。"

"就是这帮人想给，什么音乐他都想给。就是巧合！巧合！"

4月25日，九号线

还是老地方白石桥南，我们等着利生师傅。

SHUO回想起一周前他和漆伯、麦总选歌的那个下午。"这个牛！"他模仿麦总一拍大腿，"是不是！你看，首先把人情绪吊起来，接这首，对吧，再来个小起伏，最后收尾……"演完他说："麦总简直了，特别艺术。结果一播不是那么一回事儿。真应该让他来看看。"

这是最后一天了。利生师傅昨晚发来信息："兄弟我们还是就这样算了吧。"他估计是觉得放我们的歌耽误挣钱，又不好意思收 SHUO 给的误工费，不如早点结束了利索。SHUO 考虑之后回复："那咱们再走最后一天，好好收个尾。"

利生师傅迟了好久才到,他被警察捉住了。在关门提示"滴滴"响的时候，警察冲进车厢把他揪了下来。他被送到治安队，教育几句,签张单子就放了。出了地铁,他顶着太阳走了两站地,才从另一站重新上地铁,换了两条线才到白石桥南,热得满头大汗。

"被抓得多吗？"我问。

"一年没几次，"他好像不当回事，"没人举报就还好。有的人就是会举报你。人多的时候你往前挤也不行，他就骂你。还有人就拍你，有的小女孩拍着玩玩就算了，有人就对着你脸一直拍拍拍，你问他拍什么他还跟你吵架。唉，坏的人多得是啊。"

在站台椅子上歇了会儿。SHUO 掏出一百块钱,对他说："咱们商量一下呗，我们就算雇你用这个音箱给我们放一小时歌，给您一百块钱，行不行？"

"哎别别别"，他扭过头。

"不是，咱们就算交换，也很正常，我们付钱让您帮我们放歌，半小时一小时的，要不然觉得好像也老不给您钱……"

"不不不，我给你放不就完了吗，没事没事。"

"您别不好意思啊，咱都是自己人，咱自己玩儿，就是怕耽误你生意。"

"我就是跟你们玩儿，你们也搞不了啥，不是说钱这种东西。

咱们就是兄弟是吧,我看你也挺实在的。我虽然说做这个,但是我也不在乎这些是吧?不是弄了新的歌吗,来试一试试一试。"

SHUO也不再坚持了,递给他一个新优盘,笑得很无奈,"我已经放弃这歌能挣钱了,就想放一放"。

他接过去插上:"你们这歌儿啊,不行。你看我昨天放自己的歌,人家看到我走过来就把钱准备出来了。有爱心的人我走好远了人家都给你送过去。人家不想给,你站跟前半小时人家也不给你,对不对?你们这英文歌我也不懂,我放这歌人家不说我神经病吗?"

"怎么会,"时间说,"人家会觉得你品位特好。"

他笑了,看了看时间,问:"你们也真是,还几个人搞这事啊?"

"团队",SHUO回答。说完我们都笑了。

时间说:"你放这歌不用觉着不自在,我们都在你周围呢,都是你的后盾。"

"对,"SHUO说,"咱们现在也是一个团队了。"

利生师傅哈哈笑,站起身说:"走,再试试。"

这个下午,九号线人不多。车厢里明晃晃的,蓝色的地面,灰白的车壁,两排吊着的塑料拉环整齐、轻微地晃。两排座位坐满了人,还有八九个人站着,一个中年女人垂着脑袋睡觉,腿伸得很长;对面穿衬衫的男人两条胳膊支着膝盖上的公文包,低头愣神;倚着扶手的男青年抱着胳膊听歌。很多人捧着手机,目不转睛。列车里有稳定轰鸣的噪音,广播女声报站:"列车运行前方,是白石子站……"有婴儿的抽噎声响起。

然后传来了旋律,利生师傅走来,左边的乘客没有动,他向右走,依然没有人动。他继续向前,抱着手机的女孩不动声色地向前挪了一步。他从女孩的背后走过,站在过道中间的中年人抬头瞟了一眼,移动到车门旁边。

利生师傅穿到了下一个车厢。他回过头远远地望了我们一眼,扭回身,拉了拉腮帮旁的小麦克风,说:"给大家分享一首好听的歌曲……"

依然没人看他。他继续向前,越走越远。邓丽君的歌声在车厢里飘扬,很温柔:

"某年某月的某一天,就像一张破碎的脸。难以开口道再见,就让一切走远……"

事情到这儿就结束了。我不知道该用什么词来指代它,项目或实验?似乎都不是那么回事儿。一个多月过去了,我还很清楚地记得最后一天下午,利生师傅和我们道别的画面。他回绝了我们一起吃饭的邀请,站台熙熙攘攘,他一边走一边回过头冲我们抬了抬胳膊:"你们去忙吧,你们去玩吧!"那天我从长长的扶梯上地面,走出地铁口,眼前一片光亮。有微风吹过,我透了口气,感觉像早上醒来揉了揉眼睛。

5月我一直忙着出差,拖着这件事,迟迟没有动笔。直到一周前,SHUO为一个法国的插画师办了一场很小的画展,我在开幕Party见到他。他说,地铁上悄悄拍的视频都太嘈杂了,也怕剪出来会对利生师傅有影响,就决定不剪了。他们后来也没再联系。那天我回到家,收到他的信息:"如果没啥感觉也不用写了吧。自己感觉感觉也行了。"我想了想,还是决定写下来。写这篇稿子的时候,我重听了一遍歌单,真的特别好听。

跨越阶级和人接触：记者手记

文_黄昕宇

这篇稿子发了以后，做学术的朋友 M 问我，有人读了文章后大怒吗？他的一个朋友看了很生气。

对这篇稿的评论呈现出两级的分化：一部分人评价为"有趣""可爱""浪漫"甚至"理想主义"；另一部分人则批评它"不善良"，属于"小布尔乔亚的自以为是"和"中产式刻奇"，是"理想主义被黑得最惨的一次"。

M 的朋友评论，"把良知培养一下再用'理想'这个词行吗？中国社会多元到乞丐只是个文化现象了吗？"M 说，TA 的朋友觉得文章在讨论这个问题的时候太去政治化了，"我自己觉得这个行为本身很好啊，属于创造性地跨越阶级和人接触的一种形式，在'做'的层面来看，只说不做的话，写一万篇阶级分析也没有用。"

我老实承认："大家做这事真不是从社会阶层的角度出发的，过程中还真没带什么阶级意识。我们想的是，请利生一起来玩这个事情，也许能帮他赚到更多钱，而不是看到他是个乞丐，是个残疾人，我们只是想用换歌单的办法帮助他，出发点特简单，当然，事后我会感觉到缺乏政治自觉是个问题⋯⋯"

这段对话记录到这儿。在发稿后，我和两三位师长朋友聊了聊，听了些意见，自己也想了好一会儿。我把想法写在这里。

一 行为的出发点

先把"理想主义""跨阶层"这些词放一放，太重太烫了。SHUO想到这个点子，不是看到一个有残障的乞丐，希望用自己更好的审美帮扶他，不是的。而是这样，SHUO遇到了天天在地铁里放歌乞讨的利生，受到启发，想到可以在地铁里分享好听的音乐，跟利生商量，邀请他一起来玩这件事。当时我们以为这也许能让他赚到更多钱。

我介绍其他几件SHUO提过的事做类比以便理解。第一件，他曾经在路上看到血站的献血宣传广告语气过于强硬，就打电话过去提建议说，这样一来让路过的人感受不大好，二来也可能给献血宣传工作造成反效果；第二件，他看到地铁里的漫画宣传广告，感到实在太丑，打电话到地铁公司提意见，几番无果后他还想过，是否可以请自己的插画师朋友或者自费请好的插画师，把地铁站里那些漫画宣传广告都换了；第三件，他看到北京五环外城郊沿路的很多小餐馆和商铺招牌都极其简陋甚至没有招牌，产生了免费为他们设计、制作招牌的想法，不过暂时只是个想法。

SHUO说："我的出发点都特简单，有时候说出来别人会失望。"

二 乞丐和身份

这件事引发争议的点在于乞丐的身份。乞丐是个典型的底层身份,从社会阶层的角度来看。

但同时,乞丐也是一个职业身份(暂不引入合法非法的讨论,至少它是存在的一个行当),和所有从业者一样,有自己的职业逻辑和工作技巧。

利生也有其他的职业身份。SHUO第一次见到利生师傅并加了微信后,有一阵子他的微信像突然换了个人,他开始发化妆品广告视频,头像变成一张年轻女孩的自拍,大概那段时间做乞丐的同时做着微商。他可能尝试过很多能接触到的途径挣钱。和很多人一样,利生是个努力在这个城市生活下去的外地人。

我的意思是,人的身份是多重的,从任何一个单一角度去理解一个人都不大对劲。

三 交流

我蛮确定,我们和利生的交流过程是自然、对等的。倒不是有意识地绷着一根"平等"的弦去对话(毕竟大家都太没政治自觉了),是很天然的人和人之间的接触和对话。利生和我们的交流也是自然和坦率的,比如,他作为行内人不认同我们对歌的选择,会直接否定,会说"那我们达不成一个共识",也会当我们面直接跟同行说"他们这歌不行"。他会提出自己的想法,在他的想法得到验证后,就对我们得意地笑。我们一起坐在地铁站里的某个角落，很就事论事地商量歌单和行动，有分歧，但并不尴尬。我觉得这是一个很平等的交流。

我想，人和人的交往，剥离了复杂的社会身份，在更直接纯粹的状态下会更自然吧。

后来有一天，利生师傅突然在微信上喊SHUO。利生说："几天没聊挺想你的兄弟，没事儿来找我玩啊。"SHUO说："行啊。"他很快收尾："那你忙吧，88。"SHUO把这段仓促的对话告诉我，我有一点感动，也有些不知道说什么好。

四 乞丐、公共空间和阶层

说回到乞丐身份，这个职业的逻辑本身就是利用不平等来挣钱。因此就算利生和我们交流时是平等自然的，一旦进入职业角色，他就会立刻放下自尊降低自己。而地铁是他的工作场所，这是个公共空间，他以乞丐身份出现，乘客们不会用平等眼光看待他。

进入工作中，语境便脱离个人与个人的简单交流，进入到更复杂的公共社会范畴，阶层差异立刻凸显。我们在过程中对此太缺乏意识了，这可真是毫无政治自觉。歌单自然很不合适，既不符合职业逻辑，也不符合利生在地铁上的身份。

我们提出把乞讨行为转变为分享行为，事实上是否定了乞丐这个职业的既定逻辑，事后想起来真是拍脑袋的蠢建议啊。一来对他来说这个转换很难一下理解，二来分享是建立在平等基础上的，这需要他足够自信地改变自己在地铁上的自处姿态，我们的歌单当然不足以支撑起这份自信。另外，即使他转变身份，车上乘客看他的眼光会变吗？这也很值得怀疑。

利生一开始接受合作邀请是想试试这种玩法是否可以增加收入。后来估计很快看出我们几个外行拍脑袋的想法真是太孩子气了。我很抱歉我们的几次坚持让他有些不自在，确实挺不体谅的。但利生师傅也不至于就被我们几次不体谅的坚持伤害了，他没那么弱。他很开通，也包容，愿意陪我们玩玩，试试英文歌，试试中文歌，再换回自己的歌让我们见识见识。老江湖了，挺可爱的。

五 音乐与阶层

利生考虑地铁音乐时，当然不是出于审美，他既不欣赏自己原来那首《放下》，也不欣赏我们列的歌单。选择《放下》是出于实用性——用这首歌来营造悲惨氛围，是很现实的工作需要。编辑郭玉洁老师说，音乐不光有审美，还有实用性。她说，底层和中产一个很大的区别是，一个是为了生存，一个还有审美的余裕。我很认同。

也因此，我们很快就不再坚持拜托他陪我们玩下去，既然他不愿意收误工费，就不好再耽误他的生意了。

发稿后我认真读了读评论。读到夸的话总感到特受不起，上升到"理想主义"就更别提了，怪脸红的，只是一句自嘲而已。但同时，我也很遭不住自以为站在弱势阶层立场"哐哐"甩大词的知识分子式的批评。

我必须承认"乞丐的歌单"这次尝试的失败，是因为包括我在内的参与者太缺乏社会现实考量和政治自觉。不过,我还总是忍不住在和更"知识分子"的朋友们讨论时,替SHUO和其他参与的朋友们做解释。他们是我很喜欢的另一类朋友,有创造性,有行动力,有更强烈的自由意识,同时也有很难得的天真和善良,看人看世界都很干净,与人交往更直接也更纯粹。我想正是因为如此,他们才有些意外地做出了"创造性地跨越阶级和人接触"的尝试——虽然定义是知识分子朋友下的。尽管SHUO总把事情说得很简单,但我想,他想出做歌单的主意,出发点也是希望能打破文化层面的阶层壁垒。我的意思是,他们有很好的愿望和想法,那不是教条和大词框定出来的。

最后一天和利生师傅的合作结束之后,我们都有点莫名其妙的失落,不是结果带来的挫败(这个已经认了),而是一种不知道自己在干吗的感觉。比较值得庆幸的是,我很诚实地把事情的经过和事后的反思记录下来了。那么这事儿就不至于那么毫无价值了。

天山摇摆客图卷

文＿黄昕宇　摄影＿朱墨

天山是新疆的象征。

今年（2018）夏天，华语说唱真人秀节目《中国新说唱》中，来自新疆的说唱歌手艾热、那吾克热、马俊和多雷全部通过"60秒"初选，令人印象深刻。在这档真人秀综艺里，他们表现得底气十足，坚定而自信，始终并肩站在一起，被人们称作"天山四子"。

紧紧站在一起，是四子有意为之的呈现。四子中的老大哥马俊说："从头到尾我们四个人就是要紧紧在一起，这四个人不是某一个个体，我们代表的就是新疆Hiphop的团结。我们呈现出这样的局面和形象，就意味着我们背后所有新疆Hiphop伙伴们，做的活动会天然打着团结的牌子。他们的活动就会更容易办。"

最终，艾热与那吾克热一路闯进总决赛，分获冠亚军。来自同一个地方的两位选手获得了前两名，这样的结果在所有大型选秀中都难得一见。更何况，他们来自遥远的新疆。人们发出感叹——原来新疆说唱这么厉害。

事实上，这是新疆 Hiphop 话题在媒体舆论上格外引人瞩目的一年。更早几月前，青年文化媒体 VICE 中国也在街舞纪录片《只有街舞》中，花了不少篇幅呈现新疆的街舞场景。

当大众传媒的聚光灯下突然呈现出新疆青年文化场景的一角，大家突然发现，Hiphop 这个来自美国的青年文化，在天山脚下的这片土地上竟然发展得如此扎实。

如果追溯新疆 Hiphop 文化的历史，最早的记录是 1988 年天山电影制片厂出品的歌舞片《西部舞狂》。这部三十年前的歌舞电影里，已经出现了 Moonwalk、6 Steps、Swipe、Windmill 等基础的街舞动作，甚至展现了街舞 Battle 的片段。

影片中，美丽善舞的维吾尔族姑娘在理发店工作，听到一盘好听的磁带，会情不自禁踏起舞步。工地里的年轻工人，下工休息就挎起吉他弹琴，工友们和着音乐跳霹雳舞。小男孩握着扫把，扫着地就唱起迈克尔·杰克逊的 Beat it，跳得有模有样。《西部舞狂》呈现的也许是乌鲁木齐青年文化最好的面貌。当年的乌鲁木齐集结了 80 年代的所有时髦元素，霹雳舞、健美操、迪斯科、摇滚乐与时装，外来的新潮文化与新疆人能歌善舞的民族特性自然结合。新疆青年们跳起舞，张扬着元气淋漓的生命力和快乐。乌鲁木齐在片中是个如此有魅力的前卫、开放的城市。这是属于特定时代和地域的记录，与今天不同。

因为再次被新疆青年文化展现的生机吸引，10 月初，我们来到新疆。在乌鲁木齐，我们见到了许多玩 Hiphop 的年轻人，听他们讲述这里的 Hiphop 故事，与他们一起走在城市街头。几天下来，我们逐渐明白为什么诞生于美国最穷困、混乱的布朗克斯街头的Hiphop文化，在几经发展、已经成为主流流行文化的今天，依然会在新疆Hiphop青年的表达中展现出一种更具有根源性的力量。

新疆Hiphop最早是从街舞开始的。2000年初，第一支新疆街舞团队DSP成立。2003年，原先跳街舞的几个小伙子改玩说唱，成立了说唱团队Six City。这支说唱团队几乎影响了此后新疆所有的说唱歌手。

说唱一开始只是Hiphop活动的配角，MC（Microphone Controller）们在比赛中做演出嘉宾，或在街球比赛的间隙热场。但很快，互联网普及了，Hiphop论坛和网站热闹起来，说唱音乐在网上迅速传播，说唱歌手们也在论坛发作品，热烈交流。说唱团队多了，彼此也相互较劲，相互diss，今天这个团队做一个专场，明天那个团队就回应一个专场。新疆孩子会玩、爱热闹，那几年的乌鲁木齐，周末有好些Hiphop Party，在公园一条街，爱Hiphop的孩子从这头到那头，一路酒吧玩过去，或是在公园门口围一个圈玩Freestyle。

这些，是艾力亚为我们介绍的。多年来，他以局内人的身份见证了新疆Hiphop的起起落落。

艾力亚既不跳舞也不做说唱，却是圈里真正的OG（Original Gangster）。艾力亚今年36岁，有一个名叫Ra Studio的视频工作室。这个工作室像新疆Hiphop的一个基地，兄弟们有事没事常来这里喝酒聊天，这里也见证了圈里兄弟的来来去去。

2005年前后，新疆最早的街舞团队DSP开始尝试商业

[春 秋]

艾力亚,新疆 Hiphop OG Hiphop 文化推广者,Ra Studio 主理人。

化转型，找到相熟的朋友艾力亚帮忙经营管理。艾力亚爱好 Hiphop 文化，但自己并不从事。2007 年，他成为 Hiphop.cn 网站新疆站记者，把新疆大大小小的说唱歌手采访了一遍。网站关闭后，艾力亚成立了自己的视频工作室，继续推广新疆 Hiphop 文化，圈里无论谁做活动都找他坐镇拍摄，他曾经采访过的说唱小孩，后来出歌，也请他拍 MV。

两年后，新疆 Hiphop 迅猛发展的势头停滞了 12 个月。这段真空期筛掉了很多冲着流行和热度凑热闹的爱好者，而真正热爱 Hiphop 文化的人，熬过了停滞期，首先看到的就是一个振奋人心的消息——2010 年 11 月，来自新疆的说唱歌手马俊在北京的 Iron Mic 十周年总决赛获得了冠军。这场比赛不仅在成绩上激励了新疆的说唱歌手，更让大家发现，原来说唱还有这种玩法。此前在新疆，Battle 只是专场演出里的一个小环节，Battle 的内容也无非是骂爹骂娘的套词。看到马俊，大家发现原来 Freestyle Battle 可以把层次拉得比粗口攻击高一点，说一些更有内容和道理的东西。此后新疆的说唱活动很少再有专场演出，基本以 Freestyle Battle 为主。

Six City 在这一年里冷静思考了未来的方向。一部分人走向商业，开始到内地城市参加选秀节目。另一部分人留在新疆继续做地下说唱，他们组建了新的工作室，命名为 Gangsa Mosa。这是他们自创的维吾尔语新词，意思是身无分文。Gangsa Mosa 办了一系列 Battle 比赛，工作室里汇聚了一批才华横溢的年轻人。如今走出去的艾热、Athree，曾经都在乌鲁木齐的 Battle 比赛中不断磨炼 Freestyle 技术，他们直接提升了新疆 Battle 的水准。艾热在 Gangsa Mosa 工作室里录制了自己的第一张专辑，20块钱一张碟，在Battle现场打开车后备箱就卖。马俊在拿到Iron Mic冠军后，把Iron Mic比赛带到了新疆，接连办了几届新疆站比赛。

这么多年来，在新疆，走Hiphop这条路的难度比其他地方大得多。几年来，乌鲁木齐的好几家Live House关停。更不要提市场，艾力亚在新疆见到了无数天赋极高的年轻人，全凭热爱坚持做说唱，但几年坚持下来根本没有实现商业价值的通道。年轻的说唱歌手一旦离开校园，就开始面对生计和家庭的压力，不得不放弃不赚钱的爱好，找一个正常稳定的工作。

一直到今年，"天山四子"的成功让本地的说唱歌手看到了希望，也吸引了更多媒体和公众对新疆Hiphop的关注。马俊曾经和艾力亚聊过他的愿景，他希望用自己的能力和成绩打造一个连接内地和新疆的通道，让更多说唱活动在新疆落地，把本地的市场做起来，也将更多的本地说唱歌手带出去。

艾力亚比谁都希望新疆Hiphop能真正走起来。现在，新疆说唱歌手在《中国新说唱》大获成功，最初的通道已经打通。虽然环境仍然艰难，但他看到了希望，如果一切有条不紊地进行下去，事情总会好起来。

Hiphop给普开的第一印象，是他在电视上看到的Jam的MV。那是Michael Jackson 1992年专辑 *Dangerous* 里的一首歌。MV中有一段黑人说唱歌手Heavy D的说唱，两个孩子穿着AJ鞋跳舞。那个声音和画面让普开深为震撼。

那是90年代的中期。普开住在新疆维吾尔自治区第二人

普开，舞者，新疆街舞 OG，DSP 街舞工作室主理人。

民医院家属院，院里有大锅，家里的电视能收到MTV音乐台。他的父亲是新疆大学校办主任。逢年过节，学校里的外国人就上家里聚会，跳Disco。普开从小就见识了很多新潮的外来流行文化。

后来，父亲去日本留学，看到日本小孩不系鞋带，拖着鞋子穿着大牛仔裤在街上走，就去买了这些行头给家里孩子寄回来。普开和妹妹穿着那些肥大的衣服走在新疆街头，时髦极了，回头率百分之一万。

普开说，新疆Hiphop这棵树，根就在他长大的二院。那时，院里一帮男孩正值青春期，好动，一身力气，先是在院里踢球打球，后来接触到美国的Hiphop，就开始在院子里跳街舞。他们组了新疆最早的街舞组合DSP，每天回家就是跳舞排练，有时在学校演出，后来又有了跑场子赚外快的机会。

2001年，普开一个人去了上海，想找人学街舞。在上海，他见识了最纯正的Hiphop Party，跟着上海的街舞OG汪瀚学舞。回到新疆后，他把在上海看到学到的，教给了身边的队友和伙伴。

2002年中国移动"动感地带"手机卡来新疆做地推，找到DSP合作，之后几年，DSP一直是"动感地带"新疆地区的代言人。那些年，厂商包一辆大巴，拉着一群Hiphop孩子四处演出。车上有跳街舞的，有玩说唱的，有打街球的，也有做涂鸦的。一车男孩热爱同一种文化，一路玩玩闹闹，好不开心。

2009年像一个转折点，在那之后，人们好像突然被惊醒了，不敢再放松悠闲地过生活，一切都变快了，所有人都开始努力挣钱。环境和氛围推着商业化发展。街舞产业发展得很快，新疆开起了无数街舞工作室，全都开班挣钱，文化圈子变得像个产业圈，商人也开始投资街舞。几个舞蹈机构的人开会吃饭，坐在一块儿聊房产和股票，出门都是奔驰、宝马和奥迪。

现在的孩子跳街舞也不像过去那样纯粹了，连街舞也有了等级考试。DSP如今是新疆最专业、权威的老牌街舞工作室。一开始，DSP没做考级，送孩子来跳舞的家长就觉得不够专业。普开索性把考级办争取到了DSP工作室，这样，至少可以控制考级的标准。

这几年，新疆街舞面临的问题是对外交流变得更加困难。普开不像许多资深舞者，能很轻松地带着孩子到国外交流，学习最新的东西，他只能等其他舞者学习回来后，跟他们交流，学二手知识。既然如此，普开的想法是，在新疆不停地办大活动，把自己的工作室和新疆的环境做好，吸引外面的人过来。

普开很怀念2002年。那时候的新疆，节奏慢，人们生活得很慵懒，爱音乐，会娱乐，聚在一块儿跳舞的时候真是在享受音乐。乌鲁木齐的酒吧一条街有一家酒吧叫福吧，啤酒5块钱，跳街舞的穷孩子常聚在那儿。那时，那里有最正的音乐和最纯的Hiphop氛围。

王伟伟是新疆第一代B-boy（beat boy的简称，热衷于嘻哈文化的爱好者）。

2000年，王伟伟开始跳舞。那时，他和身边几个兄弟在网上找有限的视频资源，摸索着学。过了一年，一个郑州B-boy到新疆。几个兄弟第一次看到有难度的动作Breaking，很震惊，天天跟着他学，老师去夜店表演，他们也跟着，表演完了可以蹭饭吃。

［春　秋］

王伟伟,街舞 OG,新疆初代 B-boy,现经营一家泰拳馆和一家酒吧。

天山摇摆客图卷

最早，王伟伟和身边兄弟买了个录音机，每天在楼底下或者广场水泥地上跳。有时候去 Disco 夜店跳舞，夜店到夜里两点半之后开始放 Hiphop 音乐，几个兄弟本来都睡着了，听到音乐对劲了，一下睁开眼睛，下舞池就开始跳。过了两年，有个老板出钱弄了个工作室，把他们几个跳舞的小孩圈到一起，让他们跳舞，给他带客、发传单，晚上演出。几个孩子晚上就在条件很差的工作室住，每天到手的钱只有一点点。但有了工作室，终于能在木地板上跳舞，摔起来也没那么疼了，动作一下进步得很快。那时候过得很艰苦，每天吃一个一块五的菜夹馍，跳舞跳一天。王伟伟是最努力的一个。练转头练得人都快死了，头皮一大块一大块地掉。

那时在乌鲁木齐跳舞的人一共也没多少个，大家在网上和 Party 上认识，一起跳几次舞就都认识了。

2003 年，王伟伟想学更多东西，他到上海找到汪瀚学舞，见识了很多好听的音乐。回乌鲁木齐过了个年，他又去了西安、湖北、内蒙古和广州。

那些年，大家都穷得叮当响。在西安，王伟伟租了一间自建房，夏天热得半死，冬天冻得够呛。房租一个月 120 元，可一入冬，暖气费一个月就烧了 200 块。他想了想，实在交不上，半夜背着行李就跑了。

2006 年，一个兄弟喊他去北京发展，有公司赞助。北京有很多演出和比赛的机会，能接触到不少外国的 B-boy，能学习很多最新的 Breaking 动作。公司给他们六个 B-boy 租了个宿舍，大家每天住在一起，一块儿排练、跳舞，也卖衣服，公司还给发工资，那一年过得很开心。但那时大伙儿都年轻，火气旺，有一回，王伟伟和团队里的另一个B-boy闹了矛盾，两人互相Battle，差点打起来。那哥们儿是公司股东之一，气头上冲王伟伟喊："这是我的公司，你走。"王伟伟当晚就出了宿舍，兄弟们都陪着他在路边喝酒。一个新疆兄弟劝他："我们回新疆吧，一起做一个工作室，一起赚大钱，买个车，咱们在车里放Hiphop音乐。"

王伟伟于是回到新疆，没有再离开。在这里，和兄弟们一起跳舞，日子过得开心。但新疆的环境比起北京还是相对闭塞，慢慢地就跟不上最新的进展了。他在新疆组建了US街舞工作室，四五年后，买辆车放Hiphop音乐的愿景实现了，但街舞圈不再是原先的感觉。过去，大家就是一帮穷兄弟，除了跳舞，一无所有，一群人格外纯粹地一块儿生活打拼。现在，原先一帮一块儿跳舞的兄弟，到了成家的年纪，都工作养家去了，不再跳舞。其他玩Hiphop的孩子，人人都觉得自己是艺术家，王伟伟觉得跟他们玩不到一块儿，也逐渐淡出了圈子。

王伟伟是圈里人人尊敬的大哥，但他几乎不大再提当年事。年轻时血气方刚，仗义，也浑。B-boy四处比赛，常常热血一上头两拨人就干起来，打散了好些比赛。现在回想起来，觉得真有意思，谁年轻时不干点浑事儿呢？

现在，他像个退隐江湖的大侠，稳重成熟。

王伟伟开着一家泰拳馆和一家酒吧。打泰拳的感觉和B-boy Battle很像，全身心地投入一场强弱较量，输了还要站起来，不断挑战自己，不断变得更强。白天泰拳馆的工作结束，王伟伟就到酒吧照管生意，Hiphop圈的朋友也常来这里坐。

王伟伟的酒吧是一家清吧，非常安静。

[春 秋]

雪梅，Jazz/Waacking/Urban 舞者，TOTO 街舞工作室合伙人。

2015年，雪梅已经在杭州待了六年。

雪梅在杭州上的大学，也是在那儿，她正式开始跳街舞。2015年，她在做编导，每天10点上班，下午6点半下班。一下班她就赶到舞队训练，9点训练结束，她再加班剪片子，直到夜里两三点。后来，她又接了利用早晨上班前的时间录制广场舞视频的活儿，在短时间内记了几十首广场舞歌曲的动作，每天早上五六点化上浓妆穿上规定的服装，到公园拍摄——路过的大妈还嫌弃她跳得不好。

她开始考虑回家乡。拍完广场舞，她彻底离开杭州，给自己安排了一次长途旅行后，回到了新疆乌鲁木齐。

回来后雪梅才发现，新疆的街舞工作室和街舞比赛比杭州还要多。

新疆有很多好舞者，但由于距离遥远，少有参加交流活动的机会，内地街舞圈也不太了解新疆的街舞市场已经发展得十分成熟。在竞争激烈的情况下，各家工作室为了招生宣传，每年都会办一场公演，此外，每个工作室都会推出一个主打自己品牌的比赛。这在圈内形成了惯例。关系好的几家工作室会相互扶持帮助，做活动宣传，互相参加比赛。

现在除了有学员的街舞等级考试，教练员也要考级。雪梅觉得这是好事。这几年，新疆街舞行业发展很快，良莠不齐的新工作室一茬一茬冒出来。有些人只学了半年舞，也办班招生。推行教练员考级，某种程度上可以规范市场。

在新疆街舞行业，如果只做舞者，全靠教学维持生计是很吃力的，通常还需要一份别的工作支撑。雪梅和TOTO工作室的其他几位合伙人从一开始就定下目标,要让这里的老师能够做全职舞者,并且凭借这份薪水过得不错。现在,他们已经实现了这个目标。

狮子，说唱歌手，Yiltiz 团队成员，创业团队员工。

Yiltiz 是新疆 Hiphop 组合联盟，这个词的意思是"根"。Yiltiz 的每个成员都经历了很多事。

2008 年，Yiltiz 的成员还是一帮高中孩子。狮子是其中的一名。

狮子上初中时喜欢打篮球，看 NBA 的转播。NBA 中场有好多说唱表演，他觉得特别带劲，就和朋友说，兄弟，我们出首歌吧。三个孩子很顺利地写出第一首歌，凑了 150 块钱到录音棚录了出来。那时人小心大，歌写得狂，往新疆的说唱网站上一发，第二周就登上了排行榜第一，连续三周占据榜首。

狮子和朋友们在学校里组了团队，之后认识了不少也喜欢 Hiphop 的同龄孩子，大家就商量着，为什么不把事情搞大？于是，几个组合集结成联盟，起名 Yiltiz。Yiltiz 受 Six City 影响很大。那时 Six City 在公园东门有一个满是涂鸦的工作室，狮子常常去那儿和哥哥们一块儿玩。

2008 年，Yiltiz 在一家俄罗斯餐厅办了正式出道的第一场专场演出。那场演出获得了很多支持，他们请来了艾力亚坐镇主持，圈里的不少前辈也来捧场。成员们还把家长请到了现场。那家餐厅是一个好兄弟的亲戚开的，免了场地费，还为他们提供了萨克斯演奏、肚皮舞之类的节目，穿插在演出中，场面搞得很热闹。演出预售票卖 30 元，现场票 50 元。他们一下赚了 5000 多块钱。

第一桶金来得太容易，大家随后便开始讨论，团队应该走商业化还是坚持地下。有人说，我们为什么不能用喜欢的事来赚钱？另一些人，比如狮子，更希望坚持地下。Yiltiz 的一些歌，歌词写得很冲，伴奏也猛，充满攻击性，听起来像一群戴拳套挥棒子的家伙"砰砰砰"一通乱揍。这些歌如果能现场表演,一定会炸翻全场。但第一次专场时,考虑到有家长在现场,把这些曲目都去掉了。狮子当时就意识到,如果考虑听众,考虑赚钱,就说不了真正想说的东西。

两方产生了分歧。狮子当时是队长,他拍板,想玩商业的玩商业,想做地下的做地下,各自选择,互相支持。但那会儿大家还在念书,Yiltiz 始终玩在一块儿,出作品,办 Party。

真正面临选择是在这两年,成员们离开校园步入社会。一些成员离开了乌鲁木齐,回老家,或进入内地发展。

狮子度过了非常难熬的一段时期,他天天把自己灌醉,听不进劝慰,和朋友翻脸。他在工作室待了六个月,写了不少歌,都没有发——那些歌过于悲伤压抑了。现在,狮子逐步走出了低谷。他加入了一个做婚庆的创业团队,开始工作。最终走的还是自己一开始坚持的道路,用工作养活自己和自己的音乐。他说,看到离开的兄弟们在内地过得好,生活得更放松安稳,还在做着喜欢做的事,他很为他们高兴。团队里的每个人在各自的道路里先把自己混好了,等到都能独当一面的时候,大家聚到一块儿,会更有能量。

上小学的时候,伊尔盼是个奇葩儿童。全校小学生都穿小短裤童装,就他戴一顶板帽,穿着大码衣服——那时候,姐姐就把 Hiphop 文化介绍给了他。上高中后,伊尔盼加入了 Yiltiz,开始玩说唱。

几年后,Yiltiz 的成员们各自上了大学,一到假期,大家

［春秋］

伊尔盼,说唱歌手、Yiltiz 团队成员,商场经理。

天山摇摆客图卷

回到乌鲁木齐，还是整天整天泡在一起做音乐。

2016年伊尔盼大学毕业，没有找工作，还想和兄弟们一起做音乐。家里人觉得做音乐几乎没有回报，总催促他工作赚钱，家人觉得一定要有钱才能活得舒服。但伊尔盼想，只要活得开心，过得惨一点也没关心。就像Yiltiz的一首歌里唱的："不要着急，因为死后你有的是时间休息。"

跟家里拧得狠了，他就离家出走，住到了工作室。那段时间，团队成员们天天泡在一块儿。每天一大早兄弟给他带饭来，大家打开电脑把前一天录的东西听一遍，找找感觉，接着写歌录歌。累了出去吃个饭，聊会儿天打打牌，调整一下状态，再回来接着做。兄弟们每天待到很晚才散。

伊尔盼在工作室里窝了整整一个月。偶尔回家吃顿饭，爸妈看到他就哭起来。他看不得家里人掉眼泪，还是回了家。

有一回大家一块儿喝酒，喝醉了，伊尔盼和狮子起了口角，两人在门口大打出手。伊尔盼一拳打破了狮子的眉骨，两人扭打在一起直到被朋友分开。两人都醉得不省人事。第二天伊尔盼醒来，看见狮子躺在地上，满脸是血，伤口还没愈合。他犹豫了一会儿，不知该不该开口，半响憋出一句："Yo man。"狮子一边渗着血一边说，"Yo man"，就像什么都没发生过一样。伊尔盼心里很愧疚："Yo man，我带你去医院吧。"后来狮子跟他说，打这一架他还挺开心的，有矛盾与其憋在心里，不如痛痛快快解决，这才是亲兄弟。

兄弟们泡在一块儿玩音乐是非常好的一段时光，团队维持着很好的创作状态。

但这些都是过去时了。对于音乐创作，新疆的环境太艰难了，许多做说唱的朋友都选择离开。2018年过年后，有些成员去了内地，留在乌鲁木齐的，只剩两三个人了。

伊尔盼在深圳上的大学，也在北京待过一个月。他不喜欢大城市的生活节奏。每天，他看到地铁上人们挤成一堆，各自埋头刷手机，互相不说一句话，到站下车，四散东西。他觉得这种活成机器人似的状态，太麻木了。还是乌鲁木齐好，节奏慢一点，可以陪在家人身边，吃的东西也给力。

不过，内地的音乐市场好，演出多，合作多，接活儿的机会也多。走出去的朋友，现在基本都能靠音乐养活自己了。伊尔盼有些羡慕，但他想走另一条路，他从一开始，就只把说唱当成自己的爱好。在他看来，如果把音乐当成工作，就需要让更多人接受你的音乐，就会把很多自己的东西筛掉。如果当成爱好，不需要太多拥趸，只要懂的人懂就够，那么就可以更充分地保留自己的想法。

伊尔盼最佩服圈里的一个大哥，人狠话不多，写的歌全是狠话，全都攒着不发（许多歌也发不了）。大哥为人正直，对朋友毫无保留，也常常在生活上关照弟弟。他是伊尔盼眼里真正的 Underground。

维吾尔族语说唱的受众面特别小。艾热、Athree 等 Freestyle 的高手到了内地，都开始改做汉语说唱。伊尔盼的汉语说得挺好，有人建议他试着往汉语说唱发展，但他还是想继续用维吾尔族语。使用哪种语言倒不是最关键的，遗憾在于，维吾尔族语的思维方式、Flow 和押韵都与汉语截然不同，隐喻等表达方式也有自己独特的精髓。改换语言后的表达，不可避免会丧失原有的韵味和深意。伊尔盼说："我想法有点问题你知道吗？

我知道要想成功就得是汉语。但是即使我汉语说得好，和能写好词也是两回事。我想用维吾尔族语写有深度的东西，不想写口水歌。"

伊尔盼非常爱自己的家乡和语言，在一首歌里，他给自己起名叫"乌鲁木齐的儿子"。

伊尔盼今年25岁。今年年初，他找了一份在商场当经理的工作。毕竟25岁的男人了，想想不挣钱在家住着也说不过去。现在伊尔盼每天要工作8个小时，下班陪陪家人，自己做音乐的时间少了很多。兄弟们都不在身边，创作也有些停滞。伊尔盼觉得自己处在沉淀期，他用闲暇工夫学习编曲，平时脑子里突然冒出了很牛的句子，就用手机记录下来，隔段时间整理一次。

如今兄弟们分散在各地，伊尔盼不知道团队的未来会走向哪儿。但他觉得，即使有一天团队散了，他们的心也永远在一块儿。回想起来，团队的名字Yiltiz，其实来源于一个误会。那时，团队成员打电话商量名字，一头说Yilpiz（"豹子"），另一头听成了Yiltiz（"根"）。伊尔盼想，"根"好多了，既是根源，又是Underground。

六年前伊加提有了人生中的第一块滑板，是个玩具板。那年他12岁，在湖南卫视的节目上看到著名滑手李祉星的表演，立刻上网搜滑板视频，从此彻底迷上了这个运动。

在自家小区院子里滑了三个多月后，他从网上买了一块沸点的套板。哥哥带着他去了人民广场。那时的人民广场简直是滑板天堂,全乌鲁木齐玩滑板的人都在这儿玩。伊加提只会滑,不会做动作,在广场上整整坐了一个多月,才开始练。滑手张超大哥教会了他跳Ollie(滑板动作之一,豚跳)。

2013年6月21日是伊加提人生中的第一个滑板日,那天,他第一次参加滑板比赛。他报名了50-50长度赛和Ollie跳远赛,什么名次都没拿到。主办方的哥哥为了鼓励他,送给他一双Stance袜子。那双袜子伊加提珍藏至今,没舍得穿。

伊加提陆续参加了不少比赛,印象最深的还是2015年在克拉玛依举办的AT巡回赛,那次他得了第二名。那会儿他玩滑板的时间还不长,在好多滑板大佬的见证下拿了好成绩,他特别高兴。比赛的奖品也很丰富,有板面、滑板包、杂志和各种滑板配件,对一个15岁的小孩来说可真算是一份大礼了。

这些年,乌鲁木齐很多地方都不让滑滑板了,包括人民广场。当年遇到的好多老滑手都已经不玩了,人民广场上伊加提和伙伴们组的小团队里,现在也只剩他一个人还在滑。

现在,玩滑板的孩子会在人民电影院附近玩,那儿也是乌鲁木齐的"潮人"聚集地。所谓"潮人",其实就是一群自以为很牛的小孩。人民电影院在乌鲁木齐的市中心,有台子、台阶和小抛台可以练习。通常会有十来个人带着板过来,但真正滑的也没几个。

玩滑板的孩子大多梦想成为职业滑手。不过,伊加提大概不会走这条路,家里人也不支持他以此为职业,他们说,运动员都是吃青春饭的,人可是会老的。伊加提今年刚上大一,学的是电厂热能动力装置,俗称烧锅炉的。他打算毕业后去当兵。

[春 秋]

伊加提·吐尔逊,滑手,学生。

[春秋]

阿赖,Peace 滑板店主理人,Dopeshake 天山摇摆客主理人。

2013年前后,人民广场每天都聚集着一百来号滑手。阿赖住在距离人民广场大约三十站路的地方,每天滑三十站路到广场,夜里再滑三十站回家,到家大概是凌晨四五点。那时乌鲁木齐刚修好BRT车道,尚未通车。阿赖和几个滑板兄弟在空荡荡的车道上狂蹬,滑到极速,像飞起来似的,大喊大叫。

那几年大概是乌鲁木齐滑板氛围最好的时候。

新疆人把那些看着痞里痞气的小子叫"赖瓜子"。刚开始玩滑板的时候,阿赖和大伙儿在一块儿,总是揣瓶酒,歪着肩站,一副垮样子,圈里的兄弟们就喊他"赖瓜子",叫久了成了"阿赖"。现在,玩滑板的孩子叫他"赖哥"。

阿赖每天必须喝酒吃肉。他开过酒吧,特别喜欢吹野格。野格这酒喝起来,没醉的时候觉得自己完全清醒,直到最后那一口,直接醉成泥巴。

阿赖八九岁开始喝酒,13岁起抽烟。2006年阿赖中考考了160分,妈妈甩给他800块钱说,你看你能干点啥。他花640块买了张卧铺票,颠了两天三夜到北京,下车一摸兜里剩的100多,懵了。那年他15岁。

他在北京做了四年半乐队。阿赖的舅舅是北京一支老牌乐队的吉他手,舅舅评价阿赖,你一辈子都当不了主音吉他手,你只能做街头艺人。阿赖听了,在北京的大街上掉眼泪。阿赖在北京搬了三四次家,始终在五环外。进城演出,演完没有地铁回家了,他就和哥们儿坐在长椅上就着二锅头聊天,喝到早上7点坐地铁回家。有一次,他和一个哥们儿到面馆,一人吃了一碗面,喝了一听雪碧,一共花了80多块。那时在新疆,80块钱可以把人吃吐了。阿赖说,北京这个城市,太难生存了。

回到乌鲁木齐后，阿赖上了一阵班，不久辞职，开了一家滑板店，起名 Peace。到今年，Peace 滑板店已经做了七年。从开始滑滑板到现在已经九年，阿赖的两个手腕加起来断过六次，肋骨断过两根，腿摔断过一次，左边颧骨是人造骨。现在，他已经不大正儿八经玩滑板了，一来年纪大了，好多动作跳不动，二来，乌鲁木齐的滑板氛围已经大不如前。

乌鲁木齐如今几乎没有滑手聚集的场地，虽然有滑板的孩子很多，但真正的滑手很少。阿赖常常遇到抱着板坐在路边或走在街上的孩子，他们压根不滑，滑板只是拿样儿拍照的工具。遇到这种事，他就在朋友圈开骂。有时候遇到真的特别爱滑板的孩子，买不起好板，阿赖就指定一个动作让他做，十次以内做出来了，阿赖送板。Peace 滑板店在一家大商场里，他和商场合作，准备在旁边做一个露天板场，等到完工，这儿就可以成为一个定点滑板的场地。

卖滑板并不挣钱，阿赖的店里也卖潮牌服饰，靠卖衣服养滑板。Peace 滑板店的墙上，挂着美国匪帮说唱传奇 N.W.A 的照片。

阿赖第一次听 Hiphop 大概是十一二岁。那会儿他和附近的小孩从垃圾堆里捡旧光盘，藏在地窝子里，每天拿出来当飞盘玩，飞烂了再捡一张。有一回他们捡到一张新的，阿赖家那时刚装了家庭影院，就领着大伙儿到家里听。一听傻了，还能这么唱歌呢？念的全是英文，特别凶。新疆的音像制品是从霍尔果斯口岸一箱一箱发来的，音像店里什么音乐都有。他拿着那张盘去音像店，让店员找类似的音乐，想要能听懂的。店员给他拿了一张 MC Hotdog 和一张黑棒。他听了觉得太酷了，

[春秋]

以力，Hiphop MC，铁路货运员。

开始常跑唱片店，买到了 Dr. Dre、Eazy-E、Eminem 的唱片。后来他才知道，原来一开始飞的那张光盘是 Ice Cube。

做滑板店不久后，阿赖遇到了做说唱的 Dyoself，他们都爱 Hiphop，就玩到了一起。之后，一块儿玩的兄弟越来越多，有做涂鸦的，有做文身的。他们组建了厂牌"Dopeshake 天山摇摆客"。天山摇摆客在乌鲁木齐办了很多 Hiphop Party。这几年，已经有太多玩 Hiphop 的兄弟离开新疆去了内地。阿赖说，如果都走了，这里怎么办？他和 Dyoself 投入了无数心血，希望把新疆 Hiphop 环境做起来。

Hiphop 文化是从 Party 出来的。只有在 Party 上，才能感受到 Hiphop 最纯正的魅力。

Party 不是 MC 在台上握着麦唱，"我说 Hiphop，你说 Yo"。Party 的夜晚是为所有人准备的。Party 要有酒精，一哥们儿喝醉了，DJ 把 Beats 一放，哥们儿直接冲上去抢了麦克风就开始 Freestyle。Party 没有任何距离感和仪式感，只有所有人跟着音乐玩起来的最自然的律动和最真实的表达。

以力是 Hiphop MC，他主持过国内各地大大小小不同的 Hiphop 活动。他发现，新疆 Hiphop Party 的气氛是最有感染力的，新疆孩子是最能玩、最豪迈、最会起哄的。以力说："新疆绝对是中国亚文化最牛的地方。"为什么？这儿的孩子真的太无聊了，没有任何可以玩的地方。只要有个 Party，不管是听什么音乐的，无论是哪个圈子的，兄弟们招呼一声就去了。舞池里的所有人永远从头到尾跳舞。在新疆，到了晚上 2 点，酒吧必须停止营业。那时候，每个人都流露出恋恋不舍的神情。

以力刚去内地上大学时，第一次喝鸡尾酒。朋友说，长岛冰茶很凶，他喝了，觉得不过如此。回到新疆，哥们儿带他去一个维吾尔族人开的酒吧。调酒师给他调了一杯长岛冰茶，他喝完直接翻了。那时他才知道，长岛冰茶就该是这样，就像 Hiphop Party 就该是新疆 Party 这样。

最早在新疆，以力在街舞圈做主持，后来他去成都念书，和说唱圈有了接触，开始主持说唱比赛和活动，慢慢在圈里有了知名度，很多 Hiphop 活动都找他做主持。如果毕业后留在成都，他可能已经成为一个全职 MC 了。但因为家事，以力最终还是回到新疆，在铁路上找了份货运员的工作，成了一个有五险一金的上班族。他上班的地方在距离乌鲁木齐 200 公里的戈壁滩上，工作七天，休息七天。工作的七天真是漫长无比，而放假的七天眨眼就过完了，感觉像睡了一觉，第二天就该上班了。

这两年几档说唱、街舞节目爆火，让他明显感觉到 Hiphop 受众面的扩大。现在，以力看朋友圈，和 Hiphop 八竿子打不着的朋友都会分享节目里艾热和马俊的歌。Hiphop 音乐好像终于进入了大众生活，而不再只是一小圈人的专利。更让人直接感受到的变化是市场的火热。Hiphop 活动多了很多，大家都有钱赚了，以力也是受益者。过去他的出场费是一千两千，现在他商业活动报价涨了几倍。

但当所有人都说"走起来了"时，以力又会担心，能走多久呢？等这波浪潮过去，以后怎么办？中国的潮流总是这样，一波火起来，不久就平息下去，被新的潮流取代。有了这层顾虑，他就始终犹豫着，没有辞掉铁路货运员的工作。

刚从内地回来时,他的心理落差很大,这里的生活太难了,好像什么都做不了。回来时间长了他发现,如果能在这里把一件事做牛了,在全国都是牛的。就好像爬同一座山,有的人可以一步登顶,而另一些人必须一步一步慢慢往上爬。同样都是到达顶峰,用的时间短不一定就是赢,慢慢走的人在攀爬过程中看到的、体验的、经历的,同样是不可取代的收获。

回到乌鲁木齐后,他看到过去一块儿玩的哥们儿 Dyoself 和阿赖还在做打着"天山摇摆客"牌子的活动。Dyoself 正好还开了酒吧,有了场地。以力和他聊,打算做一个持续的黑胶 Party。在成都时,以力所在的 CDC Breaker 有个固定活动叫"放克星期三",专门放黑胶唱片。新疆喜欢 Hiphop 的朋友还没有享受过纯正的黑胶音乐,他打算把这个活动搬到乌鲁木齐,每隔一两月请全国各地的纯唱片 DJ 来做 Party。放一晚上经典 Disco、Funk 和 Hiphop 音乐。Party 是最重要的,有 Party 就可以活下去。

以力不想只做一个 MC,他的目标是成为一个 OG,一个有知识、经历和独立思考能力,对这个圈子、这个文化有推动贡献的 OG。

下花园没有花园

图、文_张小菠

下花园火车站是原来京张铁路上的一个车站，1908年就有了。现在车站大楼的招牌沿用的仍然是旧时的字体。车站很小，小到出口就是一个黑色口子，人走进去瞬间就被吞没。

来之前大概问了一些当地人，下花园的主体煤矿区离火车站不远，3公里左右，于是边走边问。车站旁淡绿色的墙边，老伯吹着鸽哨叫他的鸽子们吃饭，玉米粒在他手里被甩出去，鸽子一只只飞下再一只只飞走，只留下鸽哨声不断。他告诉我过红绿灯往左走，穿过一座桥再继续往前走。

经过大桥，河边有新修的工程，不远处的坡上竖立着大牌子：下花园阿尔卡迪亚。后来我在好多人口里都听到过这个名字，旁边小的指示牌告诉我这是个高档别墅区。"中介拉着好多北京人来这看房"，一位大姐介绍说。阿尔卡迪亚位于洋河两侧，河边的大烟囱对面正在建设投影设施，等到完工就可以在水泥罐上投下巨大的影像。

继续往前,经过上坡路,看到第一片废墟。我猜是不是到了,这条路看着刚通不久,两边都是山坡,中午格外安静。往上几百米,就是煤矿老职工楼,楼的颜色看起来已经跟土没有区别了。大部分窗户空洞一片,房间里堆满了几年前人们离开时留下的混乱杂物,上面覆盖了厚厚的尘土。偶有几间房间被附近的建筑工人占领,三楼一对夫妻的交谈声赶走了我这个闯入者。

这是一条看起来很新的公路,两边零星有着几座工厂,建造在老建筑上。可以容纳约700人的老电影院2000年后就没开张过,现在院前荒草丛生,一条藏獒、三条德牧还在看护这处院落。再往上一些还有旧时的戏台,戏台左边空地上用铁丝网圈出一片区域,突然从角落里冲出六条小狗,隔着网向我狂吠。戏台右边的两层旧楼被当作了社区办公室。

社区呢?

我顺着土路往前走,想看看有没有老的矿区居民,在一个被十多扇各异的木门围住的园子前面停下。园子里隐约看到晾着衣服,园子外用沙发和木板围成了一个会客区。听到房子里面传来小小的广播声,还有羊的叫声。一个大姐给我开了门,她不是本地人,刚刚租了别人的这间房子,越过她我看到她身后被拴上的狗,叉着倒八字的精壮前腿朝我低吠,我吞下了没问出口的为什么就匆匆告别。

"为什么要住在这里?这里什么都没有啊。"

顺着废墟里的土路不停地走竟然穿到了隔壁的另一条公路上,路上除了我和偶尔经过的车子,几个骑行的人戴着头盔弓着身子骑过。这边的马路边能看到不少的工厂,但是却没有运行的痕迹,没有任何声音,烟囱也很静默。

我试图走到一个门卫室找门卫问问踪迹,他也不是矿上的人，只能模糊给我指出老矿井的位置，那个位置又指向我刚走过来的方向。绕了一圈，从两条公路交接的路上往回走，走到第一条公路的另一头，附近山坡的剖面揭示着它的历史。走上一片几近成为草原的空地，中午的温度很高，风却是凉的。坡的左边还有几间房子，不像有人住，试着再往废门框里走了一下，看到一间水泥房，开着的门、关着的纱窗告诉我有人。大声打了招呼后出来一个穿着红背心的大姐，她在这里住了二十多年，终于遇到一个故人了。

大姐来自内蒙古，她婆婆以前就在这儿养奶牛，老公下岗以后就带着她到了这里一起从事养殖，婆婆的房子在公路边，现在也已风化大半。她指给我煤矿医院的位置，指给我矿井的位置，指给我放牧的位置，告诉我她二十多年没看到什么大事故，除了一次地下泄漏的气体让一个女人死了以外，没听说过其他的死亡。

这片"草原"曾经有约140户居民，塌陷区改造和棚户区改造后，原来的矿区居民都纷纷搬走，因为大姐是个体户，不属于煤矿，起初的搬迁名单里没有她的名字，后来可以搬走时又没达成补偿协议，所以还在等待未知的结局。她家有七头奶牛和一头牛犊子。以前产的奶就直接卖给矿上的人，这五六年大家都搬走了，没有人买奶了，只能等下花园奶站来收奶。对，他们把这个地方叫做煤矿，现在的城区才叫做下花园。

这个矿的故事静悄悄，没有剧烈的变化，所有事情都在悄无声息之间进行。人们搬走的五六年间，达成了协议的房子逐步被推平，土坯房回到土里，杳无踪迹，草重新在上面长出来，偶尔耸起的几个土坡被黑色的泥土覆盖，上面的树都长得很粗壮。

还是这条公路,路边一个院子里高耸的石碑是1969年建造的,为了抗战时期的万人坑所竖,留名是"XX革委会"。碑前面紧贴着一个篮球架,它们一起被包裹在印刷厂厂房里面。路边一排平房,上面有斑驳的画,还写着"理发",窗框却已经被木板钉死很久了。

两条公路中间还有另一条小路连接,路还没走到头就看到了街道办,敲门进去,一位大姐值班。她在矿上的平房里出生,父亲是1920年代生人,15岁就下井背煤,建国后不久加入新组建的煤矿集团,她的兄弟姐妹也都是煤矿工人。"以前啊这里好热闹的,大约6000户人家,后来平房拆了,人们搬走了,只剩下85年以后建造的几座楼房还在,老人们还住在那里。"她指着旧照片给我一一对照煤矿的曾经,街道办正对着的,就是她家曾经的平房区,现在的废墟。

走在煤矿最完整的老楼房区外,三三两两的老人结伴走过,十字路口的一边围坐着十几条流浪狗。

走进一个小区,门口坐着的人先是乐呵呵地点头说这就是煤矿的老楼房区,随后又否认他们是煤矿的人,"我们是下花园的,只是住在这里"。往里又遇到一对乘凉的老两口,大爷60多岁,曾经是井下的工人。每天规定工作8个小时,8个小时内除了吃点干粮就是不停地干活,"那时候干活就是拼命干啊,都是这么号召的"。

深井沿着25度的斜坡往下500米,垂直距离也有200米,就在这200米的地下,他工作了三十多年,井下的工人可以比井上的工人提前五年退休。但提前退休也不能阻止井里的潮气对关节常年的侵蚀,"现在站起来都很难,一到冬天所有的关节都很痛，我们当年是对煤矿贡献最大的人，现在，哎"。另一个大妈看到我在拍照，把我拉到了她家，指了指一楼被潮气浸透的水泥地面和红砖上隐约可见的裂缝。在搬迁政策里，这些楼房并不在其中。

这片楼房所在的马路对面，同样有着一排排废弃的平房，楼房的人气让这些房子衰老的速度稍微减缓了一些。没有人的房屋，就被大自然慢慢收回，曾经被人类圈出的地方，重新被树和草占领。

2009年下花园被列入资源枯竭型城市，在它发展的高峰期，全区直接或间接从事煤炭产业的人数近五万，到2007年这个数字不到两千。曾经的矿井被回填，但偶然仍会发生小的沉降，只不过现在沉降能影响的只是一棵树，因为已经几乎没有人。

下花园一百年前就有了铁路和煤矿，这个矿贯穿了它的一百多年，跟我聊天的每个人都告诉我现在回北京坐一趟公交就行了，不要坐火车了，太麻烦。煤矿成为了一个地名，每个人都可以指向那个方向，但是要找到煤矿的人来讲讲它的故事，却踪迹难寻。

下花园火车站,1908年京张铁路建成时的一个站。

右边巨大的煤电冷却水塔,已经成为新的城市景观,左边新修的投影设备,会在上面打出各种动画。

下花园没有花园

远处是鸡鸣山,前面的房子就是曾经煤矿人聚集的地方,有的是夯土修建的,五六年间搬迁完毕,房子大部分也都塌了。

[春 秋]

"文化大革命"时期修建的碑,为了悼念抗战时期煤矿被日本人控制时许多死在矿上的工友,他们把这个地方叫做"万人坑"遗址。

下花园没有花园

居民区的废墟里,偶尔还住着人家,这家外地人租了这个房子,外面用各种不同的门板围成了院子。

煤矿老厂房。

下花园没有花园

老厂房外的饭馆,门已经被水泥糊上了。

一个工厂门卫大爷的门卫室,里面放着他自己做实验的器具,据说是自制的。

下花园没有花园

老煤矿原来的电影院,能容纳 700 人左右,2000 年煤矿破产后就基本上没再开过。

煤矿80年代修的楼房,它们不在搬迁范围内。

下花园没有花园

小区楼房门口坐着纳凉的老人们,门面上写着"下海门市"。

一处工厂废弃的变换楼内,卫门大爷养了鸟和金鱼,地面已经不平整,电线也四处外露,却干净整洁。

下花园没有花园

大爷也不是下花园人,刚好找到这个工作,跟老婆住在这里。女儿一家在石家庄,"这里比石家庄凉快多了"。

他们在这个废弃的宾馆里收拾出来的家,很干净,还摆放着挂着他们几年前拍的婚纱照。

下花园没有花园

这栋宾馆的另一边住了几个工人。

一些房子的墙上还挂着 2008 年奥运会的小旗。

下花园没有花园

老煤矿区的一个小卖部内,有一间房间挂满了镜子,婆婆说是她收来的老镜子,有人要就卖。

旁边的一处彩钢房外,树下摆放着小桌子,还挂着吊床,树上零星有主人参加婚礼用过的假花别针,树下的向日葵也开了。

传奇

真假玉猪龙

文_李纯

一

邓茂37岁,住在辽宁省朝阳市的一间出租屋里。有一个18岁的女儿和一个8岁的儿子。他从21岁开始在辽宁省考古研究所上班,主要负责挖掘墓地。要是有工地盖楼的时候发现文物了,他就去把文物挖出来,然后拍照。这几年,他在牛河梁遗址工作站工作。他没有编制,这么多年一直是个临时工,每个月工资780元。他为生计发愁,而且看起来没有什么转机。直到有一天,他有了一块玉猪龙。

玉猪龙是深绿色的,其中一侧眼睛处有裂痕,另一侧有一个小坑。玉猪龙属于红山玉器,属于新石器时代。考古界认为玉上的图腾是龙最早的雏形,是一种宗教礼器,很稀有,属于高端收藏品。1996年,北京瀚海拍卖公司卖过一块玉猪龙,成交价是264万。

邓茂把这块玉猪龙藏在家里的床底下。除了他的丈母娘和老婆，没告诉其他人。他没急着卖。两年后，他才开始四处寻觅买家。

他先找到沈晓明。沈晓明是内蒙古敖汉旗博物馆的研究员，几个月前，被临时借调到邓茂工作的牛河梁遗址工作站。沈晓明49岁，在圈内颇有名声，擅长工艺美术，临摹的玉器画线条十分流畅。当地能把墓地里的壁画完好无损地剥下来的，就他一人。邓茂要卖玉猪龙，得找一个水平高并且值得信赖的人。沈晓明很合适。

邓茂告诉他，玉猪龙是从一名神秘的老头那儿买来的。邓茂讲述的故事如下：

有一天，他在朝阳市的仿古街散步，看见一个中年男人在摆摊卖东西，是辽代的文物，而且都是真品。他问那个男的，你卖的东西不错，有没有再好一点的东西？红山时期的玉器有没有？摊贩叫他明天过来，介绍一个人给他。第二天邓茂来到了约定的北塔广场，见到一个老头。那个男的说，你们俩聊吧，就离开了。老头说他要卖给邓茂一个很大的东西，一块玉猪龙。不过他没有带在身上。他们约定半个月之后再次见面。

约定的那天，邓茂去了北塔广场，老头果然在。这次，他把玉猪龙给邓茂看了。邓茂有多年的考古经验，能辨真假。他觉得玉猪龙是真的，花了60万买了下来。他问老头玉猪龙哪儿来的，老头说，放羊的时候捡到的。邓茂还回忆，这个老头个子高而且瘦，留一撮山羊胡子，住在西面的石灰窑子村。事后，他去村里找过这个老头，听说老头已经死了。

沈晓明听完这故事，不知道是真是假。不过辽宁和内蒙古交界一带，有很多墓葬，盛产红山玉器。村民经常能够在田地间发现一些奇形怪状的东西。放羊的老头运气好，捡到一块玉猪龙，这个故事很有说服力。沈晓明就同意了。另外，他也看了照片，认为玉猪龙是真的。他有三十六年的考古经验，自认不会出错。他把玉猪龙的照片发在了网上。

白小军是沈阳的古董商贩。白小军不是他的真名，在圈内，他以这个名字结交朋友。1992年，他18岁参军入伍，四年后退伍，开始进入古玩收藏领域。他家有一块祖传的鸟形玉器，是红山时期的，他十分好奇，开始研究。他写过一本书，《红山文化玉器研究》。他说，红山玉器形态诡异，隐藏了博大、深厚的文明。有一天，白小军看到了沈晓明发布的照片。他觉得这块玉猪龙很漂亮，而且照片是沈晓明发的，说明这个东西是真的。他相信沈晓明的眼光。只要帮沈晓明把这块玉猪龙卖出去，他就能从中获利。

李遑和白小军是朋友。白小军在沈阳的鲁园古玩城有一家店，卖古书。李遑在鲁园也有店，卖陶器和石斧。他也收集红山玉器。李遑38岁，个子不高，寸头，戴一副眼镜，看上去很斯文。李遑是个精明能干的商人，在抚顺有一家物业公司，早年还开过地热公司。2007年，公司的甲方涉黑被捕，欠了工人70多万的工钱。他想把手里的红山玉器卖掉一部分，给工人发工资。他前往北京的潘家园，潘家园那儿的古董商告诉他，他买的东西全是假的。他破产了。

李遑在鲁园碰到白小军，问他有没有红山玉器？他认识的一个老板想买。白小军说，我没有，但我可以给你介绍。他就给李遑看了沈晓明发的照片。李遑说这个玉猪龙好，能卖。

李遑认识的老板叫张鹏，天津人。张鹏早年是个医生，后来转型经商。李逵知道他很有钱，不过张鹏很低调，具体富有到什么程度没人知道。有一次，张鹏给李逵打电话，说听说他收藏红山玉器，希望可以多交流。他们常在QQ上聊天。李逵看过张鹏收藏的玉器，认为全是假的。那些假货价值2800多万。张鹏知道后，并没有放弃收藏，他打算开一家专门展览红山玉器的博物馆。为了开博物馆，他托人到处搜罗新的玉器。他许诺李逵，只要李逵帮他联系到真正的红山玉，就能从中获利。

李逵向张鹏介绍了这单生意。张鹏说想买，但提出要看实物。张鹏问，这块玉猪龙从哪儿来的？李逵说，听说是一个放羊的老头捡的。张鹏没有再问。卖文物的不会说出东西真正的来历，买文物的也不会多问。这是行规。

沈晓明、白小军、李逵这类人属于中间商，在倒卖文物中很常见。卖家邓茂和买家张鹏中间，可能经过很多人，高价就是这样抬上去的。

二

邓茂委托沈晓明一个多月后，就有了消息，听说买家是一个天津商人。他上网查了过往的交易价格，他打算卖220万。

沈晓明不是邓茂最佳的合作对象。事实上，他找的第一个人不是沈晓明，而是同在考古研究所的挖掘领队王来柱。王来柱今年（2017）47岁，是辽宁省文化厅副厅长郭大顺的学生。郭大顺以前是文物考古研究所的所长，他退休以后，王来柱就是红山玉器界的一把手。他说一件东西是真的，那便是真的。他说是假的，真的也是假的。邓茂拿了一张玉猪龙的照片给王来柱看。王来柱问，玉猪龙哪儿来？邓茂说，是我家亲戚的。王来柱问，你想要多少钱？邓茂说，怎么也得要200多万。王来柱说，不值这些，也就值170万到180万，而且你通过我卖，得给我好处费。邓茂嫌少，没有同意。

然后他才找的沈晓明。沈晓明问，卖多少钱？邓茂说，要300万。沈晓明说，太贵了。邓茂说，最少也要卖240万，可以给你20万好处费。

轮到白小军了。他问沈晓明，多少钱？沈晓明说，这个玉猪龙不是我的，是我一个朋友的，最低价240万。白小军把这个价格告诉了李遥，说自己想赚20万。至于李遥卖多少钱，他不管。多的钱，都归李遥。李遥没说联系的买家是张鹏。他骗白小军是深圳的房地产老板。白小军也没说卖家是敖汉博物馆的沈晓明，骗李遥是位赵先生。李遥想，既然如此，至少高于260万，他才有利可图。李遥打电话给张鹏，说卖家要400万。

邓茂把交易地点定在朝阳市的一家旅店。

交易那天，白小军没去。确定交易后，白小军把沈晓明的电话给了李遥。沈晓明也不想去。他是博物馆的研究员，却干了倒卖文物的勾当，不光彩，要避嫌。邓茂不同意，你不去，我东西被抢了怎么办？我又不认识对方。沈晓明只能从敖汉旗打了一辆黑出租去朝阳，花了200元。邓茂在旅店等他。

那天一早，李遥给他的连襟方涛打了个电话。他说他在朝阳做一笔买卖，叫方涛联系沈晓明，先和沈晓明碰面，具体卖什么他没说。李遥之所以叫方涛来，是因为方涛长得壮。如果买卖成功，方涛可以监督沈晓明，把剩下的钱转给他。他自己去接张鹏。

真假玉猪龙

沈晓明叫方涛来旅店找他们。方涛进去后，觉得宾馆房间太小太破，不像个谈生意的地方。他不认识邓茂，只是把邓茂当作沈晓明的陪同，猜他是个农民。方涛提议换个肃静点的宾馆。三个人来到朝阳高速南口下来不远的天富大酒店。方涛说，你们要的价钱太低，那个买家有钱，一会儿就要400万。你们别说话了，中间人太多，钱要少了没法分。

一个小时后，李遄和张鹏进了屋。李遄介绍，这是天津的张总，叫张鹏。邓茂从衣服里掏出一块红布包裹着的玉猪龙，放在桌子上。张鹏掏出一只放大镜开始观察。看了十多分钟，张鹏叫李遄也看一看，并询问李遄的看法。李遄说，挺好的，这东西没问题。同时强调，这个玉猪龙要400万。在场的沈晓明和邓茂也说，要400万。双方讨价还价了一会儿。最后以320万成交。

半个小时后，邓茂的手机收到一条进账的短信。李遄和张鹏一起离开。方涛则跟随邓茂和沈晓明前往银行，亲眼看见邓茂给沈晓明转了40万。给李遄转了60万，才放心。第二天，沈晓明给白小军转了20万。

卖家邓茂用这220万，在朝阳买了两套房子，为自己买了一份人寿保险，剩下的钱放在银行理财。他声称卖玉猪龙是生活所迫，千真万确。但他说玉猪龙是放羊老头捡来的，却是撒谎。

作为红山玉器界最大的买家，张鹏自称看过全国所有馆藏的红山玉器。他也帮别人看真假。有次，来人仅仅掏出玉器的一角，他说别掏了，肯定是假的。来人就生气了，你还没看呢。张鹏说，你看自己的孩子还要仔细看吗？不过，他对鉴定别人的东西自信，对自己的却不自信。可能之前吃的亏太大，导致他经常自我怀疑。张鹏把玉猪龙带回天津后,邀请很多人来鉴别,包括来自赤峰市博物馆、敖汉旗博物馆和红山文化研究会的专家。陆续请了三十多人。大部分人说,这块玉猪龙是假的。

张鹏后悔买了玉猪龙。

三

张鹏的博物馆开张了。这是中国第一家红山玉器博物馆。藏品全是他重新买的,占地七亩多。他说,全国的博物馆加起来的红山玉器没有他手里的多。在红山收藏界,他是天下第一。王来柱去参观,见到这块玉猪龙。是张鹏主动拿给他看的。他一眼就认出是邓茂曾经托他卖的那块,但他没有说。张鹏问他,怎么看?王来柱说,好,不错。多少钱买的?张鹏说,320万。

"买贵了。"王来柱说了一句。

"我也觉得买贵了,想退点钱。"张鹏说。

张鹏先给沈晓明打电话,说沈哥,这货不对。我找很多专家看过,都认为是假的。你说这个东西到底是真的还是假的?

沈晓明说:"我看这个玉猪龙是真的。但是你要说很多专家认为是假的话,我也说不准了。你要认为是假的,那我把我的好处费退了。"

"不行。"张鹏说,"320万你都给我退回来,你要不给我退,我就找你领导。"

"那些钱没打到我卡上,我只得了20万好处费。"沈晓明说,真正的卖家叫邓茂,就是交易那天坐在边上一句话不说的,像个农民的人。他说邓茂是辽宁省考古研究所的技术工人,并把电话号码给了张鹏。

张鹏从沈晓明处得知,这次交易经过三个人,除了沈晓明,还有白小军和李邈。他很快算出他们各自从中分的钱,分别是沈晓明20万,白小军20万,李邈60万。相应,他也推算出这件玉猪龙的底价是220万。他继而要求沈晓明帮他追回这些钱,改口说,这事沈老师您前前后后没少帮忙联系,可以留5万辛苦费和电话费。

沈晓明说,要这样的话,我给你打16万。你以后别来找我了。第二天,他退给张鹏16万。张鹏没有再找他。

接着,张鹏打电话给李邈。李邈说,钱都花完了,手里没钱。他打电话给白小军,白小军也说钱花完了,没钱。期间,张鹏多次和白小军通电话,威胁他,你赶紧把钱退给我,否则我告你们诈骗。白小军说,我手里有一块红山时期的勾云佩,可以卖给你。张鹏说,你把玉佩送到我这里给我看看。

白小军带着玉佩来了,要价150万。张鹏一看,这玉佩碎成五六块,用胶水黏合而成。颜色青黄,玉质一般,而且缺了一块。他认为这块玉很可能是假的,即便是真的,也就值10万。他佯装感兴趣,说你把勾云佩放在我这儿吧,我看看,你明天过来取。第二天,白小军打电话给张鹏,对方说,你拿钱来,可以拿回勾云佩。白小军这才明白,张鹏不打算买这块玉,也不关心这玉是真是假,他只是想用这块勾云佩来向自己要钱。白小军没有赎回玉佩。

接下来,邓茂主动联系了张鹏。听说张鹏认为玉猪龙是假的,他很意外。他确信玉猪龙百分之百是真的。张鹏说,我找人看了,这个玉猪龙是假的,其他人已经把钱退给我了,你也要全额退款。

邓茂说，"我的钱买房子和保险了，现在钱不够了"。他告诉张鹏，等保险到期先退50万，但是玉猪龙得保持原样，他再去取。几个月后，邓茂退给张鹏50万。张鹏没有再找他。

期间，王来柱也找过邓茂。他是这么跟邓茂说的，张鹏的博物馆开业我去了，我知道你把玉猪龙卖给了张鹏，也知道你卖了多少钱，我还知道张鹏认为你卖的玉猪龙是假的，要你退他50万。我和张鹏的关系很好，他会找我看玉猪龙的真假。我说玉猪龙是真的他能信，说假的他也能信，就是我一句话的事儿。

王来柱说："这样吧，如果我说玉猪龙是真的，张鹏信了，那50万不用给他，你给我25万，你自己还能剩25万。"

邓茂同意了。王来柱说，这事空口无凭，要写欠条。但欠条不能写这件事，邓茂因此编了个理由。欠条写道："因邓茂在朝阳买房子购房款项不足，从王来柱手中借款25万元，用于购房。借款人：邓茂。"欠条由王来柱保管。

但王来柱的承诺没有兑现，他的话在张鹏那儿不起作用了。张鹏依然向邓茂要了钱。

邓茂想取回欠条，王来柱不给，说，你什么时候给我钱，我什么时候还你欠条。邓茂急了："我有录音呢。"王来柱气坏了："小崽子，你还有录音呢。"他把电话挂了。此后王来柱再没有找他要过钱，邓茂也没找他要过欠条。

四

这起交易是2012年发生的。2015年，文中所述的人物全部被辽宁省朝阳市公安局逮捕。罪名是倒卖文物。邓茂被判了六年，仍在监狱中。

2017年10月，我前往邓茂在朝阳市的住所，那是他用卖玉猪龙的钱买的一套房子，他的家人已经搬走。我听说沈晓明判了缓刑，被革职了。案发后，敖汉市很多人为他求情，认为他被邓茂欺骗，并不知情。他50多岁，原本是敖汉博物馆一位受人尊敬的研究员。这件事令他蒙羞。他称自己是"有罪之人"，不愿意再谈论这起交易。

不过我在沈阳见到了白小军和李遒。他们也正处于缓刑期。他们都说，没想到邓茂的玉猪龙不是从放羊的老头那儿买来的。他们称自己是受害者，被邓茂骗了。他们信誓旦旦地表示，如果知道邓茂玉猪龙的真正来源，决不会干违法的事。

从被捕到判决，两人在看守所待了一年多。白小军因此得了湿寒，腰部常常疼痛不已。他说，这件事情中，最惨的是王来柱，被判了六年。他是体制中人，却参与民间市场，与人谈论真假，这是考古行业的忌讳。

李遒害怕自己会病死在狱中，决定根据他多年的收藏经验，写一部关于红山玉器的专著，主要内容是如何鉴别红山玉器的真假。每天晚上9点开始写，写到晚上12点，有时候感觉好，就通宵达旦地写。看守所的纸和笔得来不易，他不得不把字写得极小。出狱后，他改为收藏和田玉，不顾家人的反对，开了一家卖和田玉的古玩店。他喜欢古玩店特有的某种道不明的氛围，沉浸其中。他把那份手稿锁在了古玩店的保险箱里。

我还在天津见到了张鹏。他也在缓刑期。我们约在博物馆见面。博物馆里大部分的红山玉器都由公安局收回了，现在改为画家的工作室。白小军责怪张鹏,是他后来反悔,才引起公安的注意。白小军说,交易后,张鹏不仅要求退货,还把这块玉猪龙的照片挂在网上,广而告之,说玉猪龙是假的。这事闹得沸沸扬扬,被圈里的人传为笑话,说张鹏花 320 万买了一件假货。

我问张鹏,为什么后来认为玉猪龙是假的呢?他不愿意解释。他说,红山文物在国内没有专家,因为没有一个人可以判断真假。谁能真正理解高深的史前文明呢?经历了多年的文物交易,他窥见了人性的种种弱点,贪婪、谎言、尔虞我诈。真与假,是一件很玄妙的事,存在很多巧合。他是学医的,按道理,他是个唯物主义者。可浸淫文物久了,也会陷入唯心。他更愿意凭感觉断真假。感觉总是来历不明,也不辨真相。

邓茂确信玉猪龙是真的,因为这块玉猪龙是他亲自从墓地里挖来的。但即便张鹏要退货,220 万打水漂了,他也不敢说。因为这是盗墓,是犯罪。

2010 秋天,王来柱和邓茂一起在在凌源市的田家沟附近发掘遗址。他们先发现了四块墓葬,迟迟没有发掘到新的。一天,王来柱有同学来沈阳做客,离开了工作站。邓茂留下来继续发掘。王来柱不在的那个上午,邓茂发掘了第五块墓葬。

当时,他带着两个民工对五号墓葬进行清理。墓已经挖开了,被石板盖住。石板抬出后,邓茂下到墓葬的最下面进行清理,两个民工在上面清土。墓地是南北朝向,石棺内卧有一成年男性,尸骨保存完好。他从脚部开始清理。在人骨的右腕处,有一只深绿色的半透明的玉镯。人骨的右耳处,有一只一面绿色一面黑色的绿松石耳坠。他又在左耳处查找另一只,刨了半天,没有刨到。

整理到头骨位置时,他看见头骨下面枕着一件东西。他觉得这件东西不一般。于是他叫上面的民工把石板和土运走,支开他们。接着,他把东西拿起来,是一块玉猪龙。他把玉猪龙装在衣服的口袋里面。他知道一块玉猪龙值200多万。

下午,王来柱回到凌源。邓茂说他发现了五号墓葬,发掘了两件文物,分别是一件玉镯和一件耳坠。王来柱听完非常生气,质问他,为什么不等我回来再发掘呢?

"怕被盗墓,所以没有等你。"邓茂说。

2015年,朝阳市公安局在侦办姚玉忠盗墓案时,发现张鹏从姚玉忠手里买过文物。公安机关查抄了张鹏的博物馆。朝阳市公安局聘请辽宁省文物保护中心就这只玉猪龙进行鉴定。鉴定结果是,一级文物。

*应采访对象要求,文中沈晓明、白小军、李逵皆为化名。

王海与十个征婚的女人

文_罗洁琪

一

2012年6月,一个初夏的夜晚,上海浦东新区的一个住所传出激烈的争吵声。电视屏幕的碎玻璃洒满一地,刚领了半年的结婚证也被撕碎扔在地上。屋里一片狼藉,王海和他的新婚妻子李春扭打在一起。王海一边用浓重的东北口音骂人,一边疯狂地砸东西。在李春声嘶力竭的哭声中,王海在房间里发疯一样搜寻,找到一个黄金手镯、两个黄金吊坠,还有一些高档酒。他把东西放进一辆黑色的本田雅阁,愤怒地启动发动机,扬长而去。王海长得挺帅,一米八的个子,约72公斤,中等体态,穿着得体,看上去客客气气的。

2011年,李春30岁,丧夫一年多,独自带着两个女儿。虽然在上海有家业,还是一个公司的法人,但李春很心慌,怕单亲家庭对孩子不好,她着急给女儿们找一个新父亲,以为那才是完整的家庭。那是她人生中最伤心失落的时候。2011年7月,李春在婚恋网"世纪佳缘"上注册,发布了求偶信息,很快得到一个叫王海的男人留言。俩人在QQ上聊了不到一个月,就决定在上海见面。

李春对王海的第一印象很好。王海告诉李春,他原来是做国际铁矿石的大生意,刚失败了,想休息一段时间再恢复工作。作为女商人,李春很理解生意场的高低起伏。

见面后,李春在上海给王海租了房子,并且给他生活费。这个从网络世界走来的男人,懂得对她的俩孩子好,尤其关心三岁的小女儿。这一点让李春感动,清除了她最大的顾虑。

当年9月,见面后一个月,俩人开始商量结婚。王海带李春回吉林辽源老家见父母和亲戚朋友,在饭桌上,王海对众人宣称,他们已经领证。李春认为,"谈朋友,不会轻易见家长,见了,就说明彼此的诚意"。于是,她也带王海回了一趟老家。回上海后,王海就提出要在老家给父母买一套60万元的房子,向李春先借17万元的首付,每个月再给他的工商银行卡存1800元作为房贷月供。李春答应了。她和前夫曾经的婚姻简单又平静,不分彼此,她没经历过感情的不幸。

12月,王海的父母来上海玩,李春负担了所有的费用,而且全程陪同。她心甘情愿地付出,太着急走入婚姻了,很渴望和一个男人"好好地过日子"。她带着王海一起去见朋友,希望他能融入自己的生活。可是慢慢地,她发现王海并不像做大生意失败的人,他的言行举止都显得没有教养,没见过世面,也没什么文化。可是,已经领证了,唯有过下去。

每天,李春去公司上班,王海以休息为借口,整天躺在床上玩手机,聊QQ。对孩子们的关心也淡漠了,她们饿了,他就炒个冷饭。他长期没有收入，找各种借口问李春要钱，像个无底洞。李春催促他工作，他总是说"过几天就去"。后来，李春心有疑虑，查了他的工商银行账号，发现并没有办理房贷月供。俩人常常争吵，甚至打架。"一次又一次，我告诉自己，必须到此为止，这些负能量，要止损"，李春说，2012年6月，她下定决心要断裂，"哪怕一辈子再也不嫁了"。那一次，王海气急败坏地砸了家，开着她的本田汽车消失了。

两个月后，2012年8月，李春行驶在夜色中的高速公路上，突然接到一个女孩的电话。对方问她，"你认识王海吗？"她很吃惊，找到一个休息站，停了车，回拨电话。对方说，王海在她深圳的房子已经住了一个月，提出要带她回东北老家见父母，准备结婚。可是，她偶然发现了李春的存在，在百度上找到了她的电话号码。李春说，"王海就是个骗子"。挂了电话后，那个女孩连夜让亲戚把王海赶出了家门。

但李春仍然是王海法律意义上的妻子。

二

刘思宇生于1978年，比王海大三岁，是初中毕业的自由职业者，有两辆车。2012年7月底，她34岁，在"世纪佳缘"读到了王海的留言。王海说自己是单身，做钢材生意的。

在深圳谈婚论嫁的同时，王海在世纪佳缘网站和刘思宇进行着另一段"恋情"。被深圳女孩赶走之后，他当月就到了北京。王海和刘思宇在昌平区立水桥地铁站附近见面。见了两次，通了几次电话，王海就住到刘思宇家里了，俩人的感情迅速升温。

当时刘思宇完全不知道李春和其他女人的存在。

9月初,王海主动提出结婚,和刘思宇过日子。同时,在上海的李春提出要和王海离婚,并且让她的弟弟反复打电话,用强硬的态度索回那辆本田汽车。王海提出,给三万元,就把车开回去;如果要离婚,再加两万元。李春不甘心被敲诈,情愿不离婚。

后来,王海收到了三万元,悄悄把车开回了上海。对于这些谈判,刘思宇并不知情,只是突然发现王海的车不见了。王海解释,不想要那辆车了,开到上海卖掉了,婚后做生意,需要开宝马。刘思宇把她的一辆本田车卖掉,给王海买了一辆63万元的宝马530轿车。她刷卡支付27万,办理了三年按揭,月供一万元。宝马车登记她的名字,由王海使用。9月12日,俩人就开着那辆宝马车回到了吉林辽源王海家,见王海的父母、舅舅和大姨等亲戚。王海在饭桌上说,"这是我对象,我们半年后就结婚了"。

没有王海家的亲戚给李春打电话提起这次见面。

2012年12月,王海拿着户口本,对刘思宇说准备跟她回湖南领结婚证,不过,他要先坐火车去江苏南通的工地结算。出发当天,早上9点左右,一个陌生号码打通了王海的电话。他没在手机旁边,刘思宇接了电话,一个女人问,"王海在吗?"

刘思宇说,"我是王海的老婆,你是谁?"

"我叫李春,你叫王海回我电话。"

她偷偷记下了电话号码。下午,她回拨电话问,"你是王海什么人?"

"我是王海领了结婚证的妻子。"

最后，王海承认李春是他的妻子，但是，他已经不想和她过了。他想与之共度余生的人是刘思宇。刘思宇和王海继续同居，离婚再结婚的事情，悬而不决。王海对两万元的"离婚费"坚持不退让。

2013年5月，黄昏时分，在家附近立水桥地铁站边的餐馆门口，刘思宇看到了自己买的那辆宝马汽车。透过餐馆的玻璃窗，刘思宇目睹王海正和别的女孩吃饭，举止十分亲密。她冲进饭店把王海叫出来，俩人大吵。刘思宇要讨回车钥匙，王海把她的三星手机摔在地上，抢走了她的Prada钱包（价值5400元），里面有身份证和银行卡等物品，转身再用砖头砸碎了宝马车的玻璃。刘思宇报了警。

警察来后，只按情侣吵架来调解。王海写了一个《赔偿保证书》就跑了。此后，俩人一直在谈分手，2013年7月份后，彻底断绝联系。

李春对这一切都不知情。只是，某一天，王海突然打通她的手机说，"你把我的事情搅黄了，你小心孩子"，然后，就挂了电话。

三

王海在世纪佳缘、百合网的昵称是"精致"，微信昵称是"弹簧"。他最爱宝马汽车，喜欢自拍，穿高档的名牌衣服，合身体面，戴着墨镜，头发打了摩丝梳向头顶。镜头常常从侧面照过来，一米八的高个子，露出富有线条的肌肉。他的自我介绍是："王锴园，警校毕业，现在做国际铁矿石生意"。他在网络上说自己是王锴园，身份证名字是王海。

2014年8月初，读到王海在世纪佳缘网站的留言时，林兰刚满30岁。作为"北漂"，她有大学本科学历，在北京某集团当总裁助理。她很能干，身兼多职，工作非常忙碌。"三十而立"的魔咒让她终于想结婚生孩子，可是又觉得找个适婚的人很不容易。

林兰和王海在微信上聊了两个星期，就在北京昌平区的立水桥地铁站见面了。王海自称做国际铁矿石生意，有房有车，有逾两千万元的身家。林兰心生喜欢，觉得他符合择偶的条件。见面后两个星期，两人确定了恋爱关系。王海提出，彼此需要互赠礼物，他送她一个Prada的挎包，她送他一块Omega手表。他在微信发了手表的购买链接，林兰觉得五万多元太贵了。王海说，刚好有朋友近期去香港购物，托他买能省下一万多块钱。过了几天，他说，朋友已经到了香港的商场，垫钱给她买了一个一万五千元的包包，给他买了四万两千元的手表。他把和朋友聊天的截图转给了她。

截图上，所谓的"朋友"跟王海说："你做那么大生意，人又豪爽，谁嫁给你幸福死了。我是陪（配）不上你了，薇薇和凯琪都喜欢你，她们家资产最少十多亿，你都不喜欢她们，你喜欢什么样的？"王海回复："我新处了一个女朋友，网络里认识的，很普通，但适合过日子。你去香港时给我买个包包吧，一万五到两万的。"

看完截图，林兰想马上转账给王海，王海说，最近做生意要给领导送礼，正需要用钱，转账后再取钱很麻烦，现金更好。再见面时，王海已经很高兴地把手表戴上了。林兰也拿到了有

"Prada"标签的包包。在王府井逛街时,林兰在银行柜台取了四万两千元现金交给王海。这个9月是俩人的蜜月期。

此后,王海在林兰家过夜的频率越来越低,最初常见面,后来只是每月一次。尽管如此,林兰仍然一直喊他为"老公"。某一天夜里,林兰的手机亮起"弹簧"的微信,"没事,我们挺过这半年就好了,无论怎么样,我们在一起都开心,就算以后我生意赔了,我都觉得和你在一起开心。想你"。

不过,王海还发信息说,"结婚以后,我在外边应酬,你不许管。我又不会和别人发生感情。宝贝,如果以后我出差,可以找小姐吗?"

林兰后来对他说,"我现在开始离不开你了,但是,(你)并不是我想象的那样……也许你只是想找个老婆,我想找个相爱的人,一起做饭,一起看电视,一起睡觉!不一定要做爱,但是亲吻,拥抱,心里都有着对方。你比我有钱,也许认为女人生活好比啥都重要,老公,你真的了解我吗?"

王海没有把这个话题进行下去,只是回复了"晚安"。

9月底,王海说要买一辆新的宝马汽车,需要5.1万的购置税。他要林兰先拿2.5万,他拿2.6万。可是,林兰的信用卡已经透支3.5万元了。为了支持王海做生意,她已经悄悄地去银行用保单抵押贷款了2万元,还不敢告诉他。她委屈地发微信给王海:"我哭了,我想你和我妈妈了。"

王海并不同情她的苦衷。他生气地说:"我知道你什么意思了。那你好好考虑吧。后悔还来得及。下班时,和你说帮我拿点购置税,你推托就是这个意思,犹豫,那你好好考虑吧。我跟傻子似的,现在明白了。我对你说的,你却当成我只说不做。"

林兰回复:"老公能不能别跟我说狠话呀。"

争吵之后,林兰又发了信息,"特别不舒服,老公,我想你了"。

"你怎么了,感冒了吗?你在单位吗?我给你买点药送去吧。"气氛又开始变得温情起来。王海接着说,"没事,老婆,挺过这两个月就好了。我顶车的一百万,朋友两个月后给我。我年底就会缓过来"。

林兰也软下来了,"我给我同事打电话,让她给我先凑凑"。

"既然叫你同事凑,那就凑够三万八给我吧。我手里怎么也得多留点备用。"

两人商量了拿钱的时间和林兰的病。王海最后说,"我觉得在最低谷时遇见你,很开心,我们这样的感情才会更牢靠更幸福,我这人就是脾气不好,但是我真的很想和你过一辈子,因为我知道你会安心照顾我的"。

"我只能说我就是这命,终于想结婚生孩子,能找个互相理解照顾的人不容易啊。"

林兰取了两万元现金等王海过来拿。过了几天,王海又说要出差谈生意,给局长送礼,让林兰再拿1.5万元人民币和1000元美金。他在银行里拿走了钱。

王海频频地"出差",其实是去见另一个叫周文的女人。周文是硕士毕业生,在某个公司担任经理。她生于1977年,37岁的时候在百合网注册了交友账号。周文收到了"王锴园"的留言说,很想认识她,并且留下了微信账号。王锴园自称创业,有一个做国际贸易的公司,十来个员工,很挣钱,每个月给妈妈5万元的生活费。二人见面后,周文对王海有好感,一个月后确定了恋爱关系。王海说,"我们要往好的方向发展"。

确定关系不久,王海说要过生日了,问周文会送什么礼物。周文没回答。王海在微信上给她发了一个男款 Prada 手包的链接,说以后她过生日,他会送一个更贵的。周文用信用卡透支了 2.1 万元给王海。王海说买包不够,周文又转了 1000 元。过了一段时间,王海提出让周文给他再买一块 Omega 手表,作为定情信物。俩人来到中国工商银行的 ATM 机,周文取了 2.8 万元现金。王海当场存入自己的工行卡里。他还以买大型犬的借口,问周文要了一万多元。可是,无论 Omega 手表还是大型犬,周文都没见过,她只见到他拿了一次 Prada 手包,不过不确定是王海借的,还是高仿的。

周文心生疑虑,最后决定断绝来往。

周文走了,王海还有林兰。林兰对周文完全不知情,有些夜里,当她感到孤单,就发微信问王海:"老公,你今晚过来吗?"王海回复,"看心情"。

2014 年 10 月,王海告诉林兰,他的糖尿病严重了,需要吃 XX 产品进行调理,可是手里没钱。林兰的现金已经不够了,她用信用卡帮他支付了 6000 元。过了几天,他说有效,让林兰再用信用卡买了 3000 元的产品。

11 月,王海偷偷查看林兰的手机,把她和其他男性的聊天记录截屏,责骂她,说自己生气了,要跟她分手。林兰求他原谅。王海提出要一部苹果 6 手机才能消气。林兰就带着王海去国贸的苹果专卖店买了手机,用信用卡刷了 6000 多元。12 月,王海提出要林兰买新衣服,她再次花了 5000 多元。

2015 年 1 月,王海说,带林兰回吉林老家订婚,要她给他父母买礼物。林兰为此花了3000多元。没过多久,王海说他父亲要去世了,他要提前回老家,不能带她回去。走之前,他仍然以聊天截屏为由收取"罚款",不依不饶,甚至变得冷漠。

2015年2月初,林兰给王海发微信,"老公,你在睡觉吗?你在干吗呢?"

"睡别的女人呢。"

"老公,我梦见你了。早安,亲爱的,起床后给我回个信息,不要让一个爱你的人等得太久。"

王海没有回复。

她继续给王海发消息,"干吗呢,亲爱的?""你干吗这样对我?""老公,说个话呀。""别生气了。"

等了很久,王海终于回复,"你把那条珍珠项链给我,我就考虑原谅你"。

"这有什么关系,你就那么爱珍珠项链?这是娘儿们戴的呀。"

2月13日,林兰再问,"你在哪呢?能回个话吗?亲爱的。""不要丢下我,好不好?""预祝情人节快乐。"没有回复。

2月14日情人节,林兰发信说,"想你了"。那些天,她不停发微信,全是自言自语。她最后说,"如果你不想联系我,想去找更好的,我不拦你,但你得把我的钱还给我,你找什么样的无所谓,我的心也痛到极点了……你就像网上说的一样吧,是个小白脸。希望有一天,你会想明白,这个世界除了生死,一切都是小事。王海,顺便告诉你,你没有真正爱过一个人,包括我。"

这些话,都没有等到回复。直到她发了一个红包,"恭喜发财,大吉大利"。王海给她发了一个白眼的表情,然后说,"再给我点,我明天充话费"。他继续说,"你再给我一百,不然我没话费了"。

又一个"恭喜发财,大吉大利"的红包过来之后,他问,"还有吗?"添上了两个笑脸表情。

2月23日,王海主动给林兰发微信,让她帮他舅家妹妹找工作。27日,又主动发了一个微信,"给你个任务,我在老家报喜鸟专卖店试了一件衬衫,穿着很漂亮,可只有一件170的了,我穿不了。你帮我在北京找找。"除此之外,林兰表达思念、爱意的电话和微信,他一概不理不睬。

到了4月,俩人对这段关系有了更直接的谈判。林兰说:"王海,我真的很希望珍惜你。亲爱的,别这样好吗?我是愿意和你共患难的人,你说我们五一结婚,你在最艰难的时候遇到我,我难道对你的帮助不大吗?为什么要这样对我,你就没爱过我是吗?"

王海的回答是:"滚。"

林兰要求结婚。王海说,先交两万"罚款",再拿20万,"我马上和你结婚登记"。林兰回答,"我认识你花了10万,你认识我花了一条丝巾一个包。我觉得我还是非常有诚意的"。她还是在争取,希望他回心转意,她没有揭穿王海,她找人看过他送的包,是A货。

四

王海的"女友"几乎没断过,不过在2014年和2015年,他的社交账号最繁忙,同时交往着多个女性。除了婚恋网站,王海还让热心人给他介绍对象。没有一个"女友"知道他的住所在哪里,因为每次发生性关系,都是在女方的家里。

在林兰苦苦纠缠王海时,王海在百合网上认识了李琴,一个32岁的工程师。2015年2月两人飞速地确认了关系,王海又把那张跟朋友的聊天截图发给李琴。截图的文字和以前一样,只不过所谓"朋友"的头像变了。他说托人给她买了包,要求她送Omega手表作为定情信物。李琴先给了两万,说等他生日那天再给余下的三万多。王海拿到钱后暂时消失了,再次出现时让李琴给他买高档衣服。李琴不同意,双方冷战。之后李琴要求和好,给了王海5000元"表示诚意"。5月10日,王海在QQ上提出,要李琴陪他玩"换妻游戏"。两人再次吵架,再次和好时,李琴对王海说,"谁会在认识你三天就给你两万元?你错过我,就不会再找到比我更好的"。这次和好,她把买手表的三万多元补上了。

与此同时,王海还在百合网上交往着一个27岁的女性。生日礼物和定情信物也是Omega手表。

还有28岁的李欣——热心阿姨帮忙牵线的相亲对象。李欣在河北秦皇岛,大专文化。2015年4月,她认识的王海是"做国际贸易的,北京市朝阳区户口,有一套120平的房子,房价每平米5万多。还有价值100多万的7系宝马轿车,曾经有两辆车,一款是玛莎拉蒂,另一款也是7系宝马轿车。父母退休,偶尔来北京生活,每年去三亚度假"。

王海提出,他6月22日过生日,她要送一块价值4.1万元的Omega手表,等她生日的时候,他送一部苹果7手机。李欣从交通银行取了3万元，又从钱包里拿了1000元现金，给了王海。6月25日那天，王海又发微信说："宝贝，我过几天回老家上新车牌照，买车加保险和交购置税，花了50多万，现在手里的钱很紧张，你能先把那剩的一万元钱早点给我吗？"李欣回复没钱了，王海说，"我靠……那算了"。

后来，李欣发现她是被骗了。但是，她不敢报警。

2015年4月，当婚恋网上的几个女性都认为自己是王海的未婚妻时，王海还交往着28岁的杨凌，这是他用微信"附近的人"找到的，杨凌是大学本科毕业生。见面的当天，王海就提出要跟着她回家过夜，当时遭到拒绝。不过，俩人很快就又见面了，而且发生了性关系。

见了几次之后，王海提出送杨凌Prada手包和一条丝巾作为定情信物，对方送他Omega手表。他也给杨凌看了和朋友聊天的那个微信截屏。在另一个截屏里，王海问，"现在Q5多少钱？"朋友回复，"你要买？你开一百多万的车，怎么会要买Q5？"王海说，不是他开的，是送给新处的女朋友。挺好的女孩，再过两个月，就要结婚了。朋友说，"呵呵，你真够可以的了。你确定她真心跟你？虽然你挣的不少，但你想好了"。

这两个截屏说服杨凌掏出现金。王海联系了一个套用信用卡的人拿着POS机过来，当场从杨凌的招商银行卡刷走了49700元。

收到林兰的微信和电话时，王海往往正在杨凌的住处。他的糖尿病越来越严重，"XX产品"也成了他索要的定情信物之一。他相信那个保健品能让身体变好。他还非常注意饮食，不吃太多米饭，尽力控制血糖。他常常让杨凌去一个叫"翠花饺子馆"的东北菜馆买"炒花菜",以及"鸡刨豆腐"。他会再三叮嘱,"今天一定要告诉老板不放糖,就算那个菜不用糖,也要告诉他不要放糖"。

杨凌每天等待着王海的微信,"哥哥,我就像个小媳妇似的,盼星星,盼月亮等着你回来,结果你没来。我好难过啊"。

某一天晚上,王海说要回自己家改资料,杨凌悄悄尾随,发现他并没有回家,只是在楼下遛弯打电话。次日早上,她很早起床,躲在卫生间查看他的手机,才发现他一直在骗她。她找到一个叫丽丽的号码,记了下来。

至此,王海的多个"女友"开始交换信息,从情敌变为战友。有几个"女友"相互通了电话,发现王海都以生日为由索要礼物,不过,他跟每个人说的生日日期都不一样。他喜欢的礼物都是Omega手表,借口也都是托人在香港代购,然后问"女友"要现金或者转账。所谓的香港代购手表,只是他手腕上戴着的那个,没有一个人看到带着包装的新手表。

39岁的丽丽也是王海在世纪佳缘网站认识的。截至2015年5月,丽丽是王海当年的第四个"女友"。仍然是在北京昌平区的立水桥附近,他们作为网友见面,然后确定了恋爱关系。王海提出要她买Omega手表作为定情信物,同时说,已经给她买好了一个包和一块丝巾,但是必须在适当的时候才能给。

5月24日,王海仍然用香港代购的谎言骗取了7.2万元现金。5月27日,王海说他妈妈要过生日了,让丽丽"表现表现"。她买了10100元的金镯子。

这一次,钱来得很快很容易,王海要钱的节奏也步步催紧。

6月23日，王海买了一辆宝马525轿车。25日，他说买车交税还差3万多，需要丽丽帮他凑够。26日，俩人约好在三河市燕郊开发区的工商银行提现金3.8万元。银行人很多，需要排长队，王海显得急躁不安，要换一家银行。丽丽想起，某一天早上，她曾接到过一个电话，一个女孩悄悄地告诉她，王海是骗子。

排在取钱的队里，丽丽起了疑心，想让警察帮忙分析一下王海到底是不是骗子。她报了警。她和王海走出银行，打开车门的那一瞬间，警察来了。王海被传唤到派出所，警察让丽丽电话通知她所知道的王海别的"女友"。那个"女友"来了，再电话通知了别的"女友"。数人作证，王海被刑事拘留。

五

2016年2月1日，王海站在了北京市朝阳区温榆河法庭的被告席上，他身穿黑色棉衣背心，戴着一副黑框眼镜，手被锁上了镣铐。

法官问他，"结婚了，为什还要在网上征婚？"

他回答，"实际上也就是想找女的玩玩，发生性关系，这样才有成就感"。

法官再问，"是否所有人都发生性关系？"

他承认，"是的，都发生过"。

法官让他谈谈对这件事的看法。

王海认为，"我跟她们相处交往，主要就是玩玩，跟她们发生性关系。不是奔着钱去的，她们所说的数额，有的是不对的"。他还辩称,那些女性都是自愿给他财物。

王海,别名王错园,真正的生日是1981年5月19日。他自称1999年大学毕业后参加工作,2008年自己做生意,2012年来京务工。在法庭上,当法官问他的职业,他坚称自己是做铁矿石生意的。法官问他的公司是什么名称,他说没有公司。法官再问他下家是什么公司,他回答"不知道",上家是什么公司,也"不知道",反正是在山西的某个地方。法官最后问他,既然上下家的公司名称都不知道,货款怎么给。他说,一般都是给现金。

无论是法庭阶段,还是侦查阶段,王海回答问题都很含糊,不愿意留下可以考据的痕迹。警方曾讯问他,是否真的买了一块Omega手表。双方有了以下对话:

"你买手表了吗?"

"买了,花了三万多元。"

"在什么地方买?"

"是托朋友在香港买的"。

"托谁买的?"

"这个不方便和你们说。"

"手表有发票吗?"

"有,找不到了,丢了。"

"何时丢,丢在哪里了?"

"买完表大概两个月就丢了,是在立水桥附近丢的。"

检察官在法庭上陈述了公诉意见:恋爱关系区别于其他人际关系。如果同时和多名女子,以男友名义交往,虚构事实,那么所谓的恋爱关系,是不真实,不真诚的。无论对方是否自愿给予财物，恋爱关系都只是诈骗的手段。

总共有十名女性去派出所提供了证言，其中八名在婚恋网上认识了王海，还有一个是相亲介绍，另一个是通过微信"附近的人"功能。因为证据的原因，法庭只确认了八名被害人。

检察官建议对王海判有期徒刑六至八年，并处罚金。法院认定，王海诈骗的钱财总额四十多万元。在审理期间，王海的亲属退赔了其中六名被害人的经济损失，另外退赔了九万六千多元给其余两名被害人。据此，法院认为可以从轻处罚，最终判处王海有期徒刑五年，罚金人民币6000元，一辆宝马汽车和两块手表发还给王海。

开庭时，王海法律意义上的妻子李春并没有去旁听，也没被法院认定为被害人之一。她只是和其他"女友"一样，去派出所讲述了自己被骗的经历。很多人在证言上写，后来感觉到上当受骗了，但是没有勇气报警。另外，因为王海常常是索要现金，她们苦于没有证据。警察找到了她们，她们才终于可以把被骗的事情说清楚。

李春后来在网上搜了王海的照片，了解庭审的情况。在电话里，她用略微沙哑的声音说，"他本来长得挺帅，法庭上的他老了很多。他以前不是这个样子的，可能是糖尿病影响了，另外，毕竟是骗子，要防着这个，防着那个，多累"。她叹息说，"当年太着急走入婚姻，就容易相信了。他的长相好是一个因素，另外，毕竟是职业骗子，很厉害，哪怕是受过高等教育的女孩，也躲不过"。

过去这些年，有好几个女孩子给李春打过电话。她说，没有任何嫉妒的心情，她直言不讳地告诉她们，"王海是个骗子，你应该是被骗了吧"。有些人相信了她，有些人仍然幻想自己和别人不同，王海会因自己而改变。

那两万元"离婚费"是根刺，李春咽不下这口气。有个北京女孩曾给李春打过电话，李春提醒她，她仍然是王海法律意义上的妻子。后来，那个女孩和王海闹翻了，王海把她的电脑从楼上摔了下去。可最后还是女孩妥协，求王海回去，女孩希望王海好好上班，以后和李春离婚，和她好好过日子，因为她怀孕了。

审判已经过去快三年，李春一直没向法院提起离婚。她说，不愿意再想起那个人，不愿意再触碰那段往事，所以一直拖着。她想让那个伤痛结疤，不愿意再揭开。王海服刑五年，如果没有减刑，即将于2020年6月25日出狱。李春很想在那之前把离婚手续办完。但如果要对簿公堂，再见到那个人，她就情愿一辈子都不离婚。她说，如果世界上只有一个词可以形容王海，那就是"人渣"。

还有王海的家人。李春是无论如何都不能理解，为什么王海父母允许他带无数女孩回家"见父母"，明明他已经结婚了。几乎所有女性都以为"见父母"是很真诚、严肃的事情，可是在王海的家庭里，这却成了一个集体骗局。李春认为，王海好吃懒做，以色骗人，他的父母也是有责任的。

在法庭上，王海认罪，希望法官轻判，让他早日回归社会。可是，案件中受害的女性却很难回归生活。她们大部分拒绝采访，也不想让别人知道。她们希望这段伤痛在心里悄悄结疤，希望生活可以重新开始。

李春说王海给她的人生上了一课。她觉得王海毁了她对世界、对婚姻的美好盼望。她不再憧憬婚姻了,也许会谈恋爱,但是会在财务上划清界限——"至少不会再出钱陪对方的父母旅游"。

现在,李春再也不着急给孩子找新父亲了。她明白了,单亲家庭,父爱的缺失,可以通过对孩子进行心理引导来克服,不一定要填充父爱。她被骗的事情,至今不敢让父母和亲戚知道。2018年11月下旬,她躲在上海家里的房间,悄悄地接受了电话采访。她说,对于这样的遭遇,很多人都会说"你怎么那么傻",没什么人会说,"你肯定很痛苦,很不容易"。

怀孕的北京女孩和李春曾加过微信好友,她们聊了和同一个男人的纠葛,相互关注朋友圈。那个女孩没能让王海改邪归正。王海离开她,继续在婚恋网上约会。她把孩子"打掉"了。后来,和别人结婚的时候,那个女孩拉黑了李春。

凶犯追缉二十二年

文_李纯

1995年,徐利在宁波绿洲珠宝行实施持枪抢劫,杀害两人,劫走的黄金价值162万,此案件曾被称为"浙江省第一悬案"。之后的几年,他又分别在绍兴和诸暨实施抢劫,仍未被捕获。这一系列案件被并为专案,代号"1·22",《钱江晚报》曾称之为"蒙面大盗九年三案,浙江公安遭遇强敌"。之后,徐利再次犯罪,再次逃脱。二十二年来,法网在不断收紧,而悬案始终是悬案——直到2017年3月29日。

一

徐利在楼顶上等着,月亮照在他的身上。天气寒冷,路面结冰了。楼顶上堆了很多废弃的办公用品,西北处有一间四方形的水泥房子,架在一截矮小的钢制楼梯上。他走上楼梯,推开门,里面是电梯井道的入口。他肩上背了一只军用背包,里面装着两根撬棒、军用背包带、绳子、两支枪和套在枪头的消声器,还有一副橡胶绝缘手套——另一副绒布手套正戴在手上。包很沉,估摸有十公斤。他看了看时间,快 12 点了。

他把军用背包带绑在井道口的钢管处,然后沿着电梯井道往下爬。每个电梯钢架的间距在两米左右,布满了油渍,一不小心就会摔下去。从一个钢架到另一个钢架,勉强能够着,他是个小个子男人。

两个月前,他到这家珠宝行踩过点。他特意坐汽车来的,离家远一点再实施抢劫。这里规模很大,他转过几次,二楼和三楼正在搞装修,整栋大楼管理松散,有一次他走到四楼,看见一扇门没上锁。

着地后,他用撬棒撬开电梯的门,来到一楼。室内亮着一两盏灯。这时,他发现了两个人。是两个保安正在柜台里看电视,一个保安泡了一杯茶,杯子旁摆了一包香烟。他俯卧在地,慢慢朝他们爬过去,然后站起身,用手枪对准他们的头。保安吓坏了,向他求饶:"我们是打工的,我们是打工的。"似乎没有反抗的意思。他爬进柜台,另一个保安突然转身想拿东西,他朝他开了一枪。他有些紧张了,用枪托朝他的脑袋砸了两三下,直到保安不动。

他转向另一个保安,"你不要动"。他用绳子把他绑住,然后找了一条毛巾塞住他的嘴巴。他从电视机背面拔了两根电线,一根电线套住两人的脖子,另一根套住两人的手腕,让两人互相制衡,不好移动。接着,他开始撬柜台下面的保险箱,撬了三只。里面有金项链、金手镯、金戒指,反正都是黄金。他走到对面的柜台,又撬了一只保险箱。他把这些金子全都装到一个袋子里。他看见被他打晕的那个保安醒了,正在往外爬。他又朝他开了一枪。然后想了几秒，索性也向另一个保安开了枪。柜台上有一包保安大衣，他发现自己的衣服沾了血迹，就套了一件，然后取下挂在墙上的钥匙，打开卷帘门，逃走了。

天还没有亮。在路边，他上了一辆回家的汽车。中途遇到武警查车，他害怕极了，但没有被发现。他立刻下车，把两把枪中比较大的那支扔到江里。

那天早上6点多，珠宝行的保安去接班，没有人应他。他便进入大厅找他们，却见到两具死状惨烈的尸体。一名保安跪在椅子上，头部中枪，右颧骨崩碎；另一名保安躺在地上，头部和背部中枪，一枚子弹击穿了右眼，另一枚从前胸穿出。两人的身下各有一摊血泊。他浑身一惊，心想出事了，便报了警。

进入现场的警察共有25名，包括浙江省公安厅的痕迹勘察员马继雄。由于珠宝行面积较大，现场看了快10天，直到12月15日才看完。在死去的两名保安附近，有一只橡胶制高压绝缘手套，手套上有一个印有兔子头的"playboy"鞋印——在撬开的保险柜上，也有同样花纹的鞋印，显然是案犯在撬保险箱时踩上去的。根据这枚鞋印的分布，他们勾勒了他在楼内的行动轨迹，也推测出他的身高一米七左右，年纪28岁上下。手套是全新的，可能刚买回来。警方曾试图通过手套的销售范围寻找他。经调查，手套是江苏省常熟市的橡胶厂在当年的4月生产的，销售范围是华东地区六省一市——太广，无法定位。现场没有发现指纹。

一开始，警方搞不清楚案犯是怎么进入珠宝行的，进出的门窗都没有发现痕迹。直到三天后，珠宝行的话务员告诉马继雄，珠宝行的电话打不进，挺奇怪的。马继雄到了六楼的机房，门一开,看见一串"playboy"鞋印,电脑线和电话线已被切断。他们上到楼顶,看见了军用背包绳和电梯井道内明显的攀爬痕迹,确认了案犯的路径。马继雄自己试了一下,觉得下去很困难,没成功。这就是后来所说案犯攀爬能力强,可能当过兵的由来,后来媒体进一步将其夸张为"飞檐走壁"。

这是很久以前的事了。时间是1995年12月6日。地点在宁波,被劫的地方叫绿洲珠宝行,在宁波市中心。当年,绿洲珠宝行是宁波市规模最大的珠宝行,面积差不多600平米,声名波及全省,或许徐利也是慕名而来。案发后,珠宝行停业整顿一个月,一蹶不振。店内被劫走的黄金价值162万,震动全省。现场勘查毫无进展,此后二十二年,案件难以侦破,被称为"浙江省第一悬案"。

二

三年过去了。

绍兴地方小,解放路是唯一一条繁华的街道,碰上节假日,解放路上人挤人,自行车都骑不动。这条路上有三家商场,分别是供销、华谊和国商。供销大厦共六层,历史最久,是绍兴第一家有电梯的商场。一楼卖电器,二楼卖黄金和床上用品,三楼以上是办公室和仓库。

大厦西侧对着一条很窄的巷子,人流稀少。一楼和二楼安有防盗窗,三楼没有。

1998年春天的一个雨夜,保安和徐利相遇在大约凌晨1点50分。保安在商场的二楼巡逻,听见床上用品部方向有声响,循声前往。突然,席梦思床旁边立起一个人,叫了声"嘿",朝他的左手开了一枪,他手中的手电筒被击落在地。当时两人的距离只有四五十厘米,差不多贴着身子。那人戴了头套看不到脸,保安只看到他穿了一件浅色的棉衫,身材结实,逃跑时动作很快。保安一边往后退一边叫喊,同时听见"砰"的落地声,那是徐利的消声器从枪头掉了下来。一楼巡逻的另一名保安听见动静,上到二楼增援。徐利则从二楼爬到三楼,用事先预备好的绳子,从三楼窗户滑下地面,逃走了。此前,他是借助墙壁上的空调挂机和水管爬到三楼,进入商场的。他想抢劫。

凌晨3点,绍兴市越城区公安局接到报警,前往现场。先检查保安的身体。那晚他穿了一件藏青色西服,西服左边的袖子有两个弹孔,下摆有两个弹孔。这说明出枪的子弹是碎裂的。子弹从枪口射出后直接散成碎片,弹片威力很小,造成了衣服上的弹孔,又从左手臂擦过,灼伤了皮肤,只是轻伤。这很偶然。可能是枪支质量差,出现了故障,开第二枪时消声器从枪口脱落,子弹没有打出去,留在了地上。

在楼内,警察找到了子弹、消声器、一枚自制手雷,楼外的花圃中发现了三枚同样的手雷,那是案犯翻越围墙时丢掉的。楼外的墙壁上挂着一根军用背包带。警察也试着从一楼爬到三楼,觉得难度不大,一般矫捷的青壮年都可以做到。考虑到作案未遂,也没有伤亡,很快便结案了。

1998年,这个案子发生之前,嘉兴市一家百货商场也发生了一起黄金劫案。和绍兴的案件相似,案犯使用了塑料制的、电线一般的绳子,从高层的窗户进入、离开。绳子比较细滑,逃走时他的手打滑,摔了下来,不过依然成功逃脱,抢走了价值180多万的黄金。这是个大案。

当时嘉兴劫案的破案方向是在全省范围内找相似案件，看是否为同一人作案，也就是"案件串并"。可供串并的案件越多，线索就越多，破案的希望就越大。由于在绍兴市的供销大厦也发现了用于逃跑的绳子，当地公安局便把此案作为有串并可能性的案件报到了省厅。

马继雄也负责嘉兴劫案。他在省公安厅的技术科做副科长，常去侦查科看看有什么案子报上来。他注意到绍兴的案子是在那年5月。马继雄觉得它和嘉兴劫案没什么关系，不是同一个人所为，倒是和三年前宁波绿洲珠宝行的案子特别像。他给绍兴市公安局打了个电话："供销大厦是什么子弹，报给我。"5222，对方说。这个型号的子弹由前东德生产，和宁波的弹壳型号一致。他又打电话给宁波市公安局，叫宁波那边也把子弹和弹壳带上。下午到绍兴，两个弹壳比对，是同一支手枪发出。就这样，通过后来证明并不相关的嘉兴案，绍兴案与三年前的宁波案串并到了一起。他们决定重新对绍兴案件进行调查。

这次，他们采集到了指纹。

他们拆开手雷，在作为引爆器的打火机盒子里面，发现了一枚指纹。五根引线拧成一股从盒中穿出，打火机盒子是"金利来"牌，售价598元，一般在浙江作为贵重礼物相赠，绍兴也有出售。警察去出售的柜台仔细研究了一番，封装好的盒子内贴了一层白色的衬纸，而指纹是留在内壁上的。他们认为指纹不太可能产生在销售环节，极有可能是案犯制作手雷时留下的。

另一个突破是消声器。消声器是案犯自己制作的，由98片网罩片构成，通过网罩片上的洞孔吸收声音。网罩片一般用在剃须刀刀头，但从市场上买98个剃须刀单独拆下罩片的可能性很小，更有可能是从生产地买回来的。网罩片的产地在诸暨，当年2月生产后，运往余姚、慈溪加工成剃须刀刀头，最后才做成成品运到义乌商品市场。绍兴案发在4月，中间只隔了两个月，警方认为，网罩片应该是在诸暨、余姚或者慈溪买来的，而且诸暨五金加工兴盛。范围一下子从华东缩小到了浙江。

这下算有了破案的条件。可查了一年，未果。悬案仍然悬着。

三

六年过去了。2004年1月22日，农历大年三十。晚上11点，在家吃过年夜饭后，徐利出了门。他搬来诸暨快六年，一直没敢下手，但是最近欠了许多钱。他带了一根撬棒、黑色头套、一副手套、一把尖刀和一支手枪，打了一辆出租车到第一百货商场附近。在一条街开外的地方下车，穿过马路，一直走到商店背后才戴上头套。像前两次一样，他爬到三楼的天台，那里有一扇敞开的窗户。他从窗户爬入商场，屋内只有过道处有几盏应急灯亮着，模模糊糊能看清东西。他下到二楼。二楼楼梯旁的李宁体育用品专卖店内，一个保安正在睡觉。

睡觉的保安叫夏根法，53岁。那天晚上轮到他接凌晨2点的班，于是先在楼梯旁边的屋里睡觉。快2点时，他听见走路的声音，以为是同事来换岗，便问："你来了？"徐利没有说话，刀尖向下，朝他刺去。第一刀很用力，刺穿了夏根法的嘴，切断牙齿，把舌头割成了两半。他准备刺第二刀，夏根法突然用手捏住了刀刃。徐立捏住刀柄想拔出刀，夏根法顺势站起了身，刀刃挑断了夏根法右手食指和中指间的筋脉。两人身子贴着身子，夏根法试图将刀反向刺向徐利，徐利左手握刀，右手伸进裤子口袋，直接在口袋内朝夏根法开了一枪，子弹打穿了夏根法的左腿。徐利本打算开第二枪，和1998年在绍兴的第二枪一样，子弹卡壳了。于是，他又被迫撤离，沿原路上到三楼逃走。

夏根法浑身是血，跑到一楼，见到人，他刚开口，血就往外冒。后来他昏迷了两天，在医院躺了一个月，由于嘴里有淤血，脸肿得有原来的两倍大，他的家人不得不每天用手把他嘴里的血块掏出来。这次之后，他退休在家，每天夜里2点都会惊醒。

在这次极度失败的抢劫中，徐利慌不择路，一路丢掉很多东西，包括他仅剩的一支手枪。警察还在现场找到一条黑色儿童线裤，裤腰和裤裆间有三个洞，是徐利蒙面时套在头上的，在上面找到了他口鼻部位脱落的细胞，提取到了DNA。

春节前，诸暨市公安局刑侦大队中队长吕国坚去省厅汇报工作，碰到了宁波刑侦总队的副队长。他们曾谈到要重启宁波绿洲珠宝行的案子，在杭州寻求省公安厅的帮助——1998年绍兴案件串并后，诸暨也是工作的重点。1月22日大年三十，吕国坚进入现场，直觉无论是目标、侵入建筑的方式还是所用工具，都跟宁波的案子很像。大年初一早上，他给马继雄打了个电话："绿洲珠宝行案件差不多又发了，你要不要过来看看。"

第二天，马继雄到了诸暨，比对弹壳，确定串并。没想到，六年后案犯又出现了。

2004年是一个转折点。浙江省把这起案子作为重大的、案情恶劣的案件提交到公安部，请求公安部督办，列为专案处理，代号"1·22"。浙江的《钱江晚报》发布了公安厅20万元的悬赏公告，并写了一篇通讯，标题为"蒙面大盗九年三案，浙江公安遭遇强敌"。

2007年的一个晚上，嘉瑞珠宝行的一个店员在位于二层阁楼的值班室窗户上，发现一根正在冒烟的电线。不一会儿，供电局的人就过来了。那根电线将珠宝店的后窗和配电房的高压电线连上了。店员进屋时，徐利躲在离窗户七八米远的地方，看见有人走进值班室却没有被电晕，知道计划失败，迅速逃跑。

嘉瑞珠宝行有四个黄金柜台，陈设有金银钻石，价值千万，晚上并不收柜。收银台的背面是金库，有两只保险箱，里面摆放了100多万的翡翠。金库内有报警和监控装置。店铺大门右边有楼梯通到阁楼的值班室。值班室不大，窗户和门正对，靠墙放一张床。床旁边有一个电脑显示屏，用来看监控。珠宝行营业到晚上9点，下班后，店员把警报器开到报警状态，全部离开，留一个人上阁楼值班。值班室的窗户白天开着，等到晚上，店员进去休息时会关窗户。徐利本想趁他关窗的时候，用高压电把他杀死，再进入值班室。

那根电线长20米，用黑色绝缘胶布缠绕，胶布解开后有100多米。电线用三只铁钩钩在窗户上。室内的窗户下，有一只绕满绝缘胶布的农夫果园饮料瓶，底部开了一个圆孔。原本徐利设想进入值班室后，往瓶内灌水，水往下流进珠宝店。水导电，如果店内有人，可以用电击晕里面的人。

计划周密，却忽略了常识。高压电线一旦触地，供电局就会接到报警。但这类手法在抢劫案中不常见，显然案犯曾多次踩点，深思熟虑。吕国坚看完现场后，觉得和之前的三起案件很像。比如，目标都是珠宝行；使用了很多工具；还有一点，在前三起案件中，也发现了大量的黑色绝缘胶布，例如尖刀、手雷、撬棒等都有胶布缠绕。这次用得最多。他告诉马继雄："又一个。"

四

徐利1972年生，个子不高，剃寸头。说话时不喜欢正眼瞧人，说着说着，眼神就低下去，看向地面，好像藏了很多秘密。他是台州临海人，在家排行老七，上边有四个姐姐两个哥哥，下边有一个妹妹。

他初三没念完，便辍学打工。1990年，他在纺织厂上班，偷过自行车、皮衣和录音机。7月，他被公安局逮捕，以盗窃罪判处有期徒刑三年。那年他19岁。

1990年到1991年，他在临海一个铸造厂服刑，用铁水灌注模器做成水管。服刑一年后，他因脑膜炎被送到台州市人民医院保外就医，住院一个月后，没被收监，直接回了家。到了家没钱花，就想抢劫。半夜，他到城南一家他踩过点的储蓄所。他先用携带的撬棒撬开了木门，走进去，看见一个人睡在床上。他用携带的尖刀朝这个人猛刺了几刀。那人全程没有反抗。刺的时候，他才发现那人长头发，是个女人。女人一动不动地躺在那儿。接着，徐利用撬棒撬里面的铁门，撬了一会儿没有撬开。他心里害怕，很紧张，没有继续撬就逃跑了。那是他第一次正式作案。未遂，却杀了人。警察没有查到他。

那次之后，他跟随二哥徐胜在市内一家汽车修理厂做学徒。有一次客人失窃，他被怀疑，老板直接辞退了兄弟二人。之后父亲找关系叫他在酒店学厨师。不久，父亲去世了。

父亲去世后，徐利在亲戚开的汽配店打了半年工。亲戚盘账的时候发现钱少，徐利又被怀疑。他不承认，两人吵了很多次，他就不干了。

没有工作，他又想抢劫。他在人民医院住院部住过，很熟悉环境。1993年9月，他拿一把假枪在住院部对准值班护士的头，受惊的护士打开了抽屉，他抢走8000多元。用这钱作为学费，他去了湖州长兴卫校读书。他听说读完以后就能去医院上班。

在卫校读书期间，徐利生活铺张浪费，虚荣心极强，好面子，很快钱就花光了。1994年秋天，他在长兴踩点，选择了县城里比较热闹的一家商场作案。晚上11点，他在商场后面用撬棍撬开排风扇，进入室内。他到踩点时看好的一楼保安值班处，用撬棍猛击睡着的保安的头部。过了一会儿，保安断了气。接着，他来到一楼卖黄金珠宝的地方，抢了黄金、玉器、手表、珍珠……反正有什么就拿什么。临走时，他还顺走了柜台上的一条玉溪香烟。那是他第一次抢劫珠宝行，非常成功。

一年后，宁波绿洲珠宝行劫案，他也采用同样的方式——先杀保安，再抢劫。只是那一次他带了枪。

两把枪是1994年他特意去云南买的。怀着发横财的想法，他从杭州坐火车去昆明，再坐汽车到文山州马关县。文山州靠近越南，1979年中越战争之后，那边遗留了很多枪支。他在县里烈士陵园旁的一家旅馆住下,请旅馆的服务员吃饭,混熟后,经其介绍买了两把枪。一把是五四制式手枪,另一把比五四手枪大一点。大枪质量差,只能打一发子弹,五四手枪可以打七发。除了两把枪,他还买了22颗子弹,一共花了5500元。宁波案中,他就是仰仗这两把枪,制服了两名保安。也正是枪支,使宁波案件引起了警察格外的注意。在浙江,持枪抢劫很罕见。

1995年在宁波作案后,徐利回到临海,叫来了二哥徐胜。徐胜看见弟弟在玩一只金子做的、很小的狗。他问:"黄金哪儿来的?"弟弟没有回答。两人在出租房花了三四天时间,一起用氧气枪把黄金首饰融化成金块。徐胜看见金条上印有"绿洲珠宝行"的字样,但没有再问。他觉得大家是亲兄弟,"他来叫我了,我就帮他做"。

他们把金块分四五批卖给临海市一家金店。取钱时徐胜在外面等,徐利进去取钱。徐胜等了半个小时,看见弟弟拎出一只黑色塑料袋。回到家一起数钱,一共80多万。数完后,徐胜看见徐利把钱藏在保险箱里。

一个月后,徐胜去看弟弟。徐利突然用一把枪顶住他的后脑:"你怕不怕?"

"当然怕了"。

"我在宁波开了三枪。"

后来几年,赃物零零碎碎又卖了一些,总共得款200万左右,大部分被徐利用于赌博。兄弟俩没有明确地分赃,徐胜的吃住由弟弟开销。后来他结婚,弟弟给了他两万元和一条很粗的金项链。两年后,徐利把项链收回,拿去卖了。

1993年下半年到1995年徐利在卫校读书期间,爱上了一个女孩。女孩是诸暨人，个子高，皮肤白，漂亮。他追求她，却爱而不得，对方很冷漠。宁波抢劫成功后，徐利在临海买了一幢四层楼的房子，连上装修，花了30万。另外买了一辆本田王的摩托车和一只诺基亚手机，看上去家境不错。但他喜欢赌博，赌得很大，又输掉30多万。由于经常旷课，他被学校开除了。

有钱，追女孩就有了底气。女孩毕业后在诸暨一家医院工作，徐利常去女孩工作的医院外等她。有一晚，他冲进女孩的宿舍，情绪激动，用小刀割破手腕，血流不止。女孩很感动，答应了他。那是1996年，他们开始正式交往。因为恋爱，徐利往返于临海和诸暨，两地之间没有直达车，他在转车的绍兴踩点。1998年春，他们准备结婚。徐利在诸暨买了一套20多万的房子，宁波案的钱花得差不多了。可能是因为结婚，他想再干一票弄点钱，于是实施绍兴供销大厦抢劫，失败。那年12月，他们在诸暨五洲大酒店办了婚礼，用客人给的两万多礼金支付了酒席钱。2001年，他们有了一个女儿。

徐利骗女孩说自己做药材生意，每隔一段时间，他就撒谎说去进货，实际上是去赌博。赌场上他装得像个老板，没有钱，赌钱的人愿意借给他。赌博输多赢少，他没有工作，家里的开销全靠老婆的工资。女儿出生后，他的赌债越欠越多。2004年，徐利对诸暨第一百货实施抢劫，再度失手。他只好把诸暨的房子抵押到银行，贷了20万。到2007年，20万全部输光。他又决定抢劫，还是失败。还不上银行的钱，他只好把房子卖了，偿还银行和债主，剩下的钱拿去赌博，输光了。

婚后，徐利夫妻关系不好。2006年秋天，徐利接到一个电话，有人告诉他，他老婆和一名医生搞外遇。某晚9点，他带着尖刀冲进医院宿舍，捉奸在床。他用刀捅了那个医生，老婆把他抱住，医生跑了。三个人谁也没有报警，但这件事在医院内部闹得沸沸扬扬，他老婆因此调去了别的医院。

嘉瑞珠宝行失手后的十年，徐利没有再作案。他的枪在前几次作案时陆续丢失。事实上，从1998年绍兴案件开始，他就没有得手过。诸暨的风声越来越紧，他害怕被抓住。他待在家里，无所事事，平时到小区的棋牌室打打麻将。他学过厨师，烧得一手好菜，在家负责买菜、做饭和打扫卫生。2011年，老婆提出离婚。为了瞒住女儿，他们依然住在一起，佯装如故。2016年，他们复婚。当年12月，徐利把户口从临海迁到诸暨，算真正定居。直到2017年3月29日徐利被抓，老婆才知道，她的丈夫是个抢劫杀人犯。

五

2004年徐利在诸暨作案，碰到的保安夏根法是当地人。当时夏根法奋然反抗，如果徐利没有枪，就可能被夏根法制服。事后夏根法回忆，当时只有一个想法："你要我死，我就要你死。"这是诸暨人的脾气。交手后，夏根法觉得徐利力气不大，不擅长近身肉搏，身材也比他矮一头。

诸暨位于浙江省中北部，四面环山，市内有一条江水贯穿其中。历史上，这里是古越民族的聚集地，勾践在此卧薪尝胆后复国。诸暨民风彪悍，当兵的比较多，所谓南人北相。诸暨隶属绍兴，当地的警察说，绍兴一带，诸暨的犯罪率很高。2005年前后，诸暨每年的命案超过35起，最常见的是美容厅里嫖客杀害妓女。近几年，浙江制造业衰落，外来人口减少，加上打击黄赌毒，每年的命案约十起左右。

四起抢劫案中，有两起发生在诸暨。尤其2004年，案发时间是大年三十，外地人基本都回家过年了。一些物证也指向诸暨，其中指向性最明确的有两个，一是在绍兴案中的诸暨产网罩片；另一个是嘉瑞珠宝行的农夫果园瓶。

这个瓶子一度是突破口。2007年的"五一"期间，诸暨市移动公司搞了一次"畅饮五一"的充值赠送活动。这个瓶子和活动分发的饮料瓶属于同一批次。参加活动的手机共28962部，意味着案犯是这两万多名机主中的一位。当时智能手机未普及，也没有关联银行卡，换句话说，手机没有实名制，根本没法查实。但至少指向了诸暨。

还有一些细节。1998年，马继雄在绍兴的现场发现黑色胶布上粘了一根红色的女人头发。2007年，在农夫果园瓶上采集到两份DNA样本，是有血缘关系的一男一女。男性的DNA和2004年黑色线裤上的DNA一致，都属于案犯。警方推算，此时的案犯应是中年，母亲年迈，老母喝完饮料后儿子再喝的可能性小；而父亲喝女儿剩下饮料的可能性较高。再往前追溯，2004年案犯蒙面用的儿童线裤前档没有洞，也就是说，穿线裤的是一名女童。线裤是旧的，案犯不太可能随便拿一个陌生女孩穿过的线裤蒙脸。较合理的解释是，案犯把自己女儿穿过的线裤做成蒙面工具，套在了头上。

马继雄和另外几个痕迹勘察员认为，案犯有稳定的家庭，不是诸暨人，也是和诸暨有关系的人，最大的可能是诸暨人的女婿。此外，他们汇总了四个案件，认为案犯还可能具有的特征包括身高一米七,可能是个退伍兵,有机械加工技能等。这些结论很有说服力,成为破案的指导方向。

诸暨市公安局在当地开展排查。当时的诸暨公安局副局长冯建飞自2004年起一直在跟踪调查。他认为在案件未侦破前,一切皆有可能。他心里有疑问,第一个案子在宁波,第二个在绍兴,然后到诸暨,似乎越作案离自己越近,从常理上说不通,"兔子不吃窝边草,不可能从远的地方往近的地方做吧?"再想,第一个案件比较凶悍,但犯罪有升级过程,好比一个人不可能出生后马上读大学。他认为在宁波案件之前,案犯还有未被发现的犯罪经历。那么第一起案子发生在宁波就显得很重要。冯建飞觉得案犯不像是诸暨人,但不排除和诸暨有关系。

在中国,DNA运用于破案从90年代开始,是一项比较新的技术。1996年,浙江省公安厅建了全省第一个DNA实验室。2003年12月,通过DNA比对,在辽宁抓捕的抢劫犯被确认是当年3月温州强奸案的案犯。这是全国第一起通过DNA对比跨省破获的案件,它被认为具有标志性的意义——依赖经验和推理的福尔摩斯式的破案方式已经过去,科学技术将越来越主导侦查的方向。

人类的基因染色体有两种。一种是常染色体,我们现在认为的每个人的DNA独一无二,即指常染色体,在破案时可用于认定案犯。当某个人的DNA和现场提取到的嫌疑人的DNA有15到20个位点相同,生物学叫"基因座",便可认定。另一种是Y染色体,它由父亲遗传,只传儿子不传女儿。中国是父系氏族社会,儿子跟父亲姓,从遗传学的角度,只要找到与现场提取到的Y相同的人,就可以确定和案犯是同一家族。

即通过家系排查的方法破案。常染色体用于认定个体，Y用于缩小范围。典型的例子是去年（2016）8月告破的"白银案"，警方通过Y染色体找到了凶手的叔叔，继而确定凶手。"1·22"案件也是如此。

2009年年底，冯建飞和诸暨另一名专工此案的警察在那儿待了四个月，制作了一卷长达20多米的绍兴平水"徐氏"家谱，但没有找到目标。2011年，诸暨的DNA排查工作基本完成，确定案犯是诸暨人的可能性极小。诸暨市内没找到和黑色线裤上的Y吻合的人，只找到一些相似的。比如，绍兴市平水镇有一个徐姓的族群和案犯的Y很像。目标还是没有找到，侦查一度陷入困境。

六

案子是2017年3月告破的。

2016年，浙江省重启了这个案子，新上任的公安厅厅长特别作了批示，下红头文件说要对此案"全力侦破""深度挖掘"，并专门成立"1·22"专案指挥部，地点设在诸暨。冯建飞积极地把局里二楼的食堂移到了一楼，给指挥部腾办公室。

2017年春节前，公安部派人从北京过来会诊此案，提了建议，要对原有的物证进行复查——技术进步了，可能发现以前受限于客观条件而提取不到的证据。其中，指纹和DNA要格外重视。

相比指纹，DNA比对更加自动化，全国系统是统一的，入库后可直接比对，最快五分钟就能锁定嫌疑人。采样的成本和时间也在减少，一份基因采样的成本在30元到50元，三四个小时就能完成。有的设备先进，号称70分钟就能分析出一个人的基因样本。从这个层面看，随着时间积累，数据库日渐完备，破案的几率将大大增加。

每年，浙江有超过8万起案子需要检验DNA，超过50万人录入数据库。吴薇薇是浙江最早研究DNA破案的技术员。案件重启后，她希望能够重新提取案犯的DNA，通过最新的DNA扩增技术，把在原来黑色线裤中的Y染色体的基因座，从17个位点扩增到36个位点，缩小范围。此前诸暨尽倾城之力排查未果，也是因为位点数太少。2004年在诸暨发现的那条线裤，等吴薇薇2016年再次提取时，已经过了十二年，DNA被提取光了。没办法，她只好找了护膝——2004年，为了抹掉鞋印，案犯将两只护膝缝在一起套在脚上。在两只护膝之间的接缝处，吴薇薇提取到了从手指剥落的非常微量的DNA，扩增成功。这个实验，她做了一个多月。吴薇薇用这份扩增后的DNA拿进数据库比对，发现最相似的族群是"徐氏"，她觉得案犯应该姓徐。

最终，警方通过指纹破了案。

很多指纹从侧面看有，正面看就没有了，光线、角度不同，指纹的清晰度就不同。1998年为了提取那枚指纹，警方花了很大的力气。那枚指纹不是显性指纹，加工后才能看到，技术处理后还得打光、拍照。他们拍了五天，拍出了半枚可用于识别却模糊、变形的指纹，比对难度极大。这是多年来指纹迟迟对比不上的原因之一。

另一个原因则是运气。在中国，不同的省份建有不同的指纹数据库，比对用的系统不一样。不同的系统有不同的算法，对指纹的敏感度也不相同。系统比对后，会自动将认为与嫌疑人相似的指纹进行排名，指纹专家再根据排名进行人工比对。一般的案件看前50名，"1·22案"范围扩大到100名。但浙江的系统恰好对这枚指纹不敏感，案犯的指纹排在408名，成了漏网之鱼。

春节后，省厅指纹室主任姚越武带了指纹去公安部开会。他们重新处理这枚指纹，使之更清晰，并打算在全国的数据库与其他省份的系统比对。3月26日，姚越武到北京查了三天，3月29日，重庆一名指纹专家通过当地从日本引进的系统，发现一个叫徐利的嫌疑人，排名第八。

当时参与比对的有十二名专家。3月29日上午10点比对出结果后，专家们的意见有分歧，不敢拍板。国内的惯例是，两枚指纹拥有十二个连续不断的相同特征点时，才可认定为同一枚。当时，能够确定的特征点有六个。

姚越武看了以后，觉得很像，是这么多年比对下来最像的。再调出这个人的资料，一是姓徐，二是诸暨人，三有一个女儿，再加上身高、年龄等和之前的推测非常一致。他信心满满地给浙江的领导发了一条短信："指纹特征基本对上了，我看是迄今为止最像的一个。"到了中午，十二名专家中有九人通过，另外三名不置可否，写上：不能做出最后认定的结论。此时，诸暨市"1·22"指挥部气氛紧张，最终决定实施抓捕。指挥部认为，徐利就是案犯。

七

2017年3月29日,徐利正在诸暨市暨阳街道下坊门新村的一间棋牌室内打麻将。两名警察破门而入,反手将他铐住。警察见到他本人后很意外,他们以为他早就发达得不见踪影,但眼前这个人衣着破旧,身体发福,在一间简陋的棋牌室里打麻将。徐利没有大声叫喊,只是问:"为什么抓我?"随后他被押入门外守候的警车,送往辖区内的城中派出所关押候审。时间是下午2点21分。

逮捕后,警方提取了徐利的指纹和DNA,和现场提取的样本完全吻合,确凿无疑。这场跨越二十二年的追捕终于尘埃落定。

审讯从3月29日下午持续到31日凌晨。有三组人员参与了审讯。三组各有分工。第一组里有一位叫郑红良的警察,是绍兴市公安局的。郑红良是个硬汉,身材健壮,皮肤黝黑,破过很多凶杀案,有"绍兴神捕"的称号。第一组他和徐利交锋,想用老警察的威力震慑徐利,令他招供。聊了半小时,徐利态度冷漠,始终不承认自己犯了罪。第二组,态度柔和一些,晓之以情,动之以理,比如:"既然你已经被公安机关抓获了,就好好考虑清楚,到了这个地步,还有什么顾虑不肯讲?你要想想你的女儿,你女儿正处于人生的关键阶段,不要害了你女儿",之类的。徐利没反抗,也没招供。

惠建超是城中派出所副所长,此前是刑侦大队副中队长,也参与调查"1·22"案件。他被排在第三组。3月30日凌晨3点,他和徐利聊了聊。"会咬的狗不叫",过招后,他觉得这个人防守很深,可能很早料到会被抓,有所防备。早上7点,他去车上睡了一会儿,想为什么这个人谈不下来呢?什么原因呢?他觉得自己对他不了解。原来每个警察都觉得这个人很神秘,案子耗时多年,实际上给审讯的人造成了阴影。但徐利真那么神秘吗?

睡到9点,惠建超叫人把徐利的老婆叫来。两人聊了两个小时,从徐利夫妻认识、恋爱、结婚,到离婚、复婚,都聊了一遍。聊完后,他回家洗了个澡,用吹风机吹了头发,换了一件西装,看起来精神些。下午3点,他和徐利见面。

"徐利,现在开始我们不谈任何和案件有关的事情。我们就是聊聊天。今天不是审查你,当朋友一样,一起聊聊你的人生。"他把徐利老婆告诉他的,向徐利复述了一遍。有时聊到一个节点,他停下来,反问徐利,"是不是这样?你再说一遍。"像放电影,徐利的人生被放了一遍。

5点,惠建超掏出手机,说:"我给你看个东西。"他事先让徐利的老婆录了一段视频,跟徐利说些夫妻之间的话。播完后,徐利仰面看了好一会儿天花板,说:"我想和我老婆、女儿在这里吃最后一餐饭。我以后见不到她们了。我想吃炸鸡。"

惠建超说:"炸鸡可以。我马上派人买。但是见你女儿不行。你女儿是个高中生,在这种场合和父亲吃饭,心理很容易有变化。和你老婆见一面是可以的。"

3月30日下午5点半,夫妻二人见面,只见了两分钟。这是徐利被捕后他们第一次见面。

她坐在他对面,不停地哭。她伤心,也忍不住埋怨:"走到今天这一步,我想你心里很清楚。但是你所做的事情,反正有多少事情我是知道的,你心里最清楚。这么多年过来了,你都是瞒着我做的是不是?我想到了这个年纪了,平平安安的就好。以后的日子怎么过?如果真的有这个事情,真的做过,该承担的要承担的是不是?你自己想好。"

警察把徐利的右手手铐解开,在旁边看着。他们像两个快死的人在互诉遗言。徐利一边听,一边抽烟,眼泪也流了下来。离开时,老婆对他说:"但是不管怎么样,我还是会等你的,你放心好了。"

明暗之间：记者手记

文 _ 李纯

1995年12月6日，宁波市绿洲珠宝行被劫走黄金162万，店内两名保安被枪杀，震惊了整个浙江省。随后每隔三年，这位叫徐利的案犯就会作案（虽然均以失败告终）。徐利一直逍遥法外。由他制造的绿洲珠宝行案件，被称为浙江省第一悬案。直到2017年3月，案件告破，徐利被捕。

我对这个故事很感兴趣。于是，我在浙江待了小半月，从杭州、诸暨、绍兴，到宁波，再返回杭州，几乎把小半个浙江省的警察采访了一遍，过程丰富精彩，令人难忘。搞得我都不想回来了，最后是编辑把我催回来的。

我是2017年6月去浙江的。时至今日，我都觉得此行顺利得让人感动。如你所知，在中国报道刑事案件，何况是一个省的标志性案件，有多么困难和复杂。你需要和公安厅的宣传部门打交道，递送证件和诚意十足的采访函，再由厅级干部逐个下达指令到底下的市、县和乡镇。我没有直接和公安厅联系，而是找了《钱江晚报》的记者帮我推荐。我与那位记者素未蒙面,给他发了短信,问他能不能帮忙。他答应了。这事儿就成了。

那位记者跑公安口多年,和当地的警察关系很好,有的片警后来摇身变成了公安局长。那人挺有意思,我们在杭州见了一面。他长得黑而壮,佩戴佛珠,有股匪气,开一辆白色宝马,带了个女记者,是他的徒弟。我们在咖啡馆聊天,他简短地说了两句对案件的看法,说徐利的案子贯穿了我们浙江刑警的发展史,因为所有地方发生案子,都会和徐利比对,会不会是他做的,所以徐利见证了浙江刑警的发展。聊了20分钟,那人说,我还有事儿先走了,有什么不清楚的问我徒弟。我递给他一个小本子,请他写几个负责徐利案的警察的名字,算是线索。他挥笔写完,拂袖而去。邻桌的姑娘问我,那人是导演哦?

从1995年到2007年,徐利一共作案四次,最后两次都在诸暨。专案组设在诸暨市公安局的食堂楼上,本来二楼也是食堂,为了给专案组腾办公室,就把吃饭的桌子撤了。有接待大厅、一间会议室、两间档案室和两间休息室。有个叫郭黎明的警察,以前在诸暨刑侦大队处理凶杀案,被划拨到专案组,专门负责徐利案,比如档案管理、线索收集,等等,都是吃力不讨好的工作,但得有人干啊。也就是说,从2004年专案组成立,到2017年破案,这位郭警察十二年只干了一件事,抓住徐利。

郭黎明是个小个子,身材精干,皮肤颜色较深,是典型浙江人的相貌。他对人客客气气,说话声调不高,是个很实在的人。随着科学技术的发展,除了指纹,破案主要通过DNA排查,比如白银案。在徐利案中,警察通过DNA确认案犯可能姓徐,开始在全省范围内排查徐姓,你可以想象工作量多么巨大。当时郭黎明为了找到徐利,绘制了一卷长达20米的徐氏族谱,仍然没有找到。他在会议室向我展示了那卷已是废纸一张的族谱,他撑开双臂,像滑动PPT一样滑动族谱,浑身洋溢着骄傲。

诸暨这个地方值得一说。就像文章里写的,诸暨是古越民族聚集地,越王勾践在这儿卧薪尝胆。和江南的温柔水乡相反,这里民风彪悍,南人北相,可以说是浙江的"小东北"吧。例如,到了冬天,诸暨人爱吃狗肉火锅。

可能考虑到安全,郭黎明介绍我住在一家离公安局50米远的酒店。郭黎明告诉我,大概十年前,诸暨每年有三十六七起命案,主要发生在美容厅,有次诸暨连发三起命案,忙得他三天没有睡觉。我们在一家面馆吃面,他说,他有个在厦门大学读书的女儿,说得很高兴,然后又说,案子破了,他很不适应,不知道下面干点什么好了。我问他,有什么打算?他说,可能回刑侦大队。他给我的面碗里倒了点醋,说面条不容易消化,加醋好一点。

在诸暨,有一个晚上我是失眠的。是这样的,白天,我在公安局看材料,看了当年案发现场的照片,也就是鲜血淋漓的尸体,有全景,也有特写。看得我有点恶心。晚上回酒店,酒店的窗户很大,床对着窗户,我产生了错觉,老觉得窗外有人,好像徐利没有被捕,警察认错人了,真正的徐利此刻就在街上大摇大摆地走着呢。那么,如果他知道有个北京来的记者调查他,会不会也想把我给杀了呢?这么一想,我很害怕,再也睡不着啦。我开始打电话,挨个打,一直打到口水说干了,筋疲力尽了,才入睡。

接下来,我去了绍兴,接待我的警察是个小伙子,姓沈。

我叫他沈哥哥吧。沈哥哥待人热情,说话铿锵有力。第一天见面,他请我吃小龙虾,问我喝不喝酒。喝啊,我回答。我们喝了黄酒,小酌,吃的喝的都恰到好处。他跟我说,其实他是学美术的,掏出一个素描本,里面有很多人像。我不懂美术,就说,画得好。今年夏天,沈哥哥的画在北京展出,我们吃了顿饭。他说,他已经辞职了,现在教小朋友画画。沈哥哥推荐我去找一名姓周的警察,在徐利案的侦破中他起了很大作用,人称"周公"。

周公当时正在乡下办案,也是很棘手的杀人案。他的举止谈吐很潇洒,衬衫掖在裤子里,脚蹬皮鞋,像电视里的神探形象。他跟我说了一些破案的思路,我感觉这人很聪明,同时有点清高。从其他警察对他的态度,可以看出他非常受人尊敬。晚上,我们一起吃饭,十几个警察围了一桌,也有女警察。所有人都喝酒。周公向我解释,平时办案精神很紧张,所以大家都喝酒,放松一下。他问我喝不喝酒,说这是红枣酿的酒,味道很好。我闻了闻,果然香味扑鼻。我一直对自己的酒量有信心,现在看来是我有所误解。喝了三杯,我就醉了,跑去厕所吐了一通,其他人很不好意思。我稀里糊涂地回了宾馆。第二天早上醒来,发现裤兜里有一包中华香烟,不知道是不是周公塞给我的。

宁波没什么好说的。宁波的警察比较保守,在那儿待了一天,我就离开了。接着返回杭州,在省公安厅采访。总体来说,一切很顺利,给我的直观感受,稿件中也写到了——依赖经验和推理的福尔摩斯式的破案方式已经过去,科学技术将越来越主导侦查的方向。换句话说,无论多么完美的犯罪,只要你留下蛛丝马迹,都将难逃罪责。

后来,我又陆续写了一些犯罪题材的故事。为什么对犯罪感兴趣？很难说不是受了卡波特《冷血》的影响，有虚荣心在作祟，即，为什么我不能像卡波特一样，写出一本传世杰作呢？后来，我明白《冷血》最好的不是题材，而是卡波特写出了人性的复杂，他和他的写作对象产生了共情，就像电影《声名狼藉》所展现的，卡波特接近对方，处心积虑地成为他亲密的朋友，以便获得最珍贵的写作素材，但也丧失了自己的人格。

如果有什么可感触的，那就是写犯罪故事像把生活的另一面翻开，让我看到阳光照耀下，还有晦暗不明的地方，而我身处其中，在或暗或明之间，不知何时也会被这晦暗吞噬。我能做的，就是把它们写下来，既是记录，也是对峙。

最后说件小事儿。徐利被捕后，警察问他有什么愿望，他说，想和老婆、女儿吃最后一餐饭，想吃炸鸡。警察说，和老婆、女儿吃饭不可能，而且你女儿没成年，会给她的心理造成阴影。但是，炸鸡可以给你买。我问那警察，炸鸡在哪儿买的？离开诸暨前，我也买了一份，真好吃啊，是我这辈子吃过最好吃的炸鸡。

我们

被遗忘的女子图鉴

文 _ 郭玉洁

一

1993年春天,王翠玉到山西太原开会。会议结束后,大家一起去五台山游玩。爬到半山腰,风吹来,正适意的时候,王翠玉听到一阵叫卖声。循声看去,一个小女孩坐在石梯上,手里拿着佛珠项链在叫卖,膝盖上摊开了一本书。

王翠玉好奇了,她走过去问女孩,看的是什么书?

女孩说,是语文书。

女孩旁边的石头上还放着一本书,王翠玉拿起来一看,是初中英语课本。

王翠玉那年58岁,她行事果决,意志顽强,面目却很慈祥,总是笑眯眯的,轻声细语,普通话里带着江南口音。很多后来的学生形容她,"很和蔼,就像妈妈一样——自己的妈妈也没有这么和蔼啊"。看着这个卖佛珠项链的小女孩,王翠玉心想,今天又不是礼拜天,也不是节假日,她问,小朋友,你怎么不去学校上课,这样能读得好吗?

女孩说,阿姨,我家里困难,交不起学费。

女孩的话一下子刺痛了王翠玉。因为她有着类似的、甚至更严酷的童年。

1935年,王翠玉出生于上海城隍庙的一个贫民家庭,她是家里最小的孩子。日本人占领上海以后,他们全家逃到宁波,租了一间老房子做手工卷烟。5岁,妈妈就用一个小凳子叠在大凳子上,抱着她坐在上面,和妈妈、二姐,一起操作小木头卷烟车,卷出一批又一批香烟,让爸爸和大哥、二哥带去各家烟店卖。从早做到晚,没有今天所谓的"童年"。稍微长大一点,她也带着香烟去兜售。她说,经过日本人和伪军的关口,她就把烟捆在裤腰里,万一被搜出来,没收还不算,还会被打耳光。

妈妈身体不好,当时家里人不知道这是子宫癌,只知道她每回卷完烟站起来,凳子上就留下一摊血,每天在病痛中劳动,最后在病痛中去世了。二姐患了肺结核,不治而亡。大哥离家,被日本人当作"八路"打死了。一年多内,家里死了三口人。那时王翠玉才六七岁。

父亲很快再娶。继母说,王翠玉是克死家人的白虎星、害人精。她把王翠玉打发到家门口的毛笋厂去剥竹笋,做童工。在家里,打骂是经常的事;在工厂,又要吃"拿摩温"(number one 的谐音,指工头)的苦头。

抗战胜利之后,1946年,从小跟随外婆生活的大姐回来了。大姐比王翠玉大7岁,在外面读了书,做了助产士。看到妹妹一身憔悴,很苦的样子,大姐向父亲提出,要带妹妹出去,让她读书。第二年,王翠玉跟着姐姐离开了家。那年她12岁,没有读过一天书,继母正打算把她卖作童养媳。

王翠玉就这样依靠上了大姐,大姐到上海,她跟到上海,大姐到南京,她跟到南京。大姐没有房子,收入也很微薄,王翠玉有时跟她住在医院的集体宿舍,有时寄宿在远亲家里,一边读书,一边帮忙带小孩、做家务。她读书读得很好,小学读了三年半就毕业了。她尤其喜欢文学,高尔基的"三部曲"、雨果的《悲惨世界》、法捷耶夫的《青年近卫军》,她都读过了。

小学快毕业的时候,王翠玉和姐姐一家在南京迎来了解放。这时姐姐刚刚结婚,有了小孩,又把在上海糖厂做学徒的二哥也接到了身边。有一天,姐夫说,翠玉,现在解放了,到处都有招生的,还有文工团,你不会去报名参加文工团吗?

长期的贫穷、母亲的早逝,让王翠玉养成了内向、敏感的个性,她总觉得自己是个无家可归的人,处处低人一等。姐夫背着姐姐跟她说了这句话,让她有点伤心。设身处地为姐姐、姐夫想想,负担是够重了,总归不是办法,但是,她还想读书,怎么办呢?她向小学里的一位老师谈起自己的身世和心愿。老师说,上海有一所育才学校,专门收救孤儿,吃饭、读书、穿衣都不要钱,我介绍你到那里去。

王翠玉听了非常高兴,回去对姐姐讲,她要去上海。姐姐很吃惊,她说,你这么小就一个人走,我能放心吗?王翠玉说,那里什么都包,我去了可以减轻一点你们的负担。姐姐把她送到了南京火车站,讲了一句话:"你翅膀硬了,要自己飞了。"她原本打算供妹妹上中学,再上大学的。姐姐很伤心,王翠玉也觉得委屈,但她还是咬紧牙关没有说出姐夫对她说的话。

被遗忘的女子图鉴

83岁的她回忆起当年的经历，还强调了这个细节，她说，姐夫当时也是无奈之举。

王翠玉就这样一个人到了上海，进了育才学校。

育才学校是陶行知先生战时在重庆创办的，原本为了收留因战争而流离失所的孤儿。战争结束后，搬到了上海。学校里有很多四川人，王翠玉说，每天下饭的菜不是卷心菜和辣椒，就是辣椒和卷心菜，她每天上火，屁股上长满了热疮。当时陶行知先生已经因病去世，但是他的教育理念仍然留在育才学校。王翠玉是"甲级生"，一切免费。学生称老师为大哥、大姐——因为学生大多是孤儿，这样可以营造"大家庭"的氛围。陶行知提倡"小先生"理念，所以王翠玉和同学们经常去做"小先生"，帮助农民识字。学校里学生不多，大概一两百人，生活艰苦，却很愉快。在育才学校的一年多时间，王翠玉的个性彻底释放了，她无忧无虑，没有任何精神上的压抑。她觉得自己获得了真正的独立、自由和博爱，童年时受的那些苦难不再使她忧郁，而是使她能够理解他人的痛苦，并转化为强大的激情，想要改变一切不合理的现状。

离开育才学校之后，王翠玉就投身工作，先在团委，后在妇联。早年的生活逐渐淡去，她以为那只是她个人的一段经历，已经过去了，陶行知的平民教育思想也已经过时了。五台山下的女孩，触动了她的记忆。原来现在还有这样的孩子，想读书而不能读，就像当年的自己一样。

离了五台山，回旅馆的路上，她想，如果女孩家里有哥哥或是弟弟，父母一定会把读书的机会让给他们，而女孩只能像农村所有的贫困女人一样，干活、嫁人、生孩子，直到老死……

她很清楚,因为这差一点就是她自己的命运。这样的未来让她感到难过、恐惧、不寒而栗,又突然醒悟,陶行知的平民教育思想没有过时啊,她应该做点什么。

二

回到上海,王翠玉办了一所女子平民学校,正式名称是"上海市女子实验函授进修学院"。1994年,学院成立,开始招生。

王翠玉不看重金钱,她的工资卡一直由别人保存,或是爱人,或是姐妹。但是她很会算账,擅长在没有资源的条件下做事。她一没有校舍,二没有人,三没有钱——学校的启动资金只有三万块,她和两个女企业家朋友各出了一万块。但是,怎么才能让五台山下的女孩一般的孩子上学呢?想来想去,只有函授。对学生来说,学费可以很低廉,一开始是50元,包含所有费用,后来涨到70元。条件困难的学生全免,这一比例开始是20%—30%,后来达到了一半以上。

怎么才能找到这些女孩?王翠玉找到了《少女》杂志,这是上海的一本杂志,当时发行量有二十多万,编辑部答应每年免费刊登两次广告。这样就省去了登广告的费用。

下一个问题是,要教她们什么?王翠玉想到的第一个课程是"少女写作"。因为写作不仅让人学文化,还可以塑造人生观,如果写作程度好,可以进阶到"女子文学"。后来又加了"营销技术""服装设计与裁剪"两个实用的课程。王翠玉用过去工作中积累的关系,邀请编辑、学者编写教材,四份讲义,每份讲义一年付400元。以十个月为一学期,单月发教材给学生,双月把作业寄回来。再邀请老师批改作业,批改一份三四块钱,最后涨到了六块钱,也是意思意思。从事行政工作的院长(即王翠玉本人)和校办主任,分文不取。其他行政人员也都是兼职的志愿者,每个月只拿20—40元的津贴。加上邮资、结业证书,王翠玉算了一下,完全是可以维持的。

登载了广告的《少女》发出之后,王翠玉说,报名的信简直就像"雪花飘飘"。她总结报名者的特点,多半是出身贫寒的女孩,过早步入社会,或进入职校、中专,但是她们都有梦,渴望能超越目前的生活。一个初中毕业就进酒厂当工人的女孩,梦想着能成为服装设计师。一位还在中学读书的女孩写道:"我刚生下来被人称为'美丽的天使',从幼儿园到小学四年级因能歌善舞被称为'快乐的天使'。可是到了小学五年级后,全班只有我一个人是工人子弟,很孤独,被人称为'沉默的女孩'。我却深深地爱上了文学,梦想将来能成为一名三毛式的女作家,希望少女写作班能帮我梦想成真。"

有一位学员,令王翠玉终生难忘。她是一个从贵州到广东打工的女孩,叫罗雪莲。她寄来210元学费,报名参加了"少女写作""营销技术"和"服装设计与裁剪"三门课程。她在信里写:"我不要你们免费,只求你们给我知识。只有知识,才能彻底改变我的命运。"学校把第一批"少女写作"的教材寄去,并决定只收一门学费,把其余140元退回给她。下个月,学校收到的不是罗雪莲的作业,而是她同伴寄来的信,那年广东梅山的一场大水,把她冲走了。信里说,罗雪莲完成的第一批作业还放在宿舍里,她的朋友们把它留下来作为永久的纪念。信里又问,能不能把所有教材都寄过去,她们想帮她完成学业。

学院把作业寄了过去。王翠玉还写了一首诗,让她同伴作为悼词火化。诗的其中一节是:

> 你曾有多少执著的追求,
> 在纺织挡车工的机台上,
> 你编织里一个又一个美丽的理想,
> 来来回回踏着你坚定的步伐,
> 追求寻找你心中的梦。

三年工夫,用三万块钱,学院培训了947名学员。

毫无疑问,参与学院工作的,都是不计报酬、愿意帮助别人的人,无论是行政人员,还是教材的编写者、批改作业的老师,都是如此。在学院摘编的批改意见中,最令人印象深刻的,是老师都称呼学员"您",或是鼓励,或是批评,都依据学员的特点,循循善诱,十分耐心,即使在正规的大学,恐怕也得不到这样的教育。

在办学过程中,王翠玉也找到了自己的得力助手,陈霰。陈霰与王翠玉"相差一支",小12岁,因为出生在雨雪交加的日子,父亲为她取名"霰"字。她是长女,从小就懂得为妈妈分担家务,照顾两个妹妹。20世纪60年代,她到上海郊区的奉贤五四农场做了医生,医务所只有她一个人,却要对几百号人的健康负责。在社会主义时代,她习惯了付出、奉献。"文化大革命"结束后,陈霰回到上海,在上海第二工业大学工作,从医务行业转到政工,因为负责妇女工作,认识了王翠玉。

王翠玉在上海妇联工作时,发起了妇女人才研究会。有一次研究会借二工大的场地开会,会议9点开始,陈霓8点到会场,想帮忙布置,分发材料,准备茶水。到了才发现,王翠玉比她更早。陈霓半是敬佩,半是同情。她被王翠玉的理想和热情感染,也觉得她过得太不容易。当时王翠玉的爱人患肺癌去世,两个儿子正在读书,学院里那么多事情,就她一个人做,陈霓想帮帮她,一帮,就帮了二十多年。她们成了真正志同道合的搭档。

回忆这段时间,王翠玉说,当时没有什么雄心壮志,这样办办就蛮开心的,至少解决了五台山少女们的学习问题,但是,"形势的发展使你不能停下步来"。1998年秋天,当时她已经退休,妇联返聘她搞理论研究,她每天去上班,利用业余时间办学校。一天早晨,一个搞资料编辑的男同事进了办公室,叹了一口气,老王,现在怎么办啊?他讲,杨浦区的一个女工过世了。

王翠玉一听,过世了,怎么回事?

原来是工厂里的一个纺织女工,下岗了,丈夫又跟她闹离婚。那天早晨,她到菜市场去,捡了一点青菜皮,回去给儿子烧了碗青菜面。烧好以后说你快点吃,吃了赶快上学去。孩子吃完面要走,她又说,你今后要好好地读书。就讲了这么一句话,孩子也不懂什么意思,就走了。孩子走了之后,她就在家里上吊自杀了。

不久,王翠玉身边也发生了一件事。妇联一个打扫卫生的陈阿姨,跟王翠玉蛮讲得来。平时王翠玉要分发很多资料,陈阿姨经常帮她,她也尽可能在经费里面给她两三块劳务费。两个人相处得很好。陈阿姨原本是上海人,响应号召去贵州插队落户,"文化大革命"结束后带着儿子回到上海,可是已经没了户口,也没有了房子——房子已经被兄弟姐妹占了,母亲也嫌弃她。她在这种被排挤、被压抑的状态下生活，靠打扫卫生的收入把儿子带大，直到高中毕业。一天，留在贵州的丈夫来上海找她，在外面买了一套新西装。陈阿姨长期积累的情绪这时爆发了，她说，我现在这么困难，你还有钱去做西装？一气之下，在厕所上吊了。

2018年4月，王翠玉讲起这两件事情的时候仍然哽咽，"怎么会发生这样的事情？"她想，陈阿姨平常很热情，也很愿意帮助人，"她帮我发材料也不是为了我能够给她几块钱，都是看我忙得不得了，对吧？这样好的人怎么就这样走了呢？但是居然，我身边的人都很冷漠，不知道她是同事，更不知道她是我们的女性同胞，没有人真正关心这件事情，死了就死了"。

这比五台山下的见闻对她的刺激更大。王翠玉心里怎么也过不去，想来想去还是因为下岗，还是因为经济问题。下岗女工也好，陈阿姨也好，收入低，家里就看不起，再碰到丈夫一变，就绝望了。

她想，人类社会不能变成这个样子。就是凭着这样一种"老天真"的想法，她跟陈霓说，看起来我们这个平民教育要改变了，不能一直在天上飞了，要落地，为下岗女工摆脱困境出一臂之力。就这样决定了，学院转型，搞下岗女工的职业培训。

三

陆卫平是学校的学员之一，她很擅长比喻。她形容下岗的感受："突然一下，就像一颗炸弹爆炸，没了，厂子没了，连房子也没了。你想不到的，那么大的一个厂，每天上班下班的，怎么会没了?"她想了一想,又说:"就像汶川地震一样,你没办法的,不是你不好,大家都一样,你推也推不掉,挡也挡不掉。"

陆卫平出生在一个军人家庭,父亲是教官,母亲是纺织女工。1979年,中学毕业后,她进入上海耀华玻璃厂。当时工人是光荣的职业,耀华也是一个大厂。陆卫平进厂之后,年年评先进,又和一个青年工人结了婚,有了女儿。到20世纪90年代下岗之前,她的生活一直很顺利。

下岗之后,工作没有了,打击不仅是经济和物质上的。她身体不好,有风湿性关节炎,原先有单位、有组织,生活和心理都有个依靠,这时一下子都没有了。困境中,夫妻也有了矛盾,陆卫平独自搬出去,借住在一间只有几平米的三层阁楼里。

人总要挣扎着活下去,女儿上学还有开销,陆卫平四处寻找为下岗职工提供培训的机构。她去过很多培训班,还学过多媒体,"这个苦噢,这个多媒体学得来,你不认识它它认识你,都是英文状态,没有中文,这个苦得来要命"。对这些培训和迅速变化的社会,她总觉得有说不出的味道,大家都把钱看得越来越高,很多东西都沦陷了,这和她成长的环境不大适应。生活很渺茫,"前面一片迷雾,不知道方向在哪里","深层的,就像等待生命一点点结束一样"。

马金女是另一名学员,她比陆卫平大6岁,下岗潮来的时候,她还算幸运,半个月上班,半个月休息,工资拿一半。即使这样,也总是提心吊胆,总担心什么时候,领导说你明天不要来了。这句话没有听到,但工会主席跟她说,外面有培训,你去伐?马金女说,去!我去学个技能,总归好的!在那一半的休息时间,她学了物业管理、保安、绿地养护、花卉种植,很多专业。

2001年春天,她在虹口区的唐山中学学插花,课程快要结束的时候,王翠玉进来了。她说,这里马上要开一个班,是教绒线编织的。马金女能吃苦,也有决心,她马上问,院长我能报名吗？马金女对王翠玉的第一印象,就是"她像妈妈一样——可是想一想,自己的妈妈也没有这么和蔼啊"。

同一年秋天,陆卫平也听说了这所学院。她犹犹豫豫,试探着去了。这一去,感觉就对了。

转型之后,尽管保留了"函授"两个字,但是授课已经变成面对面了。没有教室,一直借用各种地方,有陈霓所在的上海第二工业大学教室、各个居委会、中学,还曾到内蒙古、江西做过农牧业培训。王翠玉把这称为"乌兰牧骑"式的教学,哪里有需要,就把学校办到哪里。

原来做函授,只需要一点点钱,现在开销大了,除了教材,最重要的是老师的讲课费。王翠玉坚持,要请就请最好的老师,而且给老师的讲课费要和市场价持平,甚至高于市场价,这样才能保证教学质量。她老了面皮,到北京、上海筹钱,成了"高级要饭的"。这中间的辛酸很多,她笑着提起一桩,她找到当时的一位女性领导,希望她能捐助一点费用。领导说哎呀你不要找我,你搞全国女性人才研究会,理事长不是聘的叶叔华吗,你向叶叔华[1]要好了。后来,王翠玉陆续在全球妇女基金会、上海慈善基金会、汇丰银行等机构筹措到资金,再加上一些女企业家的捐助,把学院支撑了下来。

学院最早开的课有家政服务、母婴护理、保育技术、商品

1　叶叔华：天文学家,中科院的院士,也是王翠玉长期的支持者。

营业、农牧业技术等。开班没有一定的时间，采取滚动式方法，人数报满就开班，通常一个班40—50人。学期结束后，参加劳动局组织的考试，拿到结业证书。她和陈霙搭档，各有分工。陈霙负责教务，建立学生档案、带班、购买和运送所有教材，等等。她有三部电动车，都是带车厢的，经常放满了教材，全上海跑。有时候车坏在路上，就打电话给老公，老公骑一部好车来，换给她，继续去送教材。王翠玉除了筹款，还负责策划和设计课程、邀请老师，她不断地根据现实总结、调整，想出新的课程。

2001年，学院开了手工编织课程。因为王翠玉想到，手工编织很适合下岗女工，很多人原本就会打毛衣，工作方式也自由，可以一边做家务，一边编织。马金女在唐山中学上的，就是学院的第一个编织班。

那一年，一位投资房地产的商人管宝龙同意把城隍庙附近的一所房子免费借给女子学院。那是一座五层居民楼的底楼，大约300多平米，这间房子曾经做过菜市场，窗户很少，空气无法流通，非常闷，而且会漏水。王翠玉说，经常是外面下大雨，里面下小雨，"滴滴答，滴滴答，就像水晶宫一样"。黄梅天到处发霉发潮，跳蚤蚊子丛生。后来学院花了一万块装了管道，把污水通了出去，但是仍有漏水漏电的危险，所以教室里装不了空调，也不能装吊扇，夏天只能在旁边放一个落地扇，闷热的程度难以想象。

尽管如此，女子学院总算有了办公和教学的基地。王翠玉和陈霙也有了院长办公室，办公室的墙上，贴着大字：捧着一颗心来，不带半根草去。这是陶行知的办学理念，后来也印在所有女子学院所制材料的封面上。

每次课程的第一堂课,都由王翠玉讲。主题叫做"相信自己,走好人生之路"。王翠玉从一声呼唤开始:姐妹们,学员们。她从自己的经历和体会出发,试图和学员们进行心灵的沟通。学员们一开始都是灰溜溜的,无精打采,显得格外苍老。讲到伤心处,很多人都在掉泪。她理解她们,因为她们心里积聚了很多东西,觉得无望,觉得自己被社会抛弃,又被家庭抛弃了,所以才会有那位上吊自杀的纺织女工,和清洁工陈阿姨。除了教给她们技术,更重要的是给她们精神的力量——让她们相信自己能改变,让她们怀抱一种理想去奋斗。

王翠玉曾经做过关于女性人才的研究,她借用了日本学者的理论,提出人有三个一万天,第一个是0—27岁,是学习、打基础的阶段;第二个是27—54岁,是出成绩的黄金时代;第三个是54—81岁,由于女性寿命相对较长,又处于"没有家务和孩子拖累的空前超脱阶段",可以冷静思考、回顾一生积累的智慧、才华,是又一个黄金时代。她想告诉学员们,只要愿意去努力,现在还来得及。她自己就是很好的例子——退休之后,她创办了女子学院。

擅长比喻的陆卫平说,这是精神食粮,听完这节课,她们有了生存下去的希望。原来灰头土脸的学员们,眼睛里有了亮光。

四

陆雪琦今年(2018)虚岁70岁,是一个儿科保健专家,退休前在虹口区妇幼保健院工作。她已经不记得最早怎么来女子学院的，只记得一听到她们的理念，就觉得，这是她要去的地方。因为像王翠玉、陈霓这样的人，她是见过的。

她讲起上海总工会一个叫余大新的干部。20世纪90年代，上海第一批工人下岗的时候，余大新极力反对，尤其反对让双职工的家庭双双下岗。但是，大势难以挽回，而且大量下岗的都是纺织女工。余大新找到陆雪琦，因为陆雪琦曾经写过一本《婴幼儿家庭教养》，余大新希望她从这本书里摘选内容，编一本母婴护理的教材，为下岗的女工找条出路。陆雪琦答应了，她白天仍去单位上班，晚上帮余大新编教材，后来又去总工会下属的服务中心做培训。

当时"下岗潮"才刚刚开始，来培训的学员情绪非常抵触。好好的工人、行政人员，要学习去伺候人了。余大新像王翠玉一样，上课之前先抚平她们的情绪，陆雪琦再开始讲课。

随着余大新的退休，陆雪琦也逐渐退出了母婴护理的培训工作。如果不是王翠玉、陈霓，她是绝对不会去上课的——她对教室的闷热程度记忆犹新。陆雪琪说，看到她们，她会想到余大新，她们是完全一样的，勤勤恳恳，只知道奉献，"其他的人或多或少，总会为自己着想，但是她们，完全不会"。

除了帮助下岗女工，陆雪琦也希望能把母婴护理的市场做好，毕竟这是她最早参与开发的行业。和现在流行的"月嫂"不一样，当时她们培训的是"母婴护理员"，既可以护理孕妇，也可以护理产妇、一岁之前的新生儿。陆雪琦对学员说，上海遍地是黄金，但是你必须要学习，因为你的对象是人，家中最宝贝的两个人，十几只眼睛盯着你，拿不出水平怎么行？

当时，市场已经乱起来了，很多培训机构为了赚钱大量招生，缩短培训时间。这几年，也有人请她去上课，但她发现，他们只是想让她讲出题库的答案。这样培训出来的学员，可以赚一两万的工资，但其实很多都不合格。她对这种事看不下去，也心疼国家投入的培训补贴。她见不得浪费，无论是钱，还是食物。

回忆过去，陆雪琦说，现在找不到王翠玉和陈霓这种人了，"她们做事情就是这么认认真真的，不是假的，假的看得出来的"。

有一次，学院把课开到了郊区的宝山——尽管有了固定的教室，王翠玉还是坚持哪里有需要，就去哪里开课。有几个外地来的学员，陆雪琦觉得水平太差了，她对学员的文化程度有要求，否则没有办法理解医学知识，也不可能通过职业考试。但这些学员是汶川地震中的灾民，她们已经无家可回了。陆雪琦劝她们去读比较容易的家政服务。她们不肯，因为母婴护理意味着更高的收入。陆雪琦只好接受了。考试之前，她决定去宝山，专门帮她们复习一次。她对班主任讲，不要告诉两位院长。但是班主任还是说漏了嘴，补课当天，王翠玉也赶到了宝山，她执意把讲课费付给了陆雪琦。

"现在没有这样的人了。"这是采访中所有教师和学员说的话。

女子学院另一位长久合作的老师，叫邱佩芬，她在东华大学教书。2001年，同事对她说，有一个针对下岗女工做培训的学院，在找手工编织的老师，你愿不愿意去？同事又说，也算是做好事，帮帮她们。邱佩芬很好奇，就去了学院，准备上一堂课试一下。她心里有点忐忑，从来没有上过这样的课，下面的学生年纪都比她大，都用一种奇怪的眼神看着她。那年她才37岁。

在这实验性的一课，她讲，很多人以为手工编织就是退休的阿姨妈妈在一起聊天，打打毛线，是比较低级的活，其实不对，从专业眼光出发，它是一种综合的工艺，有款式设计，有尺寸大小的计算，还有色彩的搭配、原料的选择，等等，所以每年的时装发布会，都有针织休闲服装的大类。她概述了这门工艺，加了一点理论，又注意不要太深。

上完之后，反响非常好。马金女说到对邱佩芬的印象："哇，这么年轻，这么漂亮，会编织，有理论，讲课很生动，还一点架子都没有"——邱佩芬会叫她们"姐"，她们当然，还是叫她"邱老师"。

上完课以后，邱佩芬和两位院长一起商量，怎么能上得更好。根据学员的特点，她不断更新教材。等一期课程结束，邱佩芬提出，该分开层次了，把学员划分成初级班、中级班、高级班，让一些优秀的学员能一点一点提高。就这样，她在女子学院教了十一年，手工编织也成了女子学院最重要的专业之一。

邱佩芬20世纪60年代出生，从小就喜欢编织，她跟着邻居姐姐学习织毛衣、织围巾，还自己买书看，后来报考了中国纺织工学院（后相继改名为中国纺织大学、东华大学），选择了针织专业。1984年毕业留校，一直工作到现在。

她说，80年代，中国还是很重视手工编织的，90年代，纺织行业不景气，学校的专业设置也在变化，原来的棉、毛、丝、麻，合并成大纺织专业，针织专业有自己的特点，没有合并，但是把手工编织的课程去掉了,主要搞机器编织。为什么不要手工编织?邱佩芬说,还是观念问题,大家都认为手工编织层次太低,是阿姨妈妈才会做的事。

邱佩芬不同意这种看法,她认为,手工编织还是很有生命力的。的确,机器已经取代了很多工艺,但是有的花型,尤其是一些创新技法,机器做不出来。在很多国家,手工编织的地位很高,编织的方法很多,早已不是传统的编织。但是在国内,手工编织品要么很贵,要么就是地摊货。大学里后继无人,年轻老师不会手工编织,大学生只学机器编织,手工碰也不碰,反而在女子学院,邱佩芬把这门课接上了。

下岗女工在理论的接受能力上当然不如大学生,但是操作她们是很行的,不比邱佩芬差。问题是,她们为什么要学习理论?邱佩芬举了一个例子,以前没有学的时候,跟人家讲起来,只能说这个地方绕一圈,那个地方绕两圈,学习了之后,可以说这是长针,这是短针,这是枣形针,不光听起来专业,也比较准确。

有一次,学院一个周末同时在两个郊区开编织课,一个在南汇,一个在松江。邱佩芬和陈霓院长去了南汇,陆卫平和王翠玉院长去了松江。陆卫平那时由于表现出色,做了实习指导老师。到松江之后,陆卫平按照准备好的教材,在黑板上画图样。还没画完,下面的人已经叫了起来,她们说你不要画什么图,你拿实物出来,我们一看就会了。那里的妇女平时接很多外贸单,对于自己的编织技艺很傲气。她们说,这些东西我们都懂,你教我们什么?

这堂课勉强过去,陆卫平回去跟邱佩芬说,邱老师,那边的学生很厉害的,她们都会的,教什么啊?邱佩芬说,她们会看图吗?陆卫平说,图好像不会的。邱佩芬说,我知道了。

第二次课,邱佩芬去了松江。她说,听说你们这边都是编织的高手,你们一看实物就会,是吧?我带来了两个实物,先不上课,你们先看,先编织一下,"她们一看,看不懂了,因为这是用特殊针法编出的"。最后有三个人勉强织出了类似的样子,但不完全对。邱佩芬再把图一画,详细讲解针法,她们才老老实实从头学起来。她说:"再好的技艺,不会看图,等于没有学会编织。"

就像很多学员、很多那个年代的女性一样,陆卫平原本就会编织,上了课之后,她眼前打开了新的世界。原来只是一个工匠,现在有了想象力、创造力,知道原料怎么选,知道尺寸怎么计算、颜色怎么搭配、需要什么款式,相当于是一个服装设计师了,又或者,"像画家,用线来绘画,图案用毕加索也可以,梵高也可以,还有几何、立体的图案"。甚至她的日常生活也改变了,去外面看看,到处都是美学。在"文化大革命"中失去教育机会的她,从初级班上到高级班,感受到了学习的乐趣,"像进了真正的大学一样"。

五

手工编织虽然时间自由,也是很多女性的特长,但是不容易赚钱。在机器制造时代,这种家庭手工业的难处可以想象,最大的困难是没有订单。有时,王翠玉会从学院的教育基金里拨一点钱,让学员制作一些围巾或其他编织物,作为礼品。工钱不多,也是一笔"小菜钱"。但这样下去总归不是办法,长期的生活中,学员们习惯了"依赖"和"等待"。

2002年,学院做了一个尝试,在宝山区的横沙岛,72名参加过编织培训的学员,成立了"巾帼姐妹合作社",推选出一名叫周燕萍的社长。她们在离海岛200公里之外的一个来料加工厂找到了一单生意。那年5—12月,巾帼姐妹合作社先后承接加工任务近万件,除去运输和管理费,大半年人均收入800多元。一个社员说,虽然加工费不高,但哪怕每天就赚两块钱也好,不用什么都向丈夫伸手了。

第二年3月,王翠玉邀请了中国工合国际委员会的秘书长郭丽娜、北京外国语大学教授吴青,在四壁漏水、光线灰暗的教室,为来自上海的50多位学员,办了三天的妇女合作社讲习班。工合国际是20世纪30年代新西兰的国际主义者路易·艾黎(Rewi Alley)创办的,曾经在中国各地建立了以劳动者为主体的生产合作社。王翠玉觉得,这和陶行知的教育实践诞生在同样的年代,完全是"异曲同工"。于是学院一边继续女子平民教育,一边鼓励学员中成立手工编织合作社。

陈翠香是合作社成立之后第一个加入的。她家就住在学院对面,楼上有个女孩,在学院扫地,有天回来找陈翠香,说横沙岛合作社有一批活儿,明天就要交货了,还有十几件衣服没做,想找会打毛衣的人帮忙。陈翠香一听,就去了。帮完忙,她就留下来,一边学习,一边继续帮忙。

她原本是安徽江淮汽车制造厂的一线工人,1998年为了久病的父亲和想回上海读书的儿子,提前退休,回到了上海。因为住得近,有时候忙起来没有时间吃饭,陈翠香的妈妈就把饭烧好，送去给大家吃。陈翠香和马金女、陆卫平关系很好，常一同出入，王翠玉说她们是"三剑客"。三剑客中，她年纪最大，衣着也最朴素，自称"老大粗"。她们也叫她"大姐"。

"三剑客"都属于乐帮姐妹合作社。原来的社长姓黄，合作社成立不久，她发现带着大家一起走，拖累太大，速度太慢，于是投资和别人合伙开了一家服饰商店，要其他社员加工成品，等她出售之后，再决定工钱多少。这样，社长就变成了老板，社员变成了打工妹。这和合作社的理念完全是相违背的。合作社和私人企业的不同之处在于"人人是主人，个个是老板"，经营的难处也就在于：带头人既要有能力，又不会把合作社变成自己的财产。在大家的反对下，社长离开了合作社，由陈翠香和马金女担任社长和副社长。

接手合作社之后，陈翠香压力很大，她自认只是一个"老大粗"，不懂得怎么做管理，但她学习两位院长，尽量付出，不计回报。有一次，王翠玉去北京开会，需要一批围巾做礼品。她和马金女去市场，为了省钱，专门买羊毛衫厂剩下的边角料，跑了三四趟，才把原料买齐，回来再理，很细很细的线，理好，配好色，再交给其他合作社，做出来两百多条围巾。她说，光是理线，她们就花了两个月，分文不取。

陈翠香、马金女、陆卫平后来成为专业课的实习指导老师、班主任——这也是陶先生的"小先生"理念——乐帮很少再承接外面的订单，主要负责支持其他合作社。但像这样的带头人，王翠玉还能举出好几位。

合作社更大的困难，还在于外部环境。它们大多数以"非正规就业"形式设立，无法享受金融信贷、税收等各种优惠。

有的村委会、居委会把合作社当成自己的第三产业，甚至把一些不相干的费用放在社里报销。在目前的环境下，合作社很难成为独立的经营主体，更难有竞争力。王翠玉还记得，有时候带学员去争取订单，一些企业主不愿事先确定加工费，他们说，给你们加工任务，就是看你们可怜，给你们一口饭吃，还来讨价还价？要做就做，不做拉倒！这种时刻，她感到特别屈辱、愤怒。

无论如何，女子学院的姐妹合作社猛闹了一阵，到2012年，先后已成立27个合作社。这时合作社里已经不只是下岗女工，还有郊区离地的女农民，从外地嫁来上海、没有工作的"外来媳妇"，还有太原的培训学员，以及单亲妈妈组成的丹青制衣姐妹合作社——每个合作社前面都有"姐妹"二字。

有人把王翠玉比作中国的何塞·马利亚，20世纪40年代，何塞·马利亚·阿里斯门迪（José María Arizmendiarrieta）在西班牙北部的巴斯克地区创办技术学校，创建合作社，经过几十年的发展，建立了蒙德拉贡合作社联合体，1999年，总营业额103亿美元，在西班牙十大集团中排名第六。王翠玉在采访中说："这个人我不熟悉，我也是看了报道才知道有这么个人，但是他也好，我也好，无非都是看到了贫困，做点力所能及的事。"

很多人都说，自己是被两位院长感动了。又总要跟上一句，自己的思想境界肯定没有她们高。邱佩芬说，到后期，她有些骑虎难下。因为她在学校的教学工作也很繁重，周末还要到女子学院上课，尤其是在郊区的课程。学校没有经费打车，只能5点多起来去坐长途汽车。无论她到得多早，两位院长一定都等在车站了。邱佩芬觉得惭愧,也觉得辛苦,推辞过几次,可是每次推辞之后,两位院长都睡不着觉,再打电话哀求她。邱佩芬说,你想想,王院长和我妈妈的年纪一样大啊。

王翠玉经常睡不着。她感觉很累。她担心经费的问题。刚退休的时候,工资是700元,还经常往学院里面贴钱,随着退休时间越来越长,她的生活水平越来越低,她也要为老伴考虑,万一生病了,难道能让孩子承担吗?

她也常常有一种寂寞感,很少有人能理解她。她与第一任丈夫青梅竹马,相爱相伴三十年,丈夫查出晚期肺癌,领导说,你可以请长假,我们破例照顾你。王翠玉拒绝了,她坚决反对"丈夫得病就是妻子失职"的指责,她反问,为什么从来没有人讲,妻子得病,就是丈夫失职呢?丈夫去世之后,有人议论她,过去王翠玉只管工作不管家,弄得现在人财两空,现在快50岁了,还不提前退休照顾两个儿子,将来也可以有个依靠。她抗拒这种观念,一边工作,一边照顾两个儿子。办了女子学院,想不通的人更多了。很多人好心劝她,老王,你干什么要这样苦?困难群体的问题,总理都解决不了,还要你去解决?她说,总理和我各有职责,他解决一国,我解决一角,沧海一粟,也可以筑起一片人间绿洲,能多大就多大,能多久就多久。

夜里她心事重重,常常会想,适当的时候,急流勇退吧!但是一醒过来,一下床,站立起来,又感觉到不能放弃。

随着年龄增长,这种心情的反复越来越频繁,她想,最好是培养一个接班人,能够继续"捧着一颗心来,不带半根草去"的精神,继续女子平民教育的定位,而不是以盈利为目的。

她最理想的接班人是陈霓,这是唯一一个和她志同道合的伙伴，但是在日复一日的操劳下，陈霓生病了，她查出了乳腺癌，做手术的前一天，她还在学院里发教材。后来，陈霓又查出了血管炎、高血压、冠心病，各种病丛生。

王翠玉的身体更加不好。她有多发性肿瘤，1975年切除三腺混合肿瘤，80年代初切除血管瘤，1996年怀疑有乳腺癌，拿掉了一个乳房，1997年拿掉了甲状腺瘤。办学的后期，心脏病发了，肾病也发了。心脏装了起搏器，每天吃药，心跳还是降不下来。

王翠玉问陈翠香和马金女，愿不愿意接下女子学院。在学院办学的后期，陈翠香承担了很多行政工作，马金女在手工编织专业进步很快。最重要的是，王翠玉信任她们。她们考虑了几个月，还是推辞了。陈翠香说，我们实在是无能为力，没有王院长的人脉，社会地位不行，也没有王院长认识那么多人，可以找他们赞助，我们去找谁？她们考虑得很实际。

外面倒是有很多人来找王翠玉。女子学院已经有了影响，教育也成了大产业。有人跟王翠玉说，你可以挂着校长的名字，学校交给我，起码每年让你赚到100万。王翠玉讲到这里的时候笑了，"这样的话，我何必当初呢？"她决定，与其如此，不如把学校停掉。

2011年底，也是学院院址合同到期的时候。王翠玉说："像是老天爷给我算好的。"房子还回去后，学校又在南京西路办了最后一个班，2012年5月31日，上海女子实验函授进修学院正式撤销了。

那一年王翠玉过得蛮伤心的。她病得很严重，一会儿急诊，一会儿抢救，还要忍痛把学校结束。2012年6月，她们举办了一次会议，回顾十八年的历程。王翠玉在讲话中提到了很多曾经帮助过学院的人，有最早出钱的两个姐妹蒋养娣、姚秀娟；有曾经在学院授课、编写教材，后来因病去世的盛彩珍、詹述士；还有学院的合作伙伴、内蒙古赤峰政协主席哈森，因为当地的扶贫工作而在车祸中去世……一路讲下来，她非常难过，同时又感觉到心脏在发抖，还有心脏起搏器的声音，嘟嘟作响。

在如此有限的条件下，她们总共培养了三万多名学员。

六

陈霓和我约在地铁站附近的一家肯德基。后来，她又帮我约好邱佩芬、陆雪琦，也是在这里。人陆续地来，每来一个，她就起身去柜台，端来托盘，托盘上一杯咖啡，一个汉堡。然后坐在旁边，留心看还有什么可做的，不时附和，补充办学时的情景。

她个子很高，花白的短发，普通的衬衣长裤，斜挎着一个包，里面都是她的药。面容看起来，几十年的劳苦未尽，总像在担忧着什么事。

她叫我"郭老师"，尽管很明显地，她是长辈。店里人很多，桌边两个中学生拿着手机打游戏，线连着墙上的电源插座。陈霓问他们能不能挪个位子，并连声说，谢谢啊，谢谢啊。

对陆雪琦医师的采访结束后，来了一对年轻夫妇，他们抱着一个脸上长了很多红点的小孩。陈霓招呼他们坐下，介绍他们和陆雪琦认识。我以为是陈霓的儿子儿媳，一问才知道，是她认识的一对外地夫妻，小孩出了疹子，正好趁这次机会，来请教一下陆雪琦。陈霓小学一年级就给两个妹妹烧饭，照顾家人，到老了，还是这么热心、谦逊、喜欢操心。

2002年，陈霓退休的时候，有两家学校来找她。一家民办学校请她去做教务，每月至少四五千块。另一家是王翠玉的女子学院。她去了女子学院做常务副院长，工资最高时500块。

王翠玉和陈霓，两个人一急一缓，一个负责理念、策划、对外联络，另一个负责实际操作，是一对很好的搭档。陈霓说："王院长雷厉风行，做事一定要做好，有时候晚上八九点钟我还有一堆事，她说怎么这个还没做，那个还没做。我怎么办呢？我不跟她争，只能自己流泪，咽到肚子里去。她是比较严格的，对学生也很严格，对每个人都这样，我想她也是为了什么呢？想想算了，把事做好吧。"

她每年365天，没有一天休息。有时候去郊区上课，早上起来买个大饼路上吃，再买个馒头放在包里，中午吃。学校上烹饪班，没有地方操作，陈霓就把老师和学员带到她妈妈家里。她说，学员都是受苦的人，有些人来上海打工，没有地方住，睡在火车站、汽车站，她们培训之后找到了工作，她看了也觉得开心。

生病之后做手术，很多人来看她，有的还留下了钱。她把名字都记录了下来，一共两百多人。身体恢复之后，她让儿子开车，带她去每家还钱。儿子说，妈妈，你看每个人家里的房子都这么漂亮，这么好，你这个处级干部，到现在也就这么一间。

一直有人嘲笑陈霓的选择，她说，学校里的同事说她是"戆度"（上海话，意为"傻瓜"）。

我问，那您怎么回答呢？

她说，我就笑笑，是的呀，就是戆度。

让陈霓唯一感到歉疚的是儿子。儿子结婚的时候，她把两居室的一间装修了一下，作为婚房。后来儿子儿媳有了孩子，搬出去租房住。陈霓当时没钱买房，现在更买不起了。面对儿子的疑问，她感觉到了内疚和怀疑，但是她再想想王院长，王院长一生清贫，直到现在，"王院长就是我的榜样吧"。

七

8点出发，两个小时后到达位于青浦的养老院。按照养老院的作息，半天已经过去了。这里5点吃早饭，10点半开午饭。

房间很像宾馆的标准间，两张单人床，床边一张书桌，一个单人沙发，其余地方，都堆放着杂物。王翠玉和先生把房子卖了，住到这里，以房养老。搬了几次，很多资料都不见了。

先生先去安排午饭，王翠玉拿出一个四条腿带轮子的黑色架子，推着走，可以当拐杖，翻下来一个坐垫，也可以当椅子。她推着椅子，带我们慢慢地走，到卫生间门口，对我们说，先去洗手。洗完手出来，她坐在椅子上，等着我们。再站起来，慢慢地走。她说，我以前走路就像飞一样，真的，就像飞一样。今年春天她得了肺炎，骨头也疼，坐不了车，没法出门，只能在楼里活动。

午餐时间，满座都是苍苍的白发。先生已经点好菜，付好了钱，等在小餐厅里。先生是上海交通大学的农业专家。他和王翠玉都是再婚。结婚的时候，他们约定好，两个人各自奋斗。先生忙完自己的工作，也做王翠玉的"贤内助"。办函授学校时，他负责贴邮票、寄教材、寄批改好的作业。

王翠玉这种完全的付出、奉献,为所有人树立了很高的道德标准。每一个采访对象都表达了对她和陈霓的敬意,又说,自己是做不到的。在她们的描述中,王翠玉几乎是一个圣人,虽不能至,心向往之。王翠玉做到100分,其他人做个50分,就已经很好了。或是像陆卫平说的,"是我们的佛"——离开了女子学院,很多人都选择了佛教作为自己的精神寄托。对于这种信仰,她们再三澄清说,不是讲迷信,不拜佛,是行善,让内心平静。

问题是,在今天的世界,要让人们相信这样的人、这样的事,已经很难了。就像采访中不断有人提到的,"现在没有这样的人了"。连讲述这样的故事,也变得很困难。

或许答案仍在王翠玉的早年经历之中。1957年,她响应号召,主动要求到上海郊区的农村锻炼。她在一篇回忆文章里写道,农民是热情的,但是并没有把他们当成自己人,而是当作"上海人"——吃不起苦的人。为了赢得村民的信任,她努力为农民做好事。1958年冬天,党号召农民组织起来,由专人负责轮流为每家每户倒马桶。但是谁来倒呢?王翠玉心想,自己是共产党员,应该首先做到。又想,自己毕竟是个市级机关的干部,每天给大家倒马桶,未免有些"失身份",更何况自己还是个未婚的小姑娘,这事有点难为情。这时候她在内心拷问自己:"难道广大农民(包括每天给我做饭的老妈妈)给你倒马桶就不失身份吗?这么说来,你就是比他们高一等、骑在他们头上的老爷,而不是勤务兵。"这么一想,她立刻去报名,和另一个青年积极分子组成了第一个倒马桶小组。不管晴天雨天还是刮风下雪,他们总是准时挨家挨户把马桶端出来,把粪便倒到粪坑里,再到村头的小河,把马桶里里外外洗干净。这样一来,农民真正接受了他们。她也进一步体会到,再平凡的劳动都是光荣的。

她最见不得不平等。"文化大革命"结束后到妇联工作,她发现,一旦有荣誉和机会,很多单位都会优先给男性。于是她做了一系列工作,表彰、鼓励这些优秀而不被看见的女性,她称之为"拨开尘土,发现明珠"。

办女子学院,也是她一生工作的延续。

东方卫视的《走近他们》节目曾经采访了王翠玉。主持人骆新说,(办学)这种事儿搁我身上,家里人还会反对,这么大岁数了,好好待着得了,你干吗折腾这事?你要赚点钱也好,图点名也好,每天累得半死累成这个样子,值吗?

王翠玉很认真,她说,我心中一直有个理想,这个理想支撑我从小到大、到老——我真的追求一个没有饥饿、没有贫困、没有不平等的人间。

很少有人能理解她。在那些孤独的时刻,王翠玉靠已经逝去的先行者来寻求慰藉。比如作家柳青,在20世纪60年代,他带着全家,搬到陕北的一个农村住下,参与当地的生活,写出了长篇小说《创业史》。1978年,柳青因病去世。贺敬之在悼念柳青的诗中写道,"床前墓前恍如梦,家斌泪眼指影踪。父老心中根千尺,春风到处说柳青"。王翠玉给一些好友写了同样的一封信,信中引用了这首诗,她写道:我历来都认为,真正有理想、有追求的有志之士,必定都是孤独的苦行者,但他(她)将永远活在人民心中。

或许在任何时代,这样的人都是少数。理解王翠玉,一个最大的感触在于，一个有能力、有资源的人，能否超越自己的身份，放弃自己的利益，为其他更弱势的人付出？今天人们相信"人不为己，天诛地灭"，"奉献"的叙事已经被耗尽了，崇高就相当于虚假。在养老院的一次活动上，王翠玉讲了过去做的事情，有很多人赞扬，也有人问，这些事是真的吗？王翠玉很吃惊，她说，在中老年人群（她认为自己在养老院不算老）当中，都有这样的声音，外面会怎么样呢？

在养老院，王翠玉仍然在发现、感受这种贫富的差距。只是这次，她成了弱势群体。养老院的费用在涨，自己不能出门，请工作人员出门买东西、办事，一个小时30块，一上午就是120块；她很怕生病，怕先生太累，也怕花钱。到处都要用钱，卖房的钱花完了怎么办？

但是对于从前做的事，她没有一丝后悔。她说，她就是这样，就算碰得头破血流，也一定要坚持理想。不仅如此，在养老院的感受，让她更感觉到自己做的事情是对的，用自己今天的困难去体会别人的困难，庆幸自己曾经帮助过那些困难的人，使她们不至于走上绝路。她只是遗憾，自己展翅难飞了，"英雄就怕病来磨啊"。

2018年5月1日，陈霓订了一个12寸的大蛋糕，让儿子开车载她到养老院，为王翠玉庆祝83岁生日。

说起来，王翠玉并不是生在1935年5月1日。因为母亲去世得太早，她并不知道自己出生的确切时间。1954年，新中国第一次投票选举人民代表，王翠玉为了能行使投票的权利，也为了能达到入党的年龄，把出生年份往前推，定在了1935年。5月1日国际劳动节，是她为自己选择的生日。

本期《正午》撰稿人

郭玉洁：
关注社会变革，喜欢人的故事，现实主义的信徒。

范雨素：
湖北人，来自襄阳市襄州区打伙村。初中毕业，在北京做育儿嫂。空闲时，她用纸笔写作。

罗洁琪：
八年法治记者，哈佛大学尼曼学员。曾就职于《财经》杂志、财新传媒集团。喜欢关注社会正义的题材。

黄昕宇：
AKA 小黄。

杨语：
正午员工。

小山：
复旦大学教授。

朱英豪：
摄影师，游荡者，偶尔写写字。

张莹莹：
以后打算虚构。

李纯：
正午员工。喝多了容易表白。

朱墨：
视觉编辑。

张小菠：
媒体从业者，现居北京，生于湘西，长于武汉。

图书在版编目（CIP）数据

正午.7,我们的生活／正午故事著.—北京：台海出版社,2019.3
ISBN 978-7-5168-2261-6

Ⅰ.①正… Ⅱ.①正… Ⅲ.①中国文学－当代文学－作品综合集
Ⅳ.①I217.1

中国版本图书馆CIP数据核字(2019)第041607号

正午.7,我们的生活
著　　者：正午故事	
责任编辑：刘　峰	策划编辑：罗丹妮　王天仪
装帧设计：苗　倩	内文制作：陈基胜
责任印制：蔡　旭	

出版发行：台海出版社
地　　址：北京市东城区景山东街20号，邮政编码：100009
电　　话：010-64041652（发行，邮购）
传　　真：010-84045799（总编室）
网　　址：www.taimeng.org.cn/thcbs/default.htm
　E-mail：thcbs@126.com
经　　销：全国各地新华书店
印　　刷：山东鸿君杰文化发展有限公司
本书如有破损、缺页、装订错误，请与本社联系调换
开　　本：1168mm×850mm　1/32
字　　数：260千字　　　　　印　张：12.5
版　　次：2019年4月第1版　印　次：2019年4月第1次印刷
书　　号：ISBN 978-7-5168-2261-6
定　　价：49.00元

版权所有　翻印必究